아일랜드 식탁

박그믄산 장편소설

아일랜드 식탁

민음사

|차례|

프롤로그

유리에서 녹아 흐르던 성에가 다시 얼어붙고 있다. 찬바람이 느껴진다. 환한 낮인데. 세키는 채팅 창을 내리고 포털 사이트 창을 열어 날씨를 검색했다. 아니나 다를까, 기온은 점점 내려가고 있다고 한다. 날씨에 대한 예감이 적중하자 세키는 조금 더 과감해져도 좋을 것 같다고 생각했다. "뛰어내리기에는 밤이 좋아요." 아녜스의 속삭임이 들려오는 듯했다. 그 아이는 23층에 산다.

세키는 창을 보며 생각에 잠긴다. 고층 아파트 베란다는 생활을 위해서가 아니라 생을 끝내기 위해 필요한 공간일 수 있다. 모든 건 마음먹기 달렸다. 자동차에 나란히 앉아 고속도로를 달리던 그때, 고속으로 추락하고 싶다는 충동에 대해 귤을 나눠 먹으며 허물없이 이야기하던 그때, 낮에는 왜 안 되느냐고 물었다면 그 아이는 뭐라고 답했을까. 아무렴 어떤가. 그때는 그때, 지금은 지금이다.

창밖에 머물렀던 눈길을 되돌려 모니터에 집중했다. 모니터의 시계가 이제 막 12시 1분을 가리켰다. 더 머뭇거리면 늦어질 것이다. 그냥 인사 없이 나가 버릴까? 포털 사이트 창을 닫고 채팅 창을 띄웠다. 대화 화면은 변한 것 없이 그대로였다.

—아저씨…….

—왜?

—어디에 간다고?

—좀 돌아볼 거야.

—어느 코스로 갈 건데? 나도 스쿠터 타고 나가고 싶어.

—오늘은 안 되겠는데.

—왜?

—나중에 얘기하자. 어쨌든 지금은 안녕.

—어디 갈 건지 가르쳐 줘.

—안 돼.

—아저씨네 집 앞으로 내가 갈까? 가서 문자 보내면 돼?

—오늘은 곤란해.

—왜냐니까.

—그냥 좀 그래.

—아저씨.

—응?

—베란다에 의자를 갖다 놨어.

—의자는 갑자기 왜?

—그리고 싶어졌을 때 쉽게 넘어서 뛰어내릴 수 있도록.

— 뭘 넘어?

— 난간.

'난간'이라는 단어에 가슴이 쿵 하고 내려앉았다. 그 말은 단어
가 아니라 빨랫줄에 걸린 수건이나 셔츠처럼, 바람이 불면 펄럭이
는 얇고 힘없는 천처럼 느껴졌다. 누군가의 힘에 의해 그 천이 얼굴
에 덮인 듯한 느낌이었다. 눈앞이 보이지 않는다. 손을 내저으면 천
은 금방 걷힐 것이다. 하지만 아네스는 입김도 숨소리도 닿을 수 없
는 모니터 너머에 있다. 그래, 알았어, 하고 답을 보내면 끝이다. 견
고하고 차가운 쇠 난간에 그 아이는 기대어 서 있을까.

자살하려면 4초 안에 해야 해요. 하나, 둘, 셋, 넷. 아네스가 해
준 말이다. 처음 1, 2초 사이에 머뭇거리다 마음이 바뀌면 지긋지
긋한 삶으로 돌아와야 한다. 산다는 것이 원래 초라한 것이라는 생
각이 찾아오면 놀랍게도 자살이 허무해지는 것이다. 세키는 생각
했다. 난간에 배를 댄 채 다리를 뻗어 넘어가려고 애쓰면 스스로
가 추해 보일 것이다. 그 일에는 적어도 2초 정도가 걸린다. 의자 위
에 올라서면 그 시간이 절약된다. 세키는 가슴이 떨렸다. 왠지 아네
스가 아주 적당한 의자를 가져다 놓았을 것만 같았다. 의자 위에서
떨어질 것이라는 이야기는 이번이 처음이었다. 이번에야말로, 진짜
날아가 버리려고 하는 걸까?

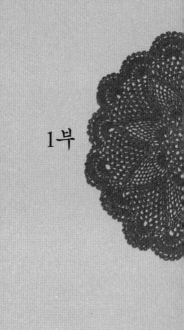

1부

1

8월 말 어느 날, 3교시부터 신체검사 시간이었다. 민우는 2교시 수업을 마치고 교무실로 돌아가는 길이었다. 아이들이 체육복으로 갈아입을 때라 일부러 바닥을 보고 걸었다. 누군가 CCTV로 자기 시선을 감시할 것 같았다. 고개를 돌리면 창틈으로 아이들 속옷 차림이 보였다. 묵묵히 걷고 있는데 갑자기 2반 출입문이 빠르게 열렸다. 두 아이가 튀어나오더니 전속력으로 뛰어갔다. 고개가 저절로 돌아갔다. 아이들이 한곳으로 몰려들고 있었다. 싸움이 붙은 것 같았다.

아이들이 어머, 어머, 울먹이면서 발을 동동 굴렀다. 민우는 아이들 사이를 비집고 들어갔다. 체육복을 입은 아녜스의 몸은 날렵했다. 아녜스는 의자로 경아와 교실 바닥을 내리찍었다. 한 번, 두 번, 계속 반복했다. 아무 말 없이 고요해서 민우는 등뼈가 굳는 느낌이었다. 너 미쳤니? 하는 말이 목을 타고 올라왔다. 다른 누가 아니라, 아녜스기 때문이었다. 민우는 말을 삼켰다. 아녜스는 민우를 발견하고도 팔을 멈추지 않았다. 오히려 점점 더 빠른 속도로 경아를 내리쳤다. 민우는 아녜스의 팔을 잡았다. 그리고 말했다.

"이제 그만해. 그 정도 했으면 됐어."

아녜스가 손을 멈췄다. 순간 교실이 적막해졌다. 민우가 아녜스에게서 의자를 빼앗으려 했다. 아녜스는 손아귀에 힘을 주며 민우를 노려보았다. 민우도 힘을 가했다. 그러자 아녜스가 소리를 질렀다.

"뭐? 됐다고요? 선생님이 뭘 알아요?"

아녜스가 의자를 잡지 않은 손으로 민우의 손을 잡고 뿌리치려 했다. 방금 전처럼 그악스럽지는 않았다. 민우는 아녜스의 손을 놓았다.

아녜스는 의자를 칠판 쪽으로 던졌다. 경아는 머리를 움켜쥔 채 울었다. 손가락 사이로 피가 흘렀다. 보건 교사가 들어왔다. 뛰어간 아이들이 불러온 것이었다. 보건 교사는 붕대를 풀어 경아 머리에 감았다. 아녜스는 가방을 매고 교실에서 나갔다. 보건 교사가 민우에게 구급차를 불러 달라고 부탁했다. 민우는 반장에게 휴대전화를 빌려서 구급대에 전화를 걸었다.

복도에서 교실을 들여다보고 싸움이 난 것 같다고 여겼을 때 민우는 그냥 지나치고 싶었다. 아이들에게는 아이들끼리 해결할 수 있는 일이 많았다. 그런데 한 아이와 눈이 마주쳤다. 어쩔 수 없었다. 사건을 보았다는 것 자체가 민우의 발길을 교실 안으로 끌어들였다. 아녜스가 아니었다면 어떻게 했을까. 뒷덜미를 거머쥐고 끌어당겨 드세게 떼어 놓았을 것이다. 뺨을 쳤을지도 모른다. 민우는 학생 부장이 도착하는 것을 보며 교무실로 돌아가려 했다. 아이들이 갑자기 창으로 몰려갔다. 그것이 또 민우의 발걸음을 잡아끌었다.

아녜스가 운동장을 가로질러 걸어가는 모습이 눈에 들어왔다. 고요한 풍경이었다. 잠시 후 구령대 쪽에서 무언가 빠르게 움직이는 것이 시야에 들어왔다. 신체검사를 준비하던 체육 교사였다. 그가 전속력으로 아녜스를 향해 뛰었다. 학교 레슬링부 코치였다. 그는 아녜스와 거리를 점점 좁혔다. 아녜스가 문득 뛰기 시작했다. 체육 교사는 달리기가 빨랐다. 교문 근처에서 아녜스가 잡혔다. 민우는 체육 교사가 아녜스의 머리채를 잡아끌었다고 생각했다. 아이들이 말했다.

"잡혀 온다, 잡혀 와!"

민우는 아이들을 바라보았다. 아이들은 민우를 신경 쓰지 않았다. 그는 아녜스가 끌려오는 걸 보면서, 저 애가 내 안으로 들어왔으면 좋겠다, 하고 생각했다. 학생 부장이 아이들을 해산시켰다. 아이들은 다시 신체검사를 준비해야 했다. 민우는 돌아서면서 방금 전 아녜스에게 했던 말, "이제 그만해. 그 정도 했으면 됐어."에 대해 생각했다. 엉겁결에 내놓은 말이었다. 그 말에 이어 세키의 무표정한 얼굴, 아녜스가 칠판을 향해 던진 의자가 날아가던 모습이 동시에 떠올랐다. 어지러웠다. 교무실로 돌아갔다.

소문은 순식간이었다. 교무실 교사들은 한결같이 왜 그랬는지를 궁금해했다. 원인이 나오지 않자 대화는 아녜스의 평소 생활 태도에 대해 넘어갔다. 그 아이에게는 몸을 잘 가꾸는 것마저 흠이 되었다. 어쩌면 폭행의 이유가 그런 데에서 찾아질지 모를 일이지만 민우는 누구에게도 "왜 그랬대?"라고 묻지 않기로 다짐했다. 먼 미래에 아녜스를 통해 듣고 싶었다. 다른 아이들에게 물어서 듣는 건 그저 허망한, 아녜스의 진심과 관계없는 그 아이들의 사적인 감정일 뿐. 오래도록 관계 맺을 제자를 곁에 두고 싶었다. 이 다음에 지난 일을 떠올리면서 같은 기분으로 학교를 회고하고 싶었다. 그게 보람일 성싶었다. 그동안 민우는 제자들과 취직, 진학, 자격증……, 그런, 누구나 풀어야 하는 고민만 공유했다. 그랬더니 아이들은 하나같이 소식을 끊었다. 졸업 후 연락이 길게 닿으면 6개월이거나 1년이었다. 제자들은 스무 살에 익숙해지면서 고등학교를 잊었다. 학교는 어딘가로 가기 위해 거치는 관문이었고 교사는 부실한 문지기였다.

교무실이 아주 난장판이 되었다. 아녜스는 입 한번 달싹 안 했다. 학생 부장이 경아가 스물세 바늘을 꿰매고 입원했다는 말로 아녜스를 을렀다. 아녜스는 태도를 바꾸지 않았다. 아니, 수술 소식을 듣고 한마디 하긴 했다. "자퇴하면 될 거 아니에요." 민우는 아녜스를 주시했다. 그런다고 끝날 일이 아니었다. 교사들은 그 아이 곁을 지나갈 때마다 툭툭 건드리며 이유를 말하라고 추궁했다.

"왜 그랬니? 이 계집애!"

아녜스는 말 붙이는 교사를 죽일 듯이 노려보았다. 민우는 교사들한테 속으로 물었다. 왜 그랬는지 알면 네가 어쩔 건데? 정당한 거였으면 없었던 일로 넘길 거야? 그는 아녜스를 응원했다. 아녜스, 조금만 더 참아라. 절대로 말하지 마. 시간은 저절로 흘러가는 거야. 그럼 너는 관심 밖으로 밀려나서 자유로워질 거야.

신체검사는 예정대로 진행되었다. 아녜스의 담임 김일면 선생이 체육관에서 검사를 지휘했다. 민우는 아녜스 근처 교사들이 자리를 비운 틈을 기다렸다가 그 애에게 다가갔다. 조용히 물었다.

"후련하니?"

아녜스는 강렬한 눈빛으로 천장 모서리를 쳐다보았다. 그러더니 주루룩 눈물을 흘렸다. 눈물이 난 것은 그 애에게도 뜻밖이었던 듯했다. 아녜스는 당황스러움을 감추려는 듯 고개를 푹 숙였다. 민우는 볼을 타고 흐르는 눈물 줄기에서 시원한 냉기를 느꼈다. 보는 교사들이 없으면 안아 주고 싶었다. 레지나의 동생이라 관심을 기울여 봐 오던 것뿐이었는데……. 그 애가 자주 우는 걸 봤고, 그때마다 안아서 달래 주었던 것만 같은 느낌이었다. 묘했다. 교무실을 둘러보았다. 선배 교사들이 꿈속에 나타난 사람들처럼 흑백으로, 아득히 멀게 느껴졌다. 아녜스가 주먹으로 무릎을 쓸었다. 그 애는 바닥에 꿇어앉아 있었다. 가여웠다. 그는 묻고 싶었다. 무엇이 원망스러운 거니. 경아가 무슨 일로 네 자존심을 건드린 거니.

일과가 끝나 갈 무렵 성당에서 아녜스의 보호자인 에스더 수녀님이 왔다. 수녀님이 들어서자 교무실 분위기가 달라졌다. 이제 모든 게 정상적으로 처리될 것 같았다. 수녀님은 아녜스를 일으켜 세우고 몇 마디 나직하게 물었다. 아녜스는 교사들을 각성시키려는 듯 큰 소리로 말했다.

"그게 내 실내화를 신고 화장실엘 갔어!"

말끝이 날카로웠다. 민우는 고개를 끄덕였다. 그럴 수 있다. 무언가를 폭발시킬 일이란 그 불씨가 사소하면 사소할수록 격정은 더 크게 타오르는 것이다. 설령 상대로부터 사과를 받았다 하더라도, 상대의 행동이 나쁜 의도가 전혀 없는 실수였음을 알았다 하더라도 역시. 수녀님이 교감에게 인사를 한 후 아녜스를 데리고 나갔다. 집으로 갈까? 아니면 성당에 가서 기도를 할까? 민우는 집에 있을 세키가 떠올랐다. 아녜스의 말이 슬펐다.

교장실에서 징계 위원회가 약식으로 열렸다. 교감은 등교 정지 처분을 닷새간 내리자고 제안했다. 위원들이 모두 찬성했다.

등교 정지 기간이 지나갔다. 아녜스는 교실로 돌아왔다. 몰라보게 명랑해진, 분노와 광기가 사라진 발랄한 18세의 얼굴이었다. 학생 부장이 아녜스를 불러서 그동안 뭘 했느냐고 물었다. 아녜스는 온천 리조트에 가서 놀다 왔다고 대답했다. 민우는 웃음이 나왔다. 너는 징계를 즐길 줄 아는구나. 죄인을 벌하는 것은 죄 크기에 등급을 매기기 위해서가 아니다. 죄지은 자를 재활시키기 위해서도 아니다. 벌은 죄를 지켜보았던 사람들에게 경고를 주기 위해 존재한다. 처벌이 없다면 사람들은 모두 마음껏 원하는 대로 죄를 범하겠지. 개판이 될 거야. 그래서 올바른 법은 처벌이 아니라 예방을 위해 존재한다고 말하는 것이다. 아녜스, 네 안에서 어떤 움이 텄던 거니. 경아가 네 실내화를 신고 물기 흥건한 화장실 바닥을 밟은 건 아무것도 아닌 일이었을 텐데. 무엇이 너를 그렇게 격렬하게 만들었던 거니. 뭐가 네 가슴을 자글자글 끓게 했던 거니.

민우는 자신이 세키를 내리치던 때를 떠올리지 않을 수 없었다. 그때 누군가 말렸더라면 한 번에서 그쳤을 것이다. 그러나 곁에 아무도 없었기 때문에 그는 세키가 축 처질 때까지 때리고 또 때렸다. 손이 멈추지 않았다. 잠깐 주춤하면 그것이 휴식이 아니라 높은 절벽 끝 같은, 인생의 끝에 몰린 순간인 것처럼 여겨질 때가 있다. 그때, 돌멩이로 내리치던 동작을 멈췄으면 민우는 세키에게 더 큰 돌멩이로 맞아 죽었을 것이다. 민우는 머릿속에서 세키와의 일이 살아나는 걸 막으려고 자꾸만 아녜스가 겪고 있고 자기가 겪어 왔던, 고아의 어려움을 되새겼다.

사소한 일들이 고아를 슬프게 만들었다. 가령 이런 것. 민우는 아버지가 돌아가신 후 큰아버지가 살던 도시로 학교를 옮겼을 때, 신상명세서 보호자 칸을 만났다. 아버지와 함께 살 때는 전혀 신경 쓰지 않던 네모 칸이었다. 어린 민우는 망설였다. 엄마를 적을까, 큰아버지를 적을까. 엄마는 외국에서 행방불명되었다. 큰아버지는 제일 가까운 친척이었다. 하지만 그의 보호를 받기는 싫었다. 병든 아버지가 그리웠다. 형이 있었다면 그의 이름을 썼을 것이다. 누나가 있었다면 그녀의 이름을 썼을 것이다. 그러나 민우는 외동이었다. 그는 보호자 이름을 단번에 적지 못했다. 학년이 바뀔 때마다 신상명세서를 새로 써야 한다는 것도 아버지가 죽은 다음에야 알게 됐다. 어떤 해에는 엄마 이름을 썼다. 어떤 해에는 큰아버지 이름을 썼다.

아녜스 역시 외톨이였다. 레지나라는 이름의 언니가 있었지만 그녀는 맹학교 고등부 학생이었다. 스물네 살이었으나 보호자가 필요한 장애인이었다. 그래서 그들의 보호자는 이모인 에스더 수녀님이었다.

아녜스와 그 아이의 담임인 김일면 선생이 대화를 나누었다. 목소리가 민우 자리까지 들려왔다. 김일면 선생은 차분했다. 아녜스는 말수가 적었다. 경아 치료비 얘기였다. 액수가 꽤 컸는데 아녜스는 낼 수 없다고 버텼다. 아주 단호하고 당당했다. 그 애는 학교를 그만둘 준비를 하고 있었다. 김일면 선생은 한숨을 쉬었다. 대신 내줄 테니 천천히 갚는 게 어떻겠느냐고 권유했다. 아녜스가 말했다.

"마음대로 하세요."

김일면 선생이 대답했다.

"그래."

경아 일은 김일면 선생에게도 골치가 아픈 듯했다. 경아의 부모가 담임과 학교를 상대로 소송을 걸려 했다. 어떻게 해서든 합의를 이끌어 내라 한 것은 교감의 명령이었다.

부모가 나섰으면 교감은 교내 봉사 활동 정도로 가볍게 징계했을지 모른다. 딸아이의 삶을 생각하며 무릎 꿇고 애원하고, 일이 잘못되면 보복하겠다고 들이대는 부모가 없었기 때문에 교감은 징계 수위를 단숨에 결정했다. 부모라는 존재가 있느냐 없느냐의 차이가 무엇보다 컸다. 그 부모가 저열한가 고상한가는 나중 문제였다. 소송 상대를 학교로 정한 경아 부모에게도 역시. 많은 것들이 부모님이 없어서 달라졌다는 걸 아는지 모르는지 아녜스는 담임에게 인사를 하고 교무실에서 나갔다.

교사들은 아녜스에 대해 자주 얘기했다. 민우는 그들의 말을 듣고 아녜스의 하루를 상상하곤 했다. 아녜스는 집에서 아침 겸 점심을 먹고 나와 헬스클럽으로 들어가 두 시간을 보냈다. 운동이 끝나면 교복으로 갈아입었다. 교복은 항상 청결했다. 하교 후에는 다시 근처 헬스클럽으로 들어가 옷을 갈아입었다. 스쿠터가 그 아이의 발이었다. 민우는 교사들 사이에서 오가는 아녜스의 행동반경에 대한 얘기를 들으며 아녜스에겐 야간학교가 가장 안전한 놀이터라고 생각했다. 견디기 어려운 일은 주로 혼자 있는 저녁에 찾아온다. 야간학교 시간표에 따라 살면 저녁의 외로움은 버텨 낼 수 있다. 어떤 교사는 아녜스가 즐겨 입는 어른스러운 정장을 들먹이며 그 애가 유흥업소에서 일할지 모른다고 말했다. 민우는 가끔 스쿠터를 타고 집에 가는 아녜스를 멍하니 바라보곤 했다. 집 방향이 같았다. 미행해 보려 했는데 스쿠터가 승용차보다 빨랐다.

어쨌거나 경아 사건은 아녜스와 민우를 새로운 관계로 밀어 넣었다. 아녜스는 단둘이 마주칠 때에도 민우에게 인사를 하지 않았다. 민우는 사랑스럽게 생각하며 그 외면을 즐겼다. 그 애가 획, 걸음을 재촉하면서 앞을 스쳐 가면 슬며시 웃었다. '내 안으로 들어올 준비를 하는 거구나, 맞지?' 하고 말을 건네고 싶었다.

반소매 여름 교복을 벗고 긴소매 블라우스 위에 조끼를 입을 때로 계절이 바뀌었다. 학생들은 머리 손질도 새롭게 했다. 옷으로 맨살을 가리니 가을은 여름보다 단정했다. 금요일 밤 퇴근길이었다. 아녜스가 스쿠터로 차를 가로막고 말했다.

"선생님, 어디 좀 데려가 줄 수 있어요?"

민우는 빙긋 웃으며 대답을 망설였다. 아녜스가 따라오라는 손짓을 하고는 스쿠터로 앞서갔다. 간혹 정체 구간이 나왔다. 아녜스는 조수석 옆에 스쿠터를 세우고 정체가 풀리길 기다렸다. 민우는 창을 내리고 말을 붙일까 하다가 그냥 앞만 보았다. 슬랙스 정장에 헬멧을 쓴 아녜스는 성숙한 여인 같았다. 차들이 움직이기 시작하면 아녜스가 먼저 출발했다.

아녜스가 스쿠터를 세운 곳은 강가 식당 주차장이었다. 민우는 아녜스가 그곳에서 아르바이트를 할지 모른다고 생각했다.

두 사람은 파스타를 주문했다. 아녜스는 순식간에 많은 말을 했다. 외국어 고등학교에 못 가면 대안 고등학교에 가서 검정고시를 보라고 했다던 아버지, 공부하기가 싫어서 야간 여상에 원서 넣은 이야기, 아버지가 만든 도자기를 갤러리에 놓고 그것을 팔았던 어머니 이야기, 부모님이 전시 여행 갔다가 자동차 사고로 돌아오지 못했다는 얘기까지. 그러면서 그 아이는 생맥주를 주문했다. 부모님 이야기는 이미 언니 레지나를 통해 들었다. 아는 척하고 싶었으나 레지나를 생각해서 참았다. 레지나는 아녜스가 민우가 일하는 학교에 입학한다는 사실을 알리면서 혹시 개인적으로 만나 대화하게 되더라도 자기와의 관계는 숨겨 달라고 부탁했다. 그리고 아녜스가 자기에 대해 뭐라 말하면 그 내용은 꼭 그대로 옮겨 달라고 했다. 아녜스는 어머니 아버지 얘기를 했지만 언니에 대해서는 함구했다.

2차로 옮길 때 민우는 아녜스의 가슴을 느꼈다. 메타포로서의 가슴이 아니라 실제 가슴이 왼쪽 팔에 부딪쳐 왔다. 모든 게 당연한 것 같았다. 맥줏집 구석 자리에서 아녜스는 발그레해진 얼굴로 나직하게 말했다.

"선생님은 다르게 말할 줄 아는 사람이어서 좋아요."

"뭐가?"

"다들 왜 그랬어 이 계집애야, 하고 물었는데 선생님은 후련하냐고 물었잖아요."

민우는 그때 했던 말의 속도를 떠올렸다. 기억 속에서 자신은 아주 느리게 말했다. 평소 말투보다 더 느렸다. 남들과 다른 사람임을 아녜스에게 알리고 싶어 과장했던 느낌이었다. 분노에 동조해 주면 사람들은 언젠가 가슴을 열었다. 민우는 맥줏잔을 들어 올리며 슬쩍 웃었다. 이제 경아랑 무슨 일 때문에 다퉜는지 물어봐도 될까. 하지만 스스로 털어놓을 때를 기다리기로 했다. 말하고 싶으면 스스로 말할 것이었다. 아녜스가 느리게 말했다.

"선생님, 우리 연애하자. 후련하게."

"응?"

민우는 놀란 척했다.

열여덟 살밖에 안 되는 게 당돌하게. 그런데 후련하게라……. 민우는 자기 말투를 아녜스가 흉내 낸다고 생각했다. 그가 말했다.

"연애?"

"응. 맞아. 연애."

"해서 뭐할 건데?"

"그러지 마요. 건배!"

둘은 언제 어디서 어떻게를 따지고 물을 수 없을 정도로 자주 만났다. 식당에서, 메신저 대화 창에서, 모텔에서. 시작했을 때 후련했던 기분을 지속하려면 생각하지 말아야 할 것들이 많은 연애였다. 커플링 사기, 팔짱 끼고 걷기, 잔디밭에 눕기, 등산하기, 영화 보기, 아이스크림 먹기……. 그런 일을 못했으므로 그들은 같은 디자인의 속옷을 사 입었고 이른 새벽에 드라이브를 했다. 이야기를 나누고 싶으면 모텔로 들어갔다.

아녜스가 웃는 걸 보면 민우는 오줌이 마려웠다. 변기 앞에 서면 아주 미안했다. 그 아이에게 오로지 몸만을 원하는 것 같았다. 하지만 교실에서 아녜스가 빤히 쳐다보면서 웃는 모습을 대하면 모텔에서 만나자는 문자를 먼저 보내게 되었다.

아녜스는 모텔을 좋아했다. 그 아이는 컴컴한 그곳에서 자유를 찾았다. 카페, 패스트푸드점, 공원 산책로……. 환한 곳은 감옥이었다. 아이들이 많았기 때문이다. 교복 디자인이 달라서 다른 학교 아이들이라는 걸 알았지만 그 아이들에게서 감시당하는 기분은 줄지 않았다. 독서실, 학원, PC방, 패스트푸드점, 아니면 집. 거기에 가지 못하는 아이들은 공원 놀이터에서 시간을 보냈다. 아이들에겐 담배 피울 곳도 술을 마실 곳도 없었다.

민우는 가끔 아파트로 가자고 말했다. 아녜스가 반대했다. 청소를 하지 않아 방이 엉망이고, 경비 아저씨한테 면목이 없다는 것이었다. 집에 세키가 없었다면 민우는 아녜스와 팔짱을 끼고 자기 집으로 갔을 것이다. 세키가 포커를 끝내고 귀가하는 시간은 불규칙했다. 그 결과 둘이 갈 수 있는 곳은 모텔뿐이었다. 둘은 기분에 따라 도넛이나 샌드위치, 초밥 같은 것을 포장해 들고 갔다. 어떤 날은 모텔에서 된장찌개, 김치찌개를 주문했다.

성은 입고 벗는 옷 같았다. 열었다 닫는 지퍼 같았다. 시간은 섹스를 아이스크림 같은 것으로 만들었다. 가만히 두면 녹아 없어지는 아이스크림처럼, 민우의 몸에 아녜스가 남긴 여운은 하루를 버티지 못하고 사그라들었다. 민우는 여운이 사라지기 전에 다시 몸을 떨게 하려고 아녜스를 불러 모텔로 들어갔다.

2

고인 물속의 이끼 같은 사랑이 일상을 거짓으로 뒤덮었다. 민우는 집에 늦게 들어가면서 세키에게 야근이라고 핑계를 댔다. "주간으로 옮겨 갈 거야. 별것도 아닌 것들한테 비위 맞추려니까 힘들어 죽겠어." 순수한 거짓말이었다. 그런데 그렇게 말을 하자 그런 꿈을 이룰 수 있었으면 좋겠다는 생각이 들었다. 사실 재단에서는 야간부를 폐지한다고 했다. 그는 새 학교를 알아봐야 하는 처지였다.

세키는 민우 말에 토를 달지 않았다. 민우가 교사 임용 합격 통지서를 받았을 때처럼 기뻐했다. 야식을 싸 줘도 되겠느냐고 세키가 물었다. 민우는 그러지 말아야지 하면서도 마음이 불편했다. 차라리 염치 좋게 사랑을 자랑할 수 있으면 좋겠다는 생각도 들었다. 어떤 날은 지난날이 거추장스러웠고 어떤 날은 앞날이 불안했다. 불편과 불안이 가슴을 옥죄어 왔다. 사랑은 도피였다. 그는 속으로 중얼거렸다. 나는 아녜스를 사랑한다. 순수하게. 하지만 그 사랑은 집으로 가져가지 못한다. 왜?

왜 이 사랑은 집으로 가져가지 못하는 것일까. 아녜스가 어린 제자여서가 아니라 집에 세키가 있기 때문이 아닌가. 세키…… 그가 아내도 아닌데, 난 왜 이럴까.

아녜스는 가끔씩 퀼트 소품을 건넸다. 민우는 그것을 받아 가방에 넣었다가 교무실 책상 위에 진열했다. 묘한 일이었다. 사실 위험한 일이기도 했다. 동료들 말 한마디 한마디가 감시의 그물망처럼 여겨졌다. 김일면 선생은 선물을 가리키며 자주 말을 붙여 왔다. 그는 아녜스의 담임이었다.

"되게 귀엽네, 누구한테서 받았어요?"

민우는 웃으면서 둘러댔다.

"나중에 애인 생기면 주려고 사서 모으는 거예요."

김 선생은 고개를 끄덕였다. 그리고 말했다.

"중고에 취미가 있으신가?"

민우는 불쾌했다. 아녜스는 낡은 옷감을 퀼트로 이어 붙여 소품을 만들었다. 김 선생처럼 중고라 불러도 무방했다. 그러나 중고가 퀼트에 어울리는 말이라는 걸 알았음에도 불구하고 민우는 김 선생이 마치 자기 마음과 아녜스의 몸을 중고품으로 취급한다는 기분이 들어서 몹시 찜찜했다. 파릇파릇한 그 아이. 퀼트로 만든 휴대전화 키홀더의 바느질 매듭을 만지고 있으면 가슴이 쿵쾅거리며 뛰었다.

김 선생이 포커 판에 가던 날 세키에게서 문자메시지가 날아왔다. 내용은 단순했다. '일찍 들어왔으면 좋겠어.'

여덟 시 반. 진학반 상담을 마치고 집으로 돌아갔다. 계단 오르는 소리를 듣고 세키가 문을 열었다. 오랜만에 이른 귀가였다. 옷을 갈아입고 컴퓨터 앞에 앉았다.

세키가 야설 파일을 열었다. 민우는 세키의 손끝을 바라보았다. 포커를 치거나 야설을 쓰거나. 세키에게 자기 세계를 만들어 주는 손끝이었다. 제자와 연애를 하는데 미칠 듯이 좋다고 말해 버릴까? 하지만 자기 하나만 바라고 살아가는 세키를 보자 금세 단념이 되었다. 그에게는 세키도 중요했다. 제자와의 연애. 세키가 어떻게 반응할지 알 수 없었다. 민우는 의자에 앉아 손끝으로 키보드를 쓸었다.

원고는 일주일 분량이었다. 세키는 일주일에 두 차례 원고를 송고했다. 그는 다른 사람에게 보내기 전에 민우의 오케이 사인을 받고 싶어 했다. 민우는 원고를 천천히 읽었다. 이번 글은 공상 과학 야설이었다. 생소한 장르였음에도 세키는 노련하게 스토리를 이어 나갔다. 세키가 그 안에서 누리는 자유는 이질적이었다. 주로 여자들한테 끌려 다니는 남자들이 등장했다. 자매도 나오고 부녀도 나오고 성녀도 나오고 비구니도 나왔다. 여자들은 여자들끼리 사랑했다. 성별은 섹스와 무관했다. 여자들은 남자들을 애완물로 다루면서 뾰족한 물건으로 성기를 자극하며 탄성을 질렀다. 남자들은 비명 지르는 동물이었다. 여자들은 정액 없는 사이보그와 사랑했다. 사이보그의 사정은 머리에서 이루어졌다.

사이보그의 오르가슴은 감동적이었다. 사이보그가 인간과 키스하면서 상상하는 머릿속의 부드러운, 감각의 연하면서도 검고 어두운 허공은 아네스 몸속에서 민우가 캐내었던 순수 그 자체였다. 민우가 알기로 세키는 여자를 만난 적이 없었다. 그래서 상상이 훌륭했다. 언젠가 특수부대 출신 교사한테서 들었던 얘기가 생각났다. 비행기에서 점프해 낙하산 줄을 잡아당기면 전속력으로 떨어지던 몸이 하늘로 붕 솟구쳐 올라간다. 떨어지면서도 붕 떠오른다. 그때 느끼는 짜릿함은 여자와 처음 키스할 때보다 더 좋다.

민우는 세키 어깨를 툭 치면서 말했다.

"잘 썼네. 이대로 보내도 되겠어."

세키가 입술을 합빡거리며 눈을 찡긋했다. 그리고 서랍에서 상자를 꺼냈다. 민우는 키보드를 두드려 말을 건넸다.

—이게 뭐야?

—레지나한테 주고 싶어.

—그 여자 이름이 레지나야? 드디어 이름을 알아냈구나.

—같이 다니는 애들이 레지나 언니, 레지나 언니, 그렇게 부르더라. 그 소리 듣고 알았지. 걔네들은 목소리 되게 커. 앞을 못 보니까.

—몇 살인데?

—스물넷.

—스물네 살? 짐작했던 것보다 많다, 그치?

—사십 넘어 보이는 아저씨도 다니던데 뭐. 일반 학교랑 다른 게 많은가 봐. 어떤 사람은 침 놓는 기술 배우러 다니고, 어떤 사람은 안마 기술 배우러 다니더라.

—그 여자가 마음에 들어?

—예쁘잖아.

—그건 그렇고 이건 뭐니?

—그냥. 시계 하나 샀어. 선물하고 싶어서. 대신 전해 줘.

—그런데 이건 좀 오버 같다. 맹인들이 어떻게 시계를 보니? 기분 나빠 하면 어쩌려고?

—점자 시계야.

—장애인용? 한번 보자.

—전해 줄 거야 말 거야?

—어떻게 주지?

—강당에 있을 시간이니까 뛰어가서 주고 와.

세키가 상자를 내밀었다. 민우는 상자를 열었다. 테두리에 시각 표시가 점자로 양각된 바늘 시계와 엠보싱이 오돌토돌한 점자 편지가 나왔다.

—야, 이거 뭐니. 너, 점자를?

—응, 조금.

—와. 어떻게 배운 거야? 뭐라고 썼어?

—그냥. 별거 아냐.

세키가 편지를 꺼내 손으로 더듬었다. 뾰족하게 솟은 점자가 까끌까끌해 보였다. 색깔이 없었지만 왠지 검어 보였다. 민우는 망연하게 편지를 쳐다보았다. 세키가 서랍에서 책을 꺼냈다. 『점역사 양성 자료집』. 표지가 푸른 책이었다. 시각 장애인 연합회에서 일반인 점자 번역사를 양성하는 것 같았다. 세키는 인터넷으로 그 책을 주문해서 배달받았다고 했다. 민우는 세키가 레지나를 미행하는 모습을 상상했다. 점자를 배우다니. 종잡을 수 없는 집착이었다. 세키야, 걔 내가 아는 애야……. 네 생각처럼 순수한 애 아니야……. 말하고 싶었다. 말할 줄 모르는 모니터처럼 사는 네가 앞 못 보며 말만 할 줄 아는 라디오 같은 맹인을 만나서 어떡할래. 미리 차단해 줬어야 했나. 민우는 세키를 물끄러미 바라보았다.

세키가 필기도구를 꺼내 보여 주었다. 점자를 찍을 때 종이 받침으로 쓰는 평판과 점자 기호가 들어 있는 점관, 방울토마토를 엄지와 검지로 꾹 눌러서 만들어 놓은 듯한 손잡이가 달린 점필이 한 묶음이었다. 자료집은 토플 책처럼 두꺼웠고 평판은 도마만큼 무거웠다. 민우는 편지 내용이 궁금했다. 세키는 읽어 주지 않았다. 점자를 더듬더니 다시 상자에 넣었다. 민우는 모니터를 쳐다보며 말을 입력했다.

— 뭐라고 썼는지 궁금하네. 같이 가서 전해 주자.

— 아니. 혼자 가.

— 어차피 앞도 못 보는데 어떠니. 같이 가자.

— 어떻게 잘 좀 해 줘. 시계 안 받는다 그러면 편지 꺼내서 주고.

— 창피해서 그래?

— 남자 있는 것 같더라고.

— 그걸 네가 어떻게 알아?

— 느낌이 오지, 남자를 만나는 여자라는 느낌.

—그걸 어떻게 아니.

—콜택시 타고 자주 어디 가는 걸 봤어.

—어디 가는 걸까?

—글쎄 나도 모르지. 그냥 남자 만나러 가는 느낌이었어.

—갔다 올게. 널 데리고 오라 그러면 뭐라 그럴까?

—그러면 문자 줘. 튀어 갈게.

세키가 다시 눈을 찡긋했다. 민우는 컴퓨터 앞에서 물러났다. 두 갈래로 갈라진 키보드 연결선이 뱀 혓바닥처럼 보였다. 컴퓨터를 새로 샀을 때 세키가 만든 것이었다. 세키는 허브를 구해 와서 민우의 키보드를 거기에다 꽂았다. 본체 하나에 키보드가 둘이었다. 모니터를 가운데에 두고 어깨를 기대면 마음이 평화로웠다. 모니터도 듀얼로 장만할까 했으나 그럭저럭 적응이 되어 불편하지 않았다. 기계는 사람을 평등하게 만들었다. 민우는 자기가 입으로 말을 하고, 세키가 모니터를 향해 말을 입력하던 시절이 아득하게 멀리 느껴졌다.

민우 앞에서 세키가 대화 내용을 저장했다. 파일명은 날짜였다. 하드디스크에는 대화를 저장하는 폴더가 따로 있었다. 공통 일기장인 셈이었다. 민우는 세키를 보며 상자를 흔들어 보았다. 시계가 상자 바닥에서 쓸리는지 스윽스윽 소리가 났다.

민우는 강당 건물로 갔다. 피아노 소리가 들려왔다. 문을 열었다. 삐그덕 소리가 났다. 레지나가 연주를 멈췄다. 민우는 레지나를 향해 걸으면서 말했다.

"레지나……."

"네. 누구세요?"

"오랜만이야."

"어머, 민우 오빠?"

레지나의 목소리가 높았다. 바깥 사람들에게 알려 주려고 일부러 목청을 돋우는 것 같았다. 민우는 부담스럽던 마음이 한결 가벼워졌다. 그는 예전에 그랬듯이, 스위치를 껐다 켰다. 레지나는 가끔씩 희미한 빛을 인식한다 했다. 민우가 말했다.

"피아노 듣기 좋네."

"정말 오랜만이다. 민우 오빠."

레지나가 웃었다. 강당 천장은 높았고 은색 스테인리스 십자가는 차고 단단해 보였다. 민우는 강단 위로 올라서서 그녀를 향해 걸었다. 나무 마루에서 발자국 소리가 쿵쿵 울렸다.

"요즘 연락 없더니……. 잘 지냈어?"

"오빠 어때?"

"방학 때 여행 갔다 왔어. 넌?"

"벌써 가을이잖아. 수능 시험 때문에 바빠. 나도 저번 방학 때는 기숙사에서 보냈어. 고3들한테 수능 시험 공부하라고 교장 선생님이 기숙사를 개방했거든."

레지나는 이제 민우 얼굴을 바라보면서 말했다. 목소리로 위치를 가늠하고, 얼마나 큰 소리로 말을 건네야 하는지 알게 된 것이었다. 민우는 다가가 피아노 건반을 살며시 눌렀다. 레지나가 웃었다.

민우는 레지나의 눈을 바라보았다. 백태 낀 눈 가운데가 마른 우물 바닥 같았다. 선글라스로 가리면 아주 예쁜 얼굴이었다. 만나자고 미리 연락했으면 레지나는 선글라스를 썼을 것이다. 그녀는 학교 밖으로 외출할 때만 선글라스를 썼다. 그녀가 말했다.

"그런데 오늘은 웬일? 누가 먼저 연락하나 보자, 벼르던 사람 같더니?"

"전해 줄 게 있어서."

"뭘?"

"친구가 있는데 말야."

"그런데?"

"네게 선물 주고 싶대."

"그럼 직접 오지. 왜 오빠가?"

"음⋯⋯. 걘 말을 못 해."

"듣기는 해? 보통 언어 장애인들은 청각 장애도 같이 있는데. 어쩌다가 그랬대? 안됐다."

레지나는 선물을 곧 받아들일 것처럼 적극적이었다. 세키에 대해 듣자 말을 잃게 된 내력을 제일 먼저 궁금해하는 것이 의외였다. 너무 계산 없이 말했다는 생각이 들었다. 레지나가 다시 물었다.

"듣긴 들어요?"

"응. 아주 잘 들어. 눈도 좋고."

"그렇구나. 그런데 무슨 선물?"

민우는 레지나의 가슴을 쳐다보았다. 브로치에 큐빅이 잔뜩 박혀 있었다. 그것이 언제나 시선을 가슴으로 끌어들였다. 눈을 마른 우물 바닥이라 한다면 쇄골과 목 사이는 신선한 물이 솟는 샘이라 할 수 있었다. 민우는 그곳에 이마를 대고 싶었다. 레지나는 아름답게 꾸밀 줄 알았다. 신께서 하루에 딱 10분, 눈으로 볼 자유를 준다면 레지나는 뭘 보려고 할까. 주저 없이 거울을 택할 것 같았다. 실은 앞이 보이는데 못 보는 척, 세상을 희롱하면서 사는 건 아닐까. 처음엔 많이 의심했다.

민우의 경우 신이 하루에 딱 10분간 시선을 허락한다면 날아가는 새들을 바라볼 것이었다.

교사 생활 두 해째를 보내던 어느 날, 참새가 교실로 날아들었다. 창문으로 들어온 새는 나가는 문을 못 찾고 헤매었다. 아이들이 와아! 하면서 책상을 두드리며 발을 구르고 소리를 질렀다. 교감이 복도를 지나다가 교실로 들어왔다. 민우는 긴장이 돼서 당황했다.

교감이 그의 어깨를 툭 쳤다. 그리고 청소 도구함에서 긴 빗자루를 꺼냈다. 교감이 말했다. "날리면 돼. 계속." 교감은 긴 빗자루로 허공을 쓸었다. 민우는 교감이 교실로 들어온 것보다 들어오자마자 허공에 비질을 하는 행동이 우스워 더 당황스러웠다. 교감이 아이들에게 새가 앉지 못하도록 계속 날리라고 지시했다. 아이들이 신나게 새를 쫓았다.

끝날 것 같지 않았다. 웃음 섞인 소란이 계속되었다. 민우도 자꾸만 웃음이 났다. 교감에게서 빗자루를 받아 허공을 치는 자신이 한심했다. 교감은 민우가 얼마나 열심히 비질을 하는지 지켜보았다. 새의 날갯짓이 눈에 띄게 느려졌다. 10여 분쯤 지났다. 새는 낮게 날고 날갯짓도 느렸다. 아이들은 계속해서 손으로 새를 쫓았다. 새는 벽에 부딪치기도 했고 사물함 위에 앉아 쉬려고도 했지만 주춤거릴 때마다 아이들이 손을 뻗었다. 아이들 손이 닿지 않는 천장에는 새가 앉을 곳이 없었다. 새는 천장으로 솟았다가 바닥으로 가라앉았다. 교감이 웃으면서 말했다. "거봐. 끝나가지?" 곧 새가 날개를 축 늘어뜨리며 바닥에 앉았다.

교감이 말했다. "뭐해, 잡지 않고?" 아이들은 새를 잡으려고 하지 않았다. 민우는 새에게 다가갔다. 새가 확 날아오르면서 부리로 눈을 쪼을 것 같아서 냉큼 손을 뻗지 못했다. 교감이 민우를 밀쳤다. 그리고 한 손으로 날개와 목을 한꺼번에 잡았다. 아이들이 환호성을 질렀다. 교감은 창문으로 가서 새를 밖으로 던졌다. 새가 바닥으로 떨어지는가 싶더니 날개를 펴고 휘익 날아올랐다. 아. 날아간다……. 민우는 날아가는 새와 그것을 바라보는 교감의 등을 보았다. 이런 게 바로 연륜이라는 거구나. 속으로 감탄했다. 그는 날아간 새를 다시 부르고 싶었다.

민우가 레지나에게 말했다.

"여기. 개가 주는 선물."

레지나가 손을 내밀었다. 손바닥에 얹어 달라는 뜻이었다. 민우는 상자를 놓고 손을 뺐다. 잠깐 레지나의 온기가 손등에 머물렀다. 그녀를 안고 싶었던 날들이, 몸 안의 짐승을 불러내 불현듯 겁탈하고 싶던 시간들이 머리를 어지럽게 했다. 니트를 입은 가슴 선에 숨이 막혔다. 스물네 살. 대학교 4학년 나이였다. 민우는 그 나이 때에 포경수술을 했다. 졸업을 앞두니 우울해서 몸에 칼을 대고 싶었다. 거기는 칼을 대면 더 좋아질 자리였다. 대학교 4학년 가을 민우는 비뇨기과에서 수술을 받았다.

아네스의 언니라는 것을 의식하면서도 레지나의 손을 잡고 싶은 기분을 누르기 위해 그는 십자가를 올려다보았다. 레지나는 상자에서 시계를 꺼냈다.

"어머. 시계네."

"써 봤니?"

"아니. 이런 거 갖고 싶었어. 비쌀 텐데. 그분은 뭐해요?"

"작가야. 인터넷."

"멋있다. 뭐 쓰는데?"

"그냥 그래. 나중에 직접 물어보든지."

"오빠. 혹시 지금 이거 오빠가 나한테 주는 거 아냐? 그런 친구 말한 적 없었던 것 같은데?"

그녀를 안고 싶었다. 이상한 방향으로 숨이 가빴다. 불을 끄면 어둠이었다. 아네스의 몸이 떠올랐다. 아네스를 안으면서 레지나를 떠올리기도 했다. 민우는 한숨을 쉬듯 말했다. 원하면 잠을 자 주겠다고 했던 말이 아직 유효할까?

"가 볼게."

"잠깐만. 그 사람 전화번호 알려 줘. 고맙다고 문자 메시지 보내게."

"응. 그래."

민우는 세키 전화번호에서 끝자리를 틀리게 불러 주었다. 레지나는 전화번호를 등록했다. 전화기 키 톤이 높게 울렸다. 맹학교 학생들은 전화기 5번 키의 돌출 점과, 컴퓨터 키보드 F와 J키의 돌출 점을 기준점으로 삼고 번호를 누르고 타이핑을 했다. 레지나가 상자에서 편지를 꺼냈다.

"어머, 편지까지? 멋지다."

민우가 말했다.

"읽어 줄래?"

"왜?"

"궁금해서."

"그거 사생활 침해다, 오빠."

"혹시 내 얘기 있으면 나중에 알려 줘."

김 선생이 출근하자마자 조퇴할 일이 생겼다면서 종례를 부탁했다. 민우는 일정표를 보았다. 진학반 아이들과 세 번째로 상담하는 날이었다. 민우는 웃으면서 고개를 끄덕였다. 김 선생이 쇼핑백을 내밀며 뜻밖의 부탁을 덧붙였다.

"아녜스한테 좀 전해 줘요."

"아녜스?"

"응. 애들 없는 데서, 살짝."

"뭔데요?"

"걔가 준 건데 좀 골치야. 수고해 줘요, 그럼."

김 선생은 검지를 세워 입술에 댔다. 더 얘기하지 말고, 다른 교사들에게도 알리지 말라는 뜻이었다.

아녜스가 뭘 줬기에 돌려준다고 하는 걸까. 꿍꿍 싸맨 스카치테이프가 야무졌다. 쉽게 뜯을 수 없을 것 같았다. 아네스가 김 선생하고 가끔 밥을 먹는다고 하기에 안 믿었는데 정말인 모양이었다. 만나기 힘들다고 말했던 어떤 날 아네스가 김 선생에게 전화를 걸었을 거란 생각이 들었다.

테이프는 빈틈 없이 붙어 있었다. 종이 가방이 반질거렸다. 경아 일이 떠올랐다. 김 선생은 치료비를 대신 내 줬다. 고맙다는 뜻으로 아네스가 선물을 준 것 같았다. 의심하지 않기로 마음먹었다. 순간 김 선생 말투가 생생하게 떠올랐다. "애들 없는 데서, 살짝." 쇼핑백을 열어 보고 싶어졌다.

조회가 끝나고 수업이 시작되었다. 1교시 수업을 5분 일찍 끝내고 교무실로 들어갔다. 김 선생이 먼저 수업을 끝내고 와 있었다. 2교시가 끝났다. 교무실로 빠르게 걸어갔다. 김 선생이 먼저 와 있었다. 3교시가 시작될 때였다. 김 선생이 책상 앞으로 다가와 "수업 들어가십시다." 했다. 그 수업이 끝났을 때는 4시 30분이었다. 김 선생은 부랴부랴 옷을 챙겨 입고 나갔다. 포커 판에 나가는 모양이었다.

교감은 누구에게나 쉽게 조퇴를 허락했다. 1학년은 아예 입학생이 없었다. 3학년은 취업 연수 기간이라 진학반에만 학생들이 있었다. 교실에 남은 2학년은 마지막 야간부 학생이었다. 그 아이들은 3학년 한 해를 더 다닐 것이었다. 그런데 왠지 학생들을 대하면 민우는 폐교 예정인 분교의 마지막 수업을 앞둔 듯한 기분에 휩싸였다. 학교 이름도 여자 상업 고등학교에서 정보 산업 고등학교로 변경될 예정이었다. 야간부 교사들은 새 학교를 알아봐야 했다. 교사들은 주간부에서 정년퇴직하는 교사들의 자리를 놓고 신경전을 벌였다. 하지만 누가 옮겨 갈지 윤곽이 분명했다. 재단 눈에 들어 학제 개편 업무로 매일 야근에 시달리는 교사들이 그들이었다. 민우는 그 사람들처럼 바쁘고 싶었다. 재단에서는 그를 불러 주지 않았다. 새 학제에 맞춰 정부로부터 새로 인가받는 자리는 컴퓨터 프로그래밍 전담 교사들로 채울 거라 했다. 재단에서는 우선 기간제 교사를 채용한다 했다. 말뿐일 것이다. 편법을 지적하며 정교사를 채용하라고 위에서 압력을 가해 올 때까지 재단은 언제라도 계약을 해지할 수 있는 기간제 교사를 뱅글뱅글 돌리면서 저예산으로 운영할 것이 빤했다. 재단 눈치 볼 필요 없는 교사들은 김 선생처럼 도리어 자유로웠다. 민우는 새 학교를 알아보지 못한 한편, 끝물의 자유를 공개적으로 누릴 배짱도 없었다. 허전하고 답답하면 아녜스를 모텔로 부를 수 있을 뿐.

쓸쓸하면서 원망스러웠다. 김 선생은 15년 안에 최연소 교장이 되겠다는 야망을 품고 방학도 없이 출근하던 사람이었다. 헛된 꿈이었다. 재단 인척이어야 임원이 될 수 있다는 사립학교의 룰을 모르지 않으면서 어떻게 교장을 꿈꿀 수 있었던가. 인맥도 없으면서 어떻게 초고속 승진을 기대한단 말인가. 그는 이상과 능력이 미래를 만들어 낸다고, 두고 보라고 말하며 야심을 드러냈다. 그는 또 교육 대학원에 다니면서 특수교육을 전공했다. 교사로서의 사명이 남달랐다. 장애 학생 비장애 학생 통합 교육이 확대될 것이니까 장애인 학생을 받으려면 자기 같은 사람이 필요하다는 것이었다. 그것 역시 현실에서 엇나간 얘기였다. 장애인 입학생이 생기면 학교에서는 제풀에 지쳐 자퇴를 하게 만들거나, 특수학교로 전학하는 방법을 권할 것이었다.

김 선생이 운동장을 가로질러 주차장으로 걸어갔다. 민우는 쇼핑백을 꺼냈다. 스카치테이프에 칼을 댔다.

기분이 아득해졌다. 쇼핑백에서 나온 것은 자기가 레지나에게 전해 준 시계 상자였다. 어떻게 이것이 김 선생 손에 들어갔을까. 왜 김 선생은 이것을 아녜스한테 전하라고 하는 것일까. 왜 아녜스한테서 자기가 받았다고 말한 것일까.

김 선생은 민우가 임용되던 당시 인사 위원 중 가장 젊었다. 그는 재단에서 공정성을 위장하기 위해 모양새를 갖추느라 자기를 끼워 넣었다고 말하곤 했다. 김 선생은 자기에게 의사결정 권한이 없다는 사실에 별로 불만이 없었다.

교무 부장으로부터 넌지시 암시받은 발전기금 5000만 원은 큰 금액이 아니었다. 2년을 무보수로 일한다 생각하고 꾹 참으면 되는 것이었다. 김 선생은 민우에게 청춘의 가격이라는 충격적인 개념을 가르쳐 주었다. 김 선생이 말했다. "청춘의 가격이 얼마일 거라고 생각해요? 임용고사 준비하면서 학원에서 보내는 시간, 그리고 교재비, 학원비, 밥값, 생활비…… 떨어지면 두 배가 되는 거죠. 남들 벌 때 못 벌고 마이너스만 쌓았잖아. 그리고 청춘이 지나가잖아요. 정력과 스트레스를 생각해 봐요. 나는 안 내고 들어왔는데, 학교 재정이 어려워졌나 보지. 나는 반댄데, 나이 드신 선생님들이 하는 말 들어 보면 그 말이 정답이더라고요. 임용되면 평생이잖아. 정년 때까지.” 민우는 고개를 떨어뜨렸다. 신발 끝을 보면서 생각했다. 돈을 내고 선생 되라고? 억울하고 분했다. 하지만 어찌할 수 없었다. 서류 전형, 시범 강의 등에서 1위였다. 합격 소식까지 받아 둔 상태였다. 그러나 합격은 언제든 취소 가능했다. 생각할 여지가 많지 않았다. 김 선생 말대로 청춘은 돈으로 매길 수 없이 어마어마하게 변화무쌍하고 아름다운 시기였다. 민우는 반나절을 받았다. 반나절의 말미로 기나긴 평생을 선택해야 했다. 맑게 살아야 한다는 신념은 애초에 갖고 있지 않았다. 붙들고 늘어질 학벌도 없었다. 결정적으로 국공립학교 교원 임용고사에 합격할 자신이 없었다. “몸을 팔아서라도 만들어야죠.” 민우는 웃으면서 말했다. “안 되지. 농담으로라도. 선생이 그러면 안 되지.” 김 선생도 웃으며 가볍게 말을 넘겼다.

김 선생은 멘토처럼 민우에게 많은 것을 조언해 주었다. 그는 교직원 노조에 가입했을 때 당하는 불이익을 얘기했고, 여학교에 근무하는 젊은 총각 교사로서 조심해야 할 것들을 옷차림새에서부터 칠판 지우는 자세에 이르기까지 세심하게 가르쳐 주었다. 바지 지퍼에 분필 가루도 묻혀서는 안 되는 게 선생이었다. 총각 선생은 특히.

민우는 돈을 만들기 위해 중개 업소를 수소문했다. 중개 업소에서는 바를 소개해 줬다. 여자들에게 술을 따르는 일은 즐겁고 재미있었다. 잠깐이라고 생각했으므로 인생이 허망하지도 않았다. 돈만 만들면 끝이었다. 그런데 불행은 행복보다 이유가 더 분명했다. 여자를 따라가 관계를 가질 때마다 성병을 얻게 될까 봐 심장이 덜컥거렸다. 더 큰 불행은 돈이 순식간에 모이지 않는다는 것이었다. 돈을 모으려면 몸을 격하게 내맡겨야 했다. 기계처럼 술 마시고 섹스하지 않는다면 돈 모으는 것은 불가능했다. 민우는 고심 끝에 전셋집을 월세로 돌리고, 집주인에게서 전세금을 받았다. 큰아버지에게서 마지막으로 받았던 돈이었다.

김 선생은 굉장히 깔끔한 사람이었다. 그는 행정 실장을 바로 연결시켜 주었다. 영악한 교사들은 그런 보직을 차고 앉아 커미션을 챙긴다고 했다. 임용 이후에 신임 교사가 웃돈 받은 사실을 은밀하게 들추면 그들은 '원래 그러는 거예요.'라는 말로 당사자를 무색하게 만든다 했다.

5년째였다. 전세금을 원 상태로 돌리고 겨우 자리를 잡을 만하니까 학교가 몸을 바꿨다. 민우는 임용되던 당시의 교무 부장을 찾아갔다. 교무 부장은 상담을 환영했다. 그는 우선 기간제로 주간에 적을 만들어도 되겠느냐고 물었다. 차츰 인가를 늘릴 계획인데 그때 정규 교사로 전환해 주겠다는 것이었다. 민우는 칼로 그의 배를 찌르고 싶었다. 뒤통수를 돌확으로 뭉개 버리고 싶었다. 직접적인 말은 아니었지만 그는 다시 또 경비가 드는 일임을 넌지시 얘기한 것이었다. 지긋지긋했다. 정확히, 그가 금전을 원한다고 말을 하지 않았음에도 불구하고 스스로 알아서 자존심을 싹둑 잘라 내고 굴종해야 하며 얼마 정도면 되는 거냐고 먼저 입을 떼야 하는 상황에 걸려들었다는 것이 저주스러웠다. 5년 전 거래는 영수증도 없고 장부도 없었다. 여태껏 견뎌 온 5년이 허공으로 사라졌다.

민우는 시계를 내려다보았다. 송사리 떼처럼 작은 것들이 무리지어 눈앞을 빠르게 스쳐 갔다. 눈이 아렸다. 김 선생이 가끔씩 세키에 대해 꺼내던 말들이 생각났다. "친구 소문이 돌던데, 강 선생, 생활 관리도 좀 해야 되지 않나, 학교 옮기려면……." 그냥 웃으며 넘겼던 말이었다. 어느 날엔가는 그가 세키의 장애 급수를 물었다. 민우는 그가 특수교육을 전공하고 있어서 장애 문제에 민감한 것이라 생각하면서도 결정적인 이유는 카드 때문일 거라 생각했다. 김 선생과 세키는 같은 판에서 놀았다. 우연이었다. 세키는 판을 키우기 위해 져 줄 때를 제외하고는 돈을 잃는 법이 없었다. 세키한테돈을 많이 떼인 것일까? 그런데 레지나에게 전했던 시계 상자를 그가 왜? 아녜스는 또 왜? 왜 아녜스를 끌어들인 거지? 의도치 않게어두운 곳으로 끌려가 궁지에 몰리는 느낌이었다.

마음이 분해되었다. 깊은 밤, 가로등 밑에 서서 바람에 흩날리는눈발을 보는 듯했다. 어지럽게 휘날렸다. 어느 순간 4월 바람에 흔들리는 활짝 핀 벚꽃나무가 떠올랐다. 눈앞에서 어지럽게 흩날리는이것은 눈발일까 꽃잎일까? 꽃잎 쪽으로 마음이 돌아섰다. 남자 있는 여자라고, 세키가 레지나에게 애인이 있는 것 같다고 수줍게 말하던 모습이 떠올랐다. 레지나가 콜택시를 타고 가서 김 선생과? 충분히 그럴 수 있었다. 연애는 그 방향을 짐작할 수 없어서 신비로운 것이다. 기분이 약간 상쾌해졌다. 연애 감정에 대한 순수한 믿음이 암울하던 세계를 환한 한낮으로 변화시켰다.

모텔에서 세수를 했다. 초인종이 두 번 울렸다. 문을 열자 아녜스가 웃으며 들어왔다. 아녜스는 들어오자마자 다짜고짜 팔짱을 끼며 민우에게 매달렸다. 민우가 말했다.

"스쿠터 타고 왔니?"

"그냥 걸어왔어."

"왜?"

"좀 걷고 싶어서. 저기 스타벅스 새로 생겼더라. 녹차라떼 사왔어."

"커피 말고?"

"요즘은 이런 게 좋아."

아녜스가 침대에 앉았다. 아녜스는 빨대로 라떼를 쪼옥 빨았다. 민우는 아녜스 볼을 꼬집었다.

아녜스가 민우 몫으로 잔에 맥주를 부었다. 민우는 맥주를 마시고 쇼핑백을 꺼낼 생각이었다. 어떤 식으로 말하면 좋을지 생각하면서 아녜스를 바라보는데 아녜스가 먼저 말했다.

"선생님. 이거 좀 봐 줄래?"

"뭔데?"

"생리 안 한다고 했잖아."

"응."

"검사해 봤는데……."

민우는 눈을 크게 떴다. 검사? 임신 검사? 손에서 땀이 났다. 맥주를 단숨에 마셨다. 아녜스가 가방을 열었다. 전화기를 찾듯이 가방 속을 뒤적였다. 민우는 가만히 기다렸다. 아녜스가 임신 테스터를 내밀었다. 길쭉한 플라스틱 막대였다. 민우는 리트머스 창을 바라보았다. 보랏빛 선이 두 줄, 선명했다. 목이 말랐다.

"두 줄이 무슨 뜻이야?"

아녜스는 웃었다. 너는 왜……. 민우는 간신히 하려던 말을 참았다. 커피 대신 녹차라떼를 마시던, 방금 전 태도가 마음에 걸렸다. 임신을 반기는 여자들의 다소곳함을 아녜스는 보여 주고 싶었던 것이었다. 말이 나오지 않았다. 네 것이 확실하냐고 묻고 싶었다. 민우는 테스터를 침대에 툭 툭 쳤다. 아녜스가 냉장고에서 생수를 꺼냈다. 민우가 말했다.

"얼마나 된 거지?"

"예정일에서 음……."

"멘스 말고, 우리가 처음 한 거."

아녜스는 민우의 손을 잡고 손등을 간질였다. 민우는 숨이 막혔다. 팩 토라지길 바랐는데 아녜스는 연습해 온 것처럼, 몇 번의 무례는 참기로 마음 굳게 먹었다는 듯한 표정으로 웃으며 침대에 누웠다. 민우는 등을 돌렸다. 아녜스가 벌떡 몸을 일으키며 말했다.

"왜? 시시해서 그래요?"

침대가 출렁거렸다. 민우는 입술에 침을 발랐다. 아녜스 쪽으로 돌아앉았다. 우리가 얼마나 했다고 임신이니, 하면서 무책임을 따지려니 아녜스는 너무 어렸다. 물을 부어 주면 금방 넘치는 작은 화분처럼 용량 작은 아이였다. 책임져야 할 어른은 자신이었다. 그가 말했다.

"다시 검사해 볼까. 테스터가 불량일 수 있으니까. 가끔 그런다더라 그거."

아녜스가 가방에서 색색 테스터를 꺼냈다. 여섯 개였다. 모든 테스터에 두 줄의 임신 표시가 있었다. 민우는 아녜스의 뺨을 치고 싶었다. 너는 왜……. 그러나 말이 나오지 않았다. 한숨이 나왔다.

아녜스가 가방 속에서 포장이 말끔한 새 테스터를 꺼냈다. 그리고 욕실로 들어갔다. 쪼로록, 소변 보는 소리가 들려왔다. 민우는 누운 자세에서 다리를 꼬았다. 아녜스가 눅눅한 테스터를 들고 나와 민우에게 내밀었다. 민우는 흥건하게 젖은 리트머스 용지를 바라보았다. 선이 없었다. 두 줄이 나타나야 임신이었다. 가슴이 터질 것 같았다. 여태까지 본 것은 가짜였고 이번 것이 진짜였다. 아녜스는 시간이 좀 걸린다고 얘기했다. 민우는 눈을 감고 기도했다. 제발, 제발. 그러나 잠시 후 표시 창에 보랏빛 선이 희미하게 나타났다. 첫 번째 줄, 두 번째 줄, 윤곽이 나타나더니 오줌이 말라 가면서 점점 더 선명해졌다.

아녜스는 베개를 끌어안고 몸을 돌렸다. 민우는 손톱으로 아녜스의 등을 꾹꾹 눌렀다. 아녜스는 말이 없었다. 민우는 자꾸만 아녜스를 쓰다듬었다. 몸이 고민을 잊게 만들었다. 임신. 그럴 수 있을 거라 생각했다. 병원에 가면 해결될 일이었다. 깊이 생각하고 싶지 않았다. 어쩌면 아녜스는 경험했을지도 몰랐다. "선생님도 좋았으면 좋겠어요." 처음 잤던 날 아녜스가 그렇게 말했다. 마치 몸이 원하는 게 무엇인지 모두 안다는 듯, 섹스에 자신 있다는 태도였다. 그 노련함이 기분을 가볍게 만들었다. 그 애에게 첫 남자가 아니라는 사실이 고마웠다. 쉽게 떠나려면 특별하지 않아야 했다.

아녜스는 민우의 손길을 피해 다니다가 결국은 옷을 벗었다. 민우는 바지를 벗었다. 임신 사실을 이미 오래전에 확인했고, 이제 병원에 가는 일만 남겨 둔 것 같은 느낌이었다. 민우는 아녜스의 몸을 격하게 탐했다. 잊고 싶었다. 아녜스가 눈물을 글썽거렸다. 민우는 아녜스가 글썽거리는 것이 찜찜했지만 멈출 수 없었다. 그는 손으로 눈물을 닦아 주면서 몸을 움직였다. 한번 시작한 사랑 행위를 중간에 제어하는 기술은 배운 적이 없었다. 아녜스가 소리 내서 울었다.

야간학교 일과가 끝나는 시각은 사랑하기에 적절한 밤이었다. 민우는 짧게 잠자고 일어났다. 아녜스는 무릎에 얼굴을 대고 앉아 있었다. 민우는 아녜스를 다정하게 애칭으로 불렀다.

"네스야……."

"응. 선생님."

"무섭지?"

"뭐가?"

민우가 아녜스 얼굴을 쓰다듬었다. 아녜스가 말로 민우의 명치를 가격했다.

"애기 낳는 거 자신 있어, 선생님."

"어?"

아녜스는 눈빛이 마주치자 욕실로 들어갔다. 샤워기에서 물 쏟아지는 소리가 들려왔다. 민우는 아녜스가 가여웠다. 외로움은 무슨 일이든 그것을 극단으로 몰아세웠다. 아이를 낳겠다고? 너무 대화를 피해 왔다는 생각이었다. 아녜스가 나오길 기다렸다. 민우가 다정하게 말했다.

"언제 알았니?"

"조금 됐어."

"힘들었지? 혼자니까 그런 생각 했을 거야. 꼭 그렇게 하지 않아도 돼."

"내가 왜 혼자야. 선생님이 있는데."

"그렇지. 내가 있지."

"난 가족을 만들고 싶어. 지금 낳으면 나랑 열여덟 살 차이 나는 거잖아. 친구 같고 좋아."

"아녜스, 나, 너, 사랑한다."

"알아. 선생님."

며칠 후 같은 모텔이었다. 민우는 쇼핑백을 내밀었다. 김 선생이 바라는 바가 뭔지 궁금했다. 혹시 학교 인사 문제 때문일까? 나를 필사적으로 막아야 하는 어떤 자리가 있는 걸까? 그래서 아녜스와 관계하는 걸 알고 있으니 자기 앞으로 와서 무릎을 꿇으라고 협박하는 것일까? 그게 아니라면 도대체 왜 내게……?

아녜스는 쇼핑백을 받고 프러포즈라도 받은 것처럼 흥분했다.

"선생님. 이거 뭐야? 선물? 결정했다는 뜻이지?"

아녜스가 상자 뚜껑을 열었다.

"어어? 시계네."

아녜스는 시계 테두리의 점자를 매만졌다. 민우는 가볍게 말했다.

"김 선생님이 전해 달라고 하던데?"

"김 선생님? 누구?"

"알면서."

"우리 담임?"

"시치미 뗄래?"

"왜 이래. 질투 부리니까 귀엽다. 내가 담임이랑 몇 번 밥 같이 먹었다고 지금 이러는 거야?"

"이게 웬 거니? 너에게 꼭 줘야 한다고 하던데."

"우리 담임 이젠 아주 고단수로 나오네. 언니한테 이런 거 하나 사 주려고 했는데, 너무 비싸서 못 샀어. 담임이 언니한테 전해 주라고 하는 건가 보다. 장애인 용품은 왜 그렇게 비싼지 모르겠어."

민우는 침울했다. 임신을 하면 여자들이 달라진다고 하더니 아녜스가 이렇게 다감해진 것도 그것 때문일까? 그 애가 언니 얘기를 스스럼없이 꺼내는 것이 부담스러웠다. 언제쯤 레지나 얘기를 풀어놓을까 싶었는데 시계를 보자마자 곧장 언니 얘기를 시작하는 것이 예상 외로 당혹스러웠다. 민우가 물었다.

"언니?"

"응. 시각장애인이야."

아녜스는 레지나에 대해 짤막하게 얘기했다. 민우가 이미 아는 내용이었다. 나이가 많은데 고등학생이라는 것, 맹학교에 다닌다는 것, 예쁘다는 것. 민우는 아녜스 말을 수줍게 듣다가 말을 돌렸다.

"언니도 세례명 쓰지?"

"응. 어떻게 알았지?"

"난 네 선생이야. 학생부 보면 나오지. 그런데, 언니하고 김 선생님하고는 어떤 사이야?"

"김샜어. 난 선생님이 선물 가져온 줄 알았는데."

민우는 미안해서 대화를 끊었다. 그러고는 또 지난번처럼 아녜스를 격하게 탐했다. 섹스의 끝은 짧은 잠이었다.

잠에서 깨니 아녜스가 앉아 있었다.

"선생님, 그거 알아? 점자는 읽을 때하고 쓸 때하고 순서가 달라. 거꾸로야. 왼쪽부터 읽게 하려면 오른쪽 끝에서부터 시작해야해. 판화 찍는 거하고 같아. 여섯 개씩 구멍에다 꾹꾹 눌러 박아. 동그란 눈알 같은 것을."

아녜스가 열쇠고리에 달린 주사위를 흔들었다. 노란 직육면체에 은색 철점이 돋아 있었다.

"이거 희한하게 생긴 주사위라고 했지? 점자 연습하는 거야."

아녜스가 열쇠고리를 매만지다가 민우에게 넘겼다. 민우는 열쇠고리를 가만히 바라보았다. 면마다 들어 있는 철점 개수와 배열이 들쭉날쭉했다. 『점역사 양성 자료집』에서 보았던 점자 체계가 떠올랐다.

"김 선생님이 왜 그랬을까?"

"담임이 알고 있나 봐. 우리⋯⋯."

"말한 적 있니?"

"미쳤나 봐, 정말. 내가 어떻게 그걸 얘기해?"

"그럼 어떻게 알았지, 우리 사이를?"

"그 사람도 연애를 하니까."

"어떤?"

"언니는 나한테 숨기려고 하는데, 난 알거든. 둘이 어디서 만나는지. 그러지 말았으면 좋겠다고 담임한테 말했는데……."

"왜?"

"언젠간 버릴 것 같잖아. 담임이."

"왜?"

"왜겠어? 왜 우리 담임 같은 사람이 언니 같은 사람을 사랑하겠냐고."

"너무 그러지 마. 알지도 못하면서."

"버림받으면 언니는 죽으려 할 거야. 선생님, 이거…… 언니한테 주라고 담임이 나한테 보내는 걸까? 선생님은 어떻게 생각해? 우리 언니를 누군가 사랑한다고 한다면?"

아녜스가 누우면서 민우 품으로 더 깊이 파고들었다. 민우는 아녜스에게 김 선생 얘기를 더 물었다. 아녜스는 말하기 싫다고 했다. 잠시 후 아녜스는 눈으로만 대화하자는 듯이 민우의 눈을 빤히 들여다보았다.

민우는 시계에 얽힌 사연을 들려주었다. 세키가 며칠 전 레지나에게 전해 준 시계라고. 자기가 끼어들어 전달한 사실은 생략했다. 그렇게 말을 하자 저절로 김 선생을 옹호하게 되었다. 어떤 남자든 자기 애인이 그런 선물을 낯선 남자한테서 받았다고 말하면 누구나 불쾌해진다. 아녜스가 물었다.

"그럼 그걸 왜 나한테 주라고 한 거지? 왜?"

민우는 기분이 이상했다. 그런데 정말. 왜 김 선생은 세키가 레지나에게 준 상자를 아녜스에게 전해 달라고 했을까. 왜 아녜스한테서 받아들일 수 없는 물건을 받았으니 돌려주라고 말했던 걸까. 레지나에게 물을까. 김 선생에 대해 아무런 말도 꺼내지 않던 레지나가 의뭉스러웠다. 민우는 생각을 고쳤다. 어쩌면 김 선생은 레지나에게 아무런 말도 하지 않았을 것이다. 그래서 레지나는 나와 김 선생을 묶어서 생각할 수 없었을 것이다. 어렵게 생각하지 말자. 그냥 자기 연애 상황을 알리기 위해 꼼수를 쓰고 있는 거라 받아들이자. 민우는 아녜스 등을 어루만졌다. 복잡한 가운데에서도 상쾌했다. 김 선생한테서 비밀을 하나 고백받은 셈이었다.

민우는 세키가 레지나에게 무슨 편지를 썼는지 궁금했다. 그는 아녜스에게 말했다.

"점자 읽을 줄 알지?"

"그렇지."

"쉽니?"

"가르쳐 줄까?"

"뭐하러 배우니, 내가."

"나도 수학하고 음악은 못 읽어. 국어하고 영어는 읽을 줄 알아. 1학년 때 담임이 내가 적어낸 장래 희망 보고 특이하다고 그러더라. 점자 도서관 사서가 되면 언니한테 좋겠지. 선생님, 나 엄마가 되면 좋을까? 배를 만지고 있으면 점자 읽는 기분이야. 그런데 아가가 뭐라고 하는지는 모르겠어."

민우는 세키 편지를 꺼내 내밀었다. 아녜스가 말했다.

"뭐야?"

"편지일 거야."

"그 아저씨가 언니한테 쓴 편지?"

"응. 읽어 봐."

"연필 좀 줘."

"왜?"

"손으로 읽으라는 게 점잔데, 손으로는 잘 못 읽겠어. 글자별로 끊어야 얼른 눈에 들어오거든. 언니한테 읽어 달라 그러면 직방일 텐데."

"언니는 잘 읽겠지?"

"당연히 잘 읽지. 근데 어렸을 때 점자 배운 애들보다 되게 느려. 다 커서 장애인이 됐거든. 점자도 늦게 배웠지."

"그렇구나. 그럼 그냥, 눈으로만 읽어 봐. 세키에게 돌려줘야 하니까."

"오래 걸릴 텐데?"

"괜찮아. 천천히."

아녜스가 웅얼거리며 편지를 읽었다. 중간에 피식피식 웃었다. 민우도 아녜스가 번역한 것을 받아 적으며 슬쩍슬쩍 웃었다. 세키의 연애편지는 아주 유치했다. 아녜스가 초벌로 읽은 다음 두 번째로 소리 내서 읽었다. 그 애의 목소리가 점점 낮아졌다. 민우의 감정도 마찬가지였다.

안녕하세요. 레지나 씨. 저는 정칠기라고 합니다. 세키라는 이름이 저는 더 편합니다. 세븐 키워드를 줄인 말이에요. 강당 옆에서 매일 당신 피아노를 들어요. 시디를 사고 싶은데, 월요일 저녁마다 치는 곡의 제목이 뭔가요. 이 시계는 피아노 들은 값으로 드리는 겁니다. 저는 말을 잃었어요. 당신 피아노를 들으면 살아야겠다는 생각이 많이 들어요. 편지를 쓰고 싶어서 점자를 배웠습니다. 혹시 각막이식 수술 가능한가요? 제 혈액형은 B형입니다. 저는 말을 잃었지만 들을 수는 있어요. 그러니까, 전화해서 말하시면 돼요. 저랑 혈액형도 같고 각막 수술로 시력을 찾을 수 있다면 좋겠네요. 가끔 편지쓸 수 있으면 좋겠어요. 전화번호 남길게요.

세키가 남긴 번호는 정확했다. 민우는 웃었던 것이 후회되었다. 갑작스럽게 슬픔이 터져 나왔다. 레지나가 전화번호를 물었을 때 일부러 다르게 불러 주었는데, 레지나가 연락을 취할 생각이었으면 편지를 보고 제대로 된 번호를 알았을 것이었다. 레지나에게 마음을 들켰다는 것이 창피했다. 세키가 그 사실을 알았다면 그에게도 들 낯이 없었다. 각막을 주겠다고? 왜 이런 무책임한 편지를 쓴 건지. 세키가 진짜로 자신의 각막을 줘 버리고 인생을 마감할 수도 있을 거란 생각이 들자 온몸에 진동이 일었다. 민우는 이불을 끌어당겨 머리를 덮었다. 다리를 웅크렸다.

아네스는 편지를 스탠드 쪽에 던져 놓고 침대에서 내려갔다. 옷을 주워 입은 다음, 그녀는 민우를 내려다보며 말했다.

"이런 말 하기 싫지만 정말 병신이다. 이러면 언니가 확 넘어올 줄 알고?"

아네스의 말이 민우의 신경을 건드렸다. 민우는 이불 속에서 나왔다. 침대에서 내려갔다. 나무로 된 창을 열었다. 거리에서 네온사인 빛과 소음이 들어왔다. 차들이 고속으로 주행하는 소리가 들려왔다. 아녜스가 말했다.

"갈래."

민우는 인사하듯이 손을 들어올렸다. 그런 다음 아녜스의 뺨을 내리쳤다. 아녜스가 쓰러졌다. 민우가 으르렁거리며 말했다.

"또 욕해 봐."

"그 친구가 그렇게 소중해? 욕 좀 하면 안 돼? 우리 언닌 눈이 안 보이는데, 앞 못 보는 사람한테 이 사탕발림 같은 편지 쓴 사람…… 병신이라고 욕하는 게 뭐 어때서? 이게 말이 되는 소리야? 우리 언니가 이 편질 보면 얼마나 아파하겠어. 언니가 무슨 생각하면서 사는지 알기나 하고 이러는 거야? 다리 다친 사람한테 너 다리 없으니까 내가 다리 잘라 줄게, 그러면 좋아할 것 같아? 그럴 수 없다는 걸 모르는 줄 아느냐고! 우리 언니가 못 본다고 지금…… 우리 언닐 그 친구하고 엮어 주자고 이러는 거지? 이런 편지 보내도 되겠느냐고 나한테 허락받는 거지? 선생님 미쳤어? 근데 왜 이걸 담임이 전해 주라고 한 것처럼 말하는 거야? 이제 보니 선생님 완전 저질이야. 우리 언니가 그렇게 만만해 보여? 정말 그 친구한테 소개시켜 주면 좋을 것 같아? 그러자고 이러는 거 맞아? 눈이 안 보이면 아무하고나 만나도 되는 것 같아? 그게 도와주는 일이야? 말했잖아. 언닌 우리 담임하고 연애한다고."

아녜스는 나가 버렸다.

혼자 남은 침대에서 민우는 편지를 만졌다. 병신. 유치하게 이런 편지를 쓰다니. 아녜스 입에서 나오던 병신이라는 말의 발음이 떠올랐다. 맥주를 꺼내기 위해 냉장고로 갔다.

세키에게 문자메시지를 보낼 생각으로 휴대전화를 열었다. '어디냐?' 말을 입력한 후 전화번호를 입력하려던 순간이었다. 문자메시지 도착 표시가 반짝거렸다. 편집을 취소하고 받은 메시지함을 열었다. 아녜스가 보낸 메시지였다. 빠르게 입력한 속도가 느껴졌다. '나오고 나니까 궁금해졌어, 담임이 그거 나한테 주라고 한 거 맞아? 혹시 울 언니가 그 편지 읽었나?' 민우는 메시지를 그윽히 쳐다보았다. 그리고 폴더를 닫았다. 다시 문자가 왔다. '화낸 거 미안해. 그치만 언니 중심으로 생각해 줘. 언닌 마음이 아픈 사람이야.' 민우는 전화기를 들고 망설이다가 머리를 흔들었다. 나도 네 언니를 안다. 우린 오래전부터 알고 지내는 사이야. 나도 두 장애인이 연결되는 거 원치 않아. 불가능한 일이니까. 하지만 그건 그거고, 우린 아무도 모르게 병원엘 가야 하는 거 아닐까? 네가 그러는 동안 배 속에서 그게 자꾸 자라고 있지 않니.

상자 안에 밀봉된 편지가 한 통 더 있었다. 민우는 레지나의 답장이라고 생각했다. 아직 레지나가 세키에게 직접 연락하지는 않았다는 이야기였다. 편지 내용이 궁금했다.

3

　'부르면 날아가는 새들'이라는 인터넷 클럽에서 레지나와 민우는 만났다. 민우는 테스라는 닉네임을 눈여겨 보았다. 그녀는 가입 인사 글에서 자신이 시각장애인 고등학교 1학년 학생이라고 밝혔다. 회원들은 주로 스스로 만든 이상적 세계를 지향하다 권태에 사로잡힌 20대들이었다. 만들어진 지 10년 넘은 클럽이었는데 어떤 회원은 20대에 가입해서 30대 중반이 되도록 탈퇴를 안 하고 있었다. 히스토리를 보니 올드 멤버들은 독신주의자 공동체를 지향한다는 슬로건을 내건 적 있었다고 했다. 시간이 흐르면서 공동체에 대한 생각이 저마다 다르다는 게 확연해지자 초기의 슬로건은 철회했다고 했다. 가족과 관련된 이야기를 하지 말자는 것이 최소한의 약속이었다. 클럽 어디에도 가족에 관한 글은 없었다. 주로 몸의 감각에 대한 글이 많았다. 삶에서 가족 얘기를 빼면 공통적으로 나눌 수 있는 얘기가 몸 하나로 줄어드는가 보았다. 민우는 레지나의 인사 글을 읽으며 어린 학생이 왜 어른 독신자 클럽에 가입하는지 미심쩍었다. 그때는 여름이었다.

초겨울 어느 날 레지나는 손이 시려서 책을 읽기 힘들다는 글을 올려서 사람들을 감동시켰다. 민우도 그 글을 읽는 순간 마음이 잔잔하게 물결치는 걸 느꼈다. 눈이 피로해서가 아니라 손이 시려서 책을 못 읽는다……. 무척 현실적이었고, 더할 수 없이 낭만적이었다. 민우는 한겨울 추위를 손끝으로 잡아낼 수 있을 것만 같았다. 코끝으로가 아니라 손끝으로 먼저 기온 변화를 감지하는 사람이 여기 있다. 장애를 딛고 살아간다는 것은 이처럼 순수한 일이구나. 민우의 마음속에서는 그녀를 품 안에 넣어 보호하고 싶다는 충동이 강하게 일었다.

레지나의 글이 흔들었던 것은 민우의 마음만이 아니었다. 여러 회원들이 그녀를 위로했다. 어떤 회원은 직접적으로 장애를 위로하며 안타까워했다. 조회수가 미미하던 그녀의 글에 적극적인 답글이 달리기 시작한 것도 그 무렵이었다. 레지나는 타인의 위로를 유쾌하고 명랑한 태도로 받아들이며 즐겁게 활동했다.

이상한 일이었다. 레지나의 인기가 높아지자 민우의 마음속에서는 반발심이 서서히 자라나기 시작했다. 장애를 이용하다니……. 네겐 장애가 액세서리가 되는구나. 장애 노출증을 좀 치료받아야 되는 것 아닐까. 장애인이 맞긴 맞는 거냐. 닉네임이 테스라고? 남자한테 유린당해 처녀를 빼앗기고, 결국엔 그 남자를 죽인 여자……. 그 개운치 않은 운명을 닉네임으로 사용하면서……. 자학에 취미가 있는 걸까? 피해망상 속에서 허우적거리며 사는 건 아닐까? 네가 고등학생이라고? 적어도 스무 살은 넘었을 것 같은데…….
민우는 회원들이 레지나의 유치한 글에 관심을 보이는 것이 가소로
웠다.

레지나의 글은 이런 것이었다.

관념철학이란 참 아름답지 않나요? 우리를 위해 존재하는 철학
같아요. 눈이 보이지 않으니까. 관념으로 세계를 기억하고 관념으
로 세계를 상상해요. 그러면 세계는 영원하죠. 사라진 것들도 관념
상으로는 존재하니까요. 삶에서 중요한 힘은 기억력과 상상력인 거
죠. 제 친구는 경험철학을 좋아해요. 경험하고 관념이 정반대처럼
보이지만 사실은 하나라는 거죠. 경험을 저장하는 방식은 관념이라
는 거죠. 관념으로 기둥을 세우고 경험으로 기둥 사이의 공간에 벽
을 만들어 넣는 거죠. 그게 집이 되는 겁니다. 그 집은 한번 지어지
면 바람이 불고 날씨가 변해도 무너지지 않고 날아가지 않아요. 사
라진 것들이 있을 테지만 그 소멸하는 모습을 못 보는 건 좀 아쉬운
일이네요.

겨울이 깊어진 어느 날, 오프라인 모임 일정이 공지되었다. 열성
회원들이 관리자를 바꾸고, 친목 도모를 위해 마련한 자리였다. 며
칠 후 레지나가 모임에 참석하겠다는 글을 올렸다. 민우는 교사수
첩을 펼치고 당일의 스케줄을 확인했다. 예정된 일이 없었다.

모임 날짜가 되었다. 민우는 약속 시각보다 이르게 모임 장소에
도착했다. 회원들은 서로 안부를 묻고 농담을 하면서 시간을 보냈

다. 시작할 시각이 되었다. 휴대전화가 울리고 운영자 미토가 전화를 받았다.

"네. 테스 님."

민우는 통화 내용을 듣고 그녀가 도착했음을 알았다. 미토가 자리에서 일어났다. 그리고 입구 쪽을 향해 손을 흔들며 말했다.

"여기 있어요. 안쪽에."

민우는 미토의 손짓을 따라 눈을 돌렸다. 점원 곁에 선글라스를 쓰고 지팡이를 든 아가씨가 서 있었다. 그녀가 레지나였다. 점원이 미토의 손짓을 보고 알았다는 뜻으로 허리를 숙여 인사했다. 레지나가 점원의 팔을 잡고 걸어왔다. 흰 지팡이로 계단을 더듬으며 올라와 카운터 앞에서 점원을 찾았고, 그다음 미토에게 전화를 걸었던 것이라고 민우는 생각했다. 선글라스가 잘 어울렸다. 레지나가 자리에 앉자 점원이 돌아갔다. 레지나는 지팡이를 접고 일어나서 자기를 소개했다.

"안녕하세요. 테스예요."

민우는 허리를 꼿꼿이 세우고 앉아 그녀의 인사를 받았다. 회원들이 각자 닉네임으로 자기를 소개했다. 프링콩이 그녀에게 물었다.

"테스 님. 반가워요. 그런데, 고등학교 1학년이라고 하셨던 건…… 뻥카였던 거예요?"

"왜요?"

"열일곱처럼은…… 안 보이시는데……."

"아. 전 스물두 살이에요. 늦게 들어갔죠. 어쩌다 보니 많이 꿇었어요. 고등학교 1학년 맞아요."

회원들이 그녀에게 맥주를 권했다. 그녀는 웃으며 술을 사양했다. 좋아하긴 하지만 낯선 자리라 취하기 곤란하다고 했다. 그녀가 종업원을 큰 소리로 불렀다. 종업원이 왔다. 그녀는 홍차를 주문했다. 홍차가 올 때까지 그녀는 말을 많이 했다.

"원래는 커피를 좋아했는데 커피 종류가 너무 많아져서 싫어졌어요. 가격이 워낙 천차만별이라 꼭 계층을 나누는 것 같잖아요. 가난한 사람들은 싼 커피 마셔야 되고, 부자들은 비싼 커피 마시고."

"아. 그렇구나."

누군가 대꾸해 줬다. 커피와 계층이라. 케케묵은 근본주의자 취향은 어디서 배웠을까. 민우는 살짝 비웃었다.

프링콩과 미토가 주로 그녀와 얘기했다. 프링콩은 미토를 이을 새 운영자였다. 그들은 그녀가 썼던 글 내용으로 대화를 유도했다. 그녀가 테스 맞는지 확인하려는 것 같았다. 민우는 얘기 차례가 자기에게 돌아오면 질투에 대해 물으려 했다. 그는 이런 글을 기억하고 있었다.

아마도 세상이 변할 가능성은 이제 여자들한테 있나 봐요. 전 장애인에다 여자니까 이중으로 마이너리티네요. 더블 마이너리티라는 말이 있나요? 민주주의도, 혁명도, 이젠 낡은 말이잖아요. 마이너 담론이 대세가 될 거예요.

전 정말 구질구질한 거 싫거든요. 모계사회가 다시 찾아오면 여자들이 투명하게 변할 수 있을 텐데. 성생활도 자유로워질 거고. 남자는 가장으로서 짊어져야 하는 책임감 훌쩍 벗어던질 수 있을 거고.

모계사회가 있을 수 있나? 선사시대 때 그랬다는 말 듣고 깜짝 놀랐어요. 그때는 자식이 누구 피를 받았는지 엄마만 알았다잖아요. 지금은 있을 수 없죠. DNA 분석으로 혈통을 확인하잖아요. 모계사회는 어쩜 있을 수 없을지 몰라요.

엥겔스의 말이 떠올라요. 질투라는 감정은 매우 늦게 태어난 인간 감정이래요. 당연하다고 고개가 끄덕여져요. 아버지의 재산이 없으면 형제들 사이에서 싸움이 안 일어나잖아요. 질투가 없으면 싸움이 없는 거예요. 싸움의 근원은 질투죠. 엥겔스는 좀 특별한 사람이었던가 봐요. 재물에 대한 사유의 감정이 생겨나기 전에는 '너'에 대한 사유의 감정도 없었을 거라던데. 사유가 생긴 다음에 질투가 곧장 생겼다던데. 소유를 폐지하면 질투가 사라지겠네요. 폐지하지 못한다면 공유를 자유롭게 하는 방법을 찾아야겠네요. 여자도 남자를 자유롭게, 남자도 여자를 자유롭게, 내 것도 타인이 자유롭게, 타인 것도 내가 자유롭게, 공유하면 되잖아요. 소유를 자유롭게. 성생활까지도.

브라보. 레지나는 미인이었다. 플라톤이나 엥겔스에 대한 언급이 그녀의 철학 지식을 후줄근한 것으로 만들었듯이, 그러나 그것은 그녀만이 가질 수 있는 독특한 후줄근함이었듯이, 그녀가 매단 브로치는 민우의 시선을 가슴 굴곡으로 잡아끌었다. 민우는 브로치를 바라보며 자기를 소개했다.

"안녕하세요. 미루예요. 미루나무의 미루."

그녀가 그를 반겼다.

"아. 제가 글 쓰면 꼬리말 달아 주시는 그 미루 님이시네요?"

"네. 반가워요. 꼭 보고 싶었어요."

민우는 레지나의 브로치와 그것이 매달려 있는 가슴을 바라보았다. 민우는 그녀가 성욕을 건드려 일깨우는 부드러운 솔 같다고 생각했다. 성의 공유. 너 혹시 그런 걸 지향하는 건가? 플라톤의 철학에서 전사(戰士)들은 물질을 사유하지 않고 부인을 사유하지 않고 자식을 사유하지 않았다. 그들은 식사와 섹스를 포함하여 거의 모든 것을 공유했다.

클럽은 처음 섹스와 임신에 대한 강박이 심한 사람들이 그것으로부터 자유로워지고자, 욕망을 공개하기 위해 만든 모임이라 했다. 민우는 정관수술을 받을까 말까 고민하면서 웹서핑을 하다가 글 제목에 이끌려 가입을 했다. 피임 철학, 낙태수술 옹호, 임신기능 제거 수술의 사회적 정당성 등. 흥미로운 제목들이었다. 본문을 읽으려면 회원 가입을 승낙받아야 했으므로 그는 별 부담 없이 가입을 신청했다. 그는 막연히 정관 수술을 받으러 함께 가자고 말 건넬 수 있는, 동급 인생을 사는 사람을 거기서 만날 수 있을 것 같다는 느낌을 받았다. 회원들은 각양각색이었다. 스스로 생식 기능이 없다는 것을 공표하는 글도 있었다. 민우는 그것을 읽으면서 슬쩍 웃었다. 당신이 불임수술을 받았는지 안 받았는지, 원래부터 몸에 문제가 있었는지 아니었는지, 그걸 내가 어떻게 알 수 있습니까…….

아이러니였을 것이다. 클럽을 만든 사람은 여자였는데 그 클럽지기는 클럽에서 만난 남자와 결혼했다고 한다. 임신이 되자 곧바로 결혼한 것이었다. 그녀는 클럽을 다른 회원에게 넘기면서 결혼이 인생을 구원했다고 말했다 한다. 민우는 그녀가 연애 상대를 고르기 위해 클럽을 만들었을 거라고 추측하곤 했다.

젊은이들의 술자리는 어디나 그럴 것이다. 자리가 섞이면서 술잔이 빠른 속도로 돌았다. 프링콩과 미토가 클럽으로 춤을 추러 가자고 제안했다. 민우는 부담스러웠다. 자신이 최연장자였다. 교사라는 직업이 갑자기 거추장스러워졌다. 미토가 의견을 모으면서 자기 눈치를 보는 것 같았다. 민우는 회비를 건네고 자리에서 일어나려 했다. 프링콩의 말이 동작을 멈칫하게 했다. 프링콩이 말했다.

"테스 님, 제가 집에 바래다 드릴까요?"

레지나가 예상치 못한 말로 반응했다.

"아뇨. 제가 알아서 할게요."

그녀는 전화를 걸어 택시를 불렀다. 민우는 그녀가 떠나는 걸 보기로 했다. 잠시 후 그녀의 휴대전화에서 문자메시지 도착 알림음이 울렸다. 레지나가 프링콩에게 말했다.

"여기 제 전화기에 택시 번호 왔거든요. 몇 번인지 확인 좀 해 주세요."

프링콩이 배차 정보를 보고 읽어 주었다. 레지나가 말했다.

"죄송하지만, 저, 택시 타는 것 좀 도와줘요."

민우는 자신이 도와주겠다는 말을 하려다 자리에서 일어났다. 아이들끼리의 로맨스를 방해하고 싶지 않았다.

이상하게도 오프라인 모임이 빈번해진 것 같았다. 민우는 빠지지 않고 참석했다. 레지나도 마찬가지였다. 남자들은 레지나를 중심으로 자리를 잡았다. 여자 회원은 드물었다. 레지나는 처음에 그랬던 것처럼 택시를 타고 와서 누군가에게 전화를 걸었다. 그녀에게서 전화를 받았던 남자는 끝까지 레지나 옆을 지켰다.

레지나는 가끔씩 술을 마셨다. 여러 남자들은 반짝이는 브로치를 동시에 쳐다보다가 서로 눈길이 부딪치며 자신의 욕망이 다른 남자에게 반사되어 가는 것을 민망해하면서 재빨리 레지나의 선글라스로 시선을 옮기곤 했다. 레지나는 남자들의 왼팔을 잡고 걸었다. 민우는 남자들 팔뚝에 브로치가 닿는 것을 보았다.

대학생 아이들은 레지나의 손을 잡기 위해 노골적으로 인도를 자청했다. 민우는 그럴 수 없어서 그들과 대조되는 전략을 택하기로 했다. 그는 일부러 느린 속도로 다가갔다. 그는 레지나와 이메일로 대화했다. 레지나는 글을 잘 썼다. 칼라빈카(迦陵頻伽)라는 불교 신화 속 새 이야기는 슬펐다.

저는 장애를 타고난 게 아니었어요. 천천히 해가 지듯이 눈이 어두워졌죠. 시야가 좁아지다가 완전히 닫히는 그런 병이었어요. 셔터처럼 단계별로 착착 접히는 거예요. 처음엔 밤눈이 어둡다가 나중엔 낮에도 세상이 안 보이게 됐죠. 인정하기 힘들었어요. 하지만 이젠 상상의 새가 되고 싶어요. 보는 것이 관념이라면 어차피 세계 모든 게 관념이니까 저는 관념의 세계에서 날아다니면 되는 거예요. 칼라빈카가 산다는 히말라야까지 날아가는 꿈을 꿔요. 칼라빈카의 머리에는 사람 얼굴이 붙어 있다고 해요.

새한테는 새의 시력이 필요해요. 새가 사람 눈을 달고 난다고 생각해 봐요. 그럼 먹이를 볼 수 있을까요? 새한테는 나는 것만 중요한 게 아닌데. 보는 것도 중요한데. 칼라빈카는 사람이 새가 된 게 아니잖아요. 사람 얼굴을 한 새. 새가 벌을 받고 인간의 눈을 얻게 된 거예요. 얼마나 억울했을까. 걔는 사냥을 못할 거예요. 시력이 약하니까. 먹이를 사냥하려면 낮게 날아야겠죠. 낮게 날면 먹이들이 도망갈 거야. 걔는 바닥에서 나뒹구는, 죽은 먹이를 주워 먹어야 할 거예요. 죽어서 정지된 것들. 그것에 익숙해지면 나는 것 자체를 포기하게 되겠죠.

부정기 모임이 갑작스럽게 열렸다. 민우는 레지나에게 메일로 참석 여부를 물었다. 레지나가 나간다고 했다. 민우는 일과가 끝나기를 기다렸다. 세키에게 문자메시지를 보냈다. '회식이 갑자기 잡혔어. 늦을 것 같다.' 세키에게서 답장이 왔다. '열이 나네. 움직이기가 좀 힘들다. 너무 많이 마시지 마.' 세키의 답장이 민우의 흥분을 가라앉혔다. 민우는 고민했다. 어떻게 할까.

그래, 내가 어떻게 너를 버리겠니. 민우는 모임을 포기했다. 식당에서 죽을 포장했고 약국에서 종합 감기약을 샀다. 상황이 나쁘지 않으면 다시 회식에 나간다고 말하고 레지나에게 갈 생각이었다.

세키는 열을 쫓기 위해 알몸으로 누워 있었다. 민우는 냉장고를 열어 보았다. 인스턴트 족발이 눈에 들어왔다. 민우는 유통기한을 보았다. 열흘 전 날짜였다. 미련한 놈. 그것을 먹고 배탈이 난 것 같았다. 식중독이면 병원에 가야 했다. 얼마큼 먹었냐고 묻자 세키는 대답하기 귀찮다는 손짓을 했다. 세키는 병원을 싫어했다. 소독약 냄새 같은 것을 맡으면 심장이 오그라든다고 했다. 민우는 약국으로 다시 나갔다. 약사에게 증세를 설명했다. 약사는 감기약으로 따지자면 종합 감기약 같은 복통지사제를 내밀었다. 약사가 거스름돈을 내밀면서 말했다. "배탈이 났을 때는 음식을 안 먹어야 해요."

새벽 한 시쯤 휴대전화가 울렸다. 레지나가 보낸 문자메시지였다. 부정기 모임이라 몇몇이 아주 오래도록 시간을 보내는 것 같았다. 민우는 레지나가 왜 나오기로 해놓고 안 나온 거냐고 묻기 위해 문자를 보냈을 거라 생각했다. 그는 메시지 창을 열었다. 내용이 짧았다. 모텔 위치와 이름, 객실 호수. 그리고 '와 주세요.' 정신이 멍해졌다. 브로치와 가슴, 선글라스, 흰 지팡이, 원피스가 눈앞을 스쳐 갔다. 발신자 전화번호를 확인했다. 분명히 레지나가 보낸 메시지였다. 민우는 세키의 상태를 살펴보았다. 눈 감은 얼굴에서 흉터가 때때로 움직였다. 고통스러운 것이었다. 민우는 옷을 갈아입은 다음 말했다.

"세키야, 바람 좀 쐬고 와야겠어."

세키가 손짓을 했다. 민우는 수첩과 볼펜을 내밀었다. 세키가 물음을 적었다.

—금방 올 거니?

민우가 말했다.

"응. 차 타고 좀 휙 돌다 올게. 더 힘들어지면 빨리 문자 보내. 알았지?"

핸들을 쥔 손에서 땀이 났다. 민우는 무작정 달렸다. 높은 건물 전체가 모텔이었다. 민우는 주차장에 차를 대고 엘리베이터를 탔다. 레지나가 오라고 한 객실 앞에 섰다. 민우는 초인종 위에 손가락을 올렸다가 내렸다. 자신이 서지 않았다. 책임져야 할 일을 만들고 싶지 않았다. 돌아섰다. 엘리베이터까지 서서히 걸었다. 걸으면서 전화를 걸었다. 레지나는 받지 않았다.

다시 객실 앞으로 돌아갔다. 문에 조용히 귀를 대 보았다. 샤워기에서 물 쏟아지는 소리가 들렸다. 그녀가 앞을 못 본다는 사실이 새삼스럽게 떠올랐다. 문고리를 비틀었다. 문이 스르르 열렸다. 현관에 자동으로 불이 켜졌다. 침대가 보였다. 한 아이가 있었다. 운영자 자리에서 물러난 미토, 대학교 2학년 아이였다. 미토는 다리 한쪽을 침대 아래로 늘어뜨린 채 러닝셔츠만 입고 있었다. 축 늘어진 성기가 보였다. 프랑스 철학자들을 곧잘 인용하던 아이였다. 민우는 구두를 신은 상태로 뚜벅뚜벅 걸어 들어갔다. 이상한 냄새가 났다. 미토가 민우를 보며 말했다.

"어…… 형."

미토가 피식 웃었다. 민우는 레지나가 자신을 호출한 이유가 궁금했다. 잠시 뒤 미토가 말했다.

"형한테 걔가 연락했어? 하려면 침대 치워 줄게."

민우는 찡! 하는 단음이 뒤통수를 꿰뚫고 지나가는 것을 느꼈다. 짧고 거센 단음이 여러 남자의 구두 굽 소리로, 헉헉거리며 섹스하는 소리로 부풀었다. 너, 뭐라고 그랬어, 하고 물으려 했다. 그 아이가 다시 말했다.

"애들 다 어디 갔지?"

민우는 레지나의 문자메시지를 떠올렸다. 와 주세요. 도와 달라는 말을 입력했는데 글자가 제멋대로 편집된 것 아니었을까. 도와주세요. 미토를 죽이고 싶었다. 그 마음을 누르기 위해 심호흡을 크게 했다. 손이 떨렸다. 미토가 또 말했다. "형……. 왜?" 욕실에서 샤워기 소리가 더 크게 들려왔다. 민우는 욕실 문고리를 비틀었다. 문은 열리지 않았다.

"테스 님! 테스 님?"

욕실 안에서는 물 떨어지는 소리만 들렸다.

"테스 님. 나예요. 미루."

욕실 문이 열렸다. 레지나는 문 앞에 웅크리고 앉았다. 손에는 브로치를 들고 있었다. 핀이 하얗고 날카로웠다. 민우는 미토를 다시 보았다. 허벅지에 붉은 양념장 같은 상처가 나 있었다. 민우는 샤워기 꼭지를 잠그고 수건으로 레지나의 얼굴과 목을 닦아 주었다. 레지나가 민우의 팔에 의지해서 느린 속도로 일어났다. 민우는 현관에서 구두를 찾아 주었다. 그녀를 부축하고 객실을 나서기 전, 침대를 바라보았다. 미토를 시트에 싸서 창밖으로 던져 버리고 싶었다.

레지나가 엘리베이터 앞에서 말했다.

"미루 님. 오늘 날 데려다 주시면, 있잖아요, 언젠가 꼭 자 드릴게요."

레지나는 나직하게 말하면서 울음을 터뜨렸다. '제발'이라는 말은 없었다. 민우는 가슴이 쿵 하고 무너지는 것을 느꼈다. 레지나의 말에 '제발'이라는 말을 넣어 보았다. 제발 날 잘 데려다 줘요. 오늘의 안전을 위해 내일의 굴욕을 앞당겨 약속해야 하는 사람이 바로 그녀였다. 민우는 레지나 손에서 브로치를 빼앗았다. 그리고 객실로 돌아가 미토의 옆구리에 핀을 깊게 찔렀다. 미토가 몽롱한 시선을 거두고 벌떡 일어나려 했다. 그가 말했다. "왜 그래요, 형." 민우는 브로치 핀으로 눈을 찌를까 망설이다 미토의 얼굴을 보고 그냥 한숨을 내쉬었다. 티테이블에 레지나의 가방이 놓여 있었다.

레지나는 기숙사에서 생활한다고 했다. 레지나는 내비게이션에서 나오는 음성 안내를 통해 진행 방향을 가늠했다. 그녀는 브로치를 다시 가슴에 달았다. 내비게이션에서 5분 후에 도착한다는 말이 나왔다. 레지나가 말했다.

"저기요. 미루 님, 저, 이대로 들어가면 학교에서 쫓겨나요. 사감 집사님한테 혼날 거에요. 술 마신 거 들키면."

"얼마나 마셨는데요?"

"냄새만 지우면 돼요. 한두 시간만 지나면 될 텐데."

"집은?"

"동생 혼자 있어요."

"그럼 거기로 데려다 드릴 테니까 어딘지 말해 봐요."

"어린애한테 폐 끼치는 거 싫어요."

"동생 혼자 있다면서요."

"이제 중학생인걸. 졸업반이에요. 갠 자기 혼자로도 힘든 애예요. 언니가 돼서 이런 모습 보이기 싫어요."

민우는 세키를 떠올렸다. 아픈 녀석을 혼자 두고 나온 것이 미안했다. 두 시간 정도를 염두에 두고 나간 길이었다. 민우는 집으로 차를 돌렸다. 맹학교 옆으로 이사하기 전이었다. 그때는 맹학교에서 차로 20분 걸리는 곳에서 살았다. 도로에는 차가 드물었다. 민우는 집 앞 주차장에서 차를 세웠다. 세키한테서 위급하다는 연락을 받으면 곧장 들어갈 수 있는 위치에 자리를 잡자 마음이 가벼워졌다. 그는 레지나에게 말했다.

"집에 손님이 있어요. 잠깐만 들어갔다 나올게요."

레지나가 말했다.

"저도 차에서 내릴래요."

"아니에요. 차 안에 있어요."

"내리는 게 편해요. 운전하는 사람 없이 저만 있으면 무서워요. 차 옆에서 기다릴게요."

민우는 집으로 올라갔다. 세키는 열이 떨어진 것 같았다. 옷을 입고 잠들어 있었다. 무사한 것을 확인하자 마음이 다른 방향으로 움직였다.

민우는 주차장으로 내려갔다. 어딘가로 확 날아가고 싶었다. 칼라빈카. 레지나에게서 처음 들었던 새였다. 그리스 로마 신화에만 상상 동물이 등장하는 것이 아니었다. 백방으로 흩어졌던 마음 갈래들이 성욕으로 모였다. 레지나의 몸을 쓰다듬고 싶었다.

심야의 도심을 뱅글뱅글 돌았다. 모텔 간판이 수없이 지나갔다. 내비게이션의 음성 안내 기능을 끄면 레지나에게 도시는 바닷속 깊은 동굴이 될 것이었다. 몇 사람에게 어떤 일을 당한 거냐고, 차마

물을 수 없었다. 시간이 지났다. 레지나의 옷은 차 안에서 말랐다. 다시 맹학교 정문에 도착했을 때 레지나는 잠이 들었다. 언젠가 꼭 자 드릴게요. 엘리베이터 앞에서 레지나가 했던 말이 떠올랐다. 차를 다시 돌렸다.

가끔 산바람이 그리울 때 그곳에 갔다. 깊은 밤 연인들이 차에서 연애하기 위해 찾아들 것 같다는 생각을 했던 곳이었다. 거기로 가서 차 문을 열어 놓고 잠을 자곤 했다. 절 밑이었다. 산길 곁 빈터에 차를 댔다. 차가 멈추었는데도 레지나는 잠에서 깨지 않았다. 민우는 레지나의 가슴을 보았다. 치마 아래로 드러난 맨다리를 보았다. 절제하기 힘들었다. 손을 바지 속에 넣었다. 몸을 비틀 때마다 차체가 미세하게 흔들렸다. 레지나가 잠에서 깨는 것이 두려웠다. 하지만 시작된 것을 멈출 수 없었다. 어차피 앞을 못 보는 사람이었다. 깨어난다고 해도 어쩔 수 없었다. 민우는 눈을 감았다. 머릿속에서 핏줄이 툭 터지는 느낌이 찾아왔다. 다리에 힘이 풀렸다. 그는 조심스럽게 휴지를 뽑았다.

마음이 초라해져서 견딜 수 없었다. 새벽이, 욕정과 욕정에 시달리는 자신에 대한 실망감과 잠든 레지나의 몸 사이의 간격을 크게 벌리면서 찾아왔다. 절에서 종소리가 들려왔다. 첫 예불 시간이었다. 민우는 시동을 걸었다. 조용했던 차가 엔진 소리로 들썩였다. 레지나가 잠에서 깼다. 그녀는 두 손을 모아 입김을 내뱉고 냄새를 맡았다. 술 냄새가 사라졌는지 확인하는 것이었다. 레지나가 말했다.

"제가 당했을 거라고 생각하시죠?"

"뭘요?"

"그 자식들이 날 어떻게 했으면 난 그 자식들을 죽이고 말았을 거예요."

레지나는 원피스 매무새를 단정하게 가다듬었다. 민우는 그런 레지나가 가여웠다. 레지나가 말했다.

"아, 가방을 놓고 왔다……."

민우는 등받이를 뒤로 젖혔다. 뒷좌석에 놓아두었던 가방을 들어 레지나에게 건넸다. 그녀는 내용물을 확인했다. 점자책 한 권, 기초 화장품, 손톱깎이, 물통. 레지나가 말했다.

"고마워요. 미루 님. 그런데 혹시 가족 중에 장애인이 있어요?"

민우는 웃으면서 말했다.

"왜요?"

"그냥. 그런 것 같아서. 익숙하시잖아요."

"전에 말했듯이 전 혼자예요."

민우는 세키에게 미안했다. 하지만 혼자인 척하고 싶었다.

4

아녜스를 안은 건, 어쩌면 의자 등받이를 눕히고 레지나의 몸 위에 올라가고 싶은 충동을 참기 위해서였는지 몰랐다. 누군가 나타나지 않았다면 언젠가는 레지나를 겁탈하고 말았을 거라고 믿는 아녜스를 안으면서 여러 차례 생각했다. 아녜스를 안고 나니 레지나의 몸이 하찮아지는 것 같았다. 다행스러웠다. 그러나 알고 보니 끝이 아니었다. 세키가 레지나를 미행하는 모습을 상상했을 때, 상자를 건네주라고 했을 때, 그는 다시 레지나를 차에 태우고 어둠 속을 달리고 싶었다.

어느 날 레지나가 말했다.
"동생이 오빠네 학교에 입학할 거야."
"그래? 이름은?"
"아녜스."

"그 애도 세례명 쓰는구나?"

"엄마가 그렇게 했지."

"무슨 뜻이야 레지나는?"

"여왕."

"대단하네. 좋다."

"좋긴 뭘. 아녜스가 훨씬 더 좋지. 걘 세례명도 예뻐."

생일 근처에 축일이 있는 성인 이름을 따서 세례명을 붙이는 것이 가톨릭 관례였다. 그녀는 9월에 태어났기 때문에 세례명이 레지나였다. 레지나 축일은 9월이었다. 레지나는 그것이 불만이었다. 레지나는 하늘의 여왕이라는 뜻이 거룩했지만 어떤 기적을 일으켰는지는 기록에서 사라지고 이름만 전해지는 성녀였다. 성녀 전설에도 메이저와 마이너가 있었다. 아녜스는 메이저였고 레지나는 마이너였다. 레지나에 대한 기록은 소소한 반면 아녜스의 전설은 화려했다. 숱한 사내들이 아녜스의 미모를 탐내 그녀를 강간하려 했고 사내들은 강간하려 할 때마다 그 자리에서 신의 저주를 받고 죽었다. 아녜스를 음탕한 눈길로 보았던 사내들은 모두 장님이 되었다. 아녜스 축일은 1월이었다. 민우는 레지나가 아녜스를 노리던 사내들이 장님이 되었다고 말할 때 그 장님이라는 말에서 충격을 받았다. 마치 자기 운명의 일부가 동생의 이름 때문에 결정되었다고 믿는 것 같았다.

민우는 입학식 날부터 아녜스에게 다가갈 수 있었다. 그러나 만나자고 할 특별한 용건이 없었다. 레지나를 떠올리면 모텔 일이 덩달아 떠올랐다. 레지나는 그 일이 동생에게 알려지는 것이 싫었을 것이다. 민우는 멀리서 아녜스를 보았다. 그리고 주말이 되면 레지나를 만나곤 했다.

레지나는 드라이브 광이었다. 민우를 만나면 언제나 차를 타고 달리자고 졸랐다. 민우는 레지나를 태우고 어디로든 나갔다. 레지나가 스스로 운전할 수 없다는 것이 너무나 확실했기 때문에 부탁을 들어주지 않을 수 없었다. 운전을 하고 있으면 처음 만난 날의 기억이 고스란히 찾아왔다.

레지나가 말했다.

"난 운전하는 거 좋더라. 오빠 어깨 위에 손 좀 올려봐도 되나?"

민우는 목이 메었다. 레지나가 웃으며 민우의 몸을 만졌다. 어깨를 찾으려고 뻗은 손이 민우의 팔과 가슴 언저리를 건드렸다. 민우는 간지러워 몸을 비틀었다. 민우는 브로치를 바라보았다. 브로치 아래에는 가슴이, 가슴 아래에는 단정한 배가, 숨 쉴 때마다 오르내리는 배 아래에는 치맛자락이, 치맛자락 아래에는 맨다리가 있었다.

민우에게 드라이브는 그녀의 몸과 접촉하는 시간이었다. 시간이 차근차근 흘러갔다. 레지나는 손을 민우의 어깨에서 팔뚝으로 내렸다. 운전대가 떨리고 흔들리는 것을 더 세밀하게 느끼려는 것이었다. 민우는 레지나의 손이 몸에 닿을 때마다 그녀가 문란한 여자일 거라 생각했다. 넌 아무한테나 이러겠지? 그는 그녀가 인적 없는 숲속으로 차를 타고 가 주길 바란다고 생각했다. 밤이건 낮이건 레지나의 몸은 아름다웠다. 순수하게 살려면 몸매를 버리는 쪽이 현명할 것 같았다. 레지나가 보기 싫게 뚱뚱해지면 단순히 운전하는 것을 느끼고 싶어서 팔에 손을 올린 거라 생각할 수 있을 것 같았다.

브로치를 볼 때마다 모텔에서 있었던 일이 생각났다. 네가 옷이라면 한번 입었다 벗고 싶다. 널 입어 봐도 될까? 이 사람 저 사람 손때 묻은 의류 매장 옷처럼. 민우는 참을 수 없을 것 같아지면 속도를 높였다. 차들이 무례하게 끼어들었다. 그들 틈에서 안전하게 운전하려면 민우는 욕정을 제어해야 했다.

풀빛이 예뻐서 강물이 생생하게 빛나던 날이었다. 차 안에서 그녀가 말했다.

"그때 모텔에서 했던 말, 아직 유효해요……. 오빠가 먼저 원해도 돼. 그리고 내가 부르면 그때 날 도와줘야 해. 알았죠?"

민우는 웃으면서 고개를 끄덕였다. 레지나는 말을 마치고 팔뚝에 놓았던 손을 손등으로 올렸다. 예쁜 손으로 민우의 손등과 운전대를 한꺼번에 잡았다. 레지나가 말했다.

"이제 진짜로 운전하는 것 같다."

민우는 그녀 손을 바라보았다. 네일 샵에 가서 손톱을 다듬는다 했다. 넌 아무한테나 이러겠지? 우리, 지금 할까? 민우는 레지나의 손을 보며 침을 삼켰다. 운전대를 조작할 때마다 레지나의 손과 팔이 민우가 끄는 방향으로 따라 움직였다. 이제 네 손은 어디로 옮겨 가면 좋을까. 팔꿈치 끝에 레지나의 가슴이 있었다. 살짝만 움직이면 팔꿈치로 그것을 만질 수 있었다.

집 전세 계약 기한이 만료되었다. 민우는 주저하지 않고 이사를 결정했다. 맹학교 기숙사 옆집이었다. 레지나가 부르면 바로 날아가려 했다.

이상한 일이었다. 레지나와 자는 일은 차츰차츰 일어날 수 없는 일이 되어 갔다. 민우는 욕구와 욕망 사이의 단층에 발을 내딛는 기분이었다. 가졌지만 더 가지고 싶은 게 욕망이라는 문구를 어디선가 읽은 적이 있다. 손을 잡으면 얼굴을 만지고 싶고, 얼굴 다음에는 목을 만지고 싶고, 그다음에는 더 은밀한 곳으로 손을 옮기고 싶은 마음이 자랄 거라 생각했다. 성욕은 욕망인 줄 알았다.

그러나 성욕은 해결하면 더 이상 생각나지 않는 욕구일 뿐이었다. 그는 그녀를 차 안에 두고 공중 화장실로 뛰어 들어갔다. 스스로 분출했다. 비용도, 죄책감도 필요 없었다. 치르고 나면 평화가 찾아왔다. "내가 부르면 그때 날 도와줘야 해. 알았죠?" 레지나가 했던 말은 머릿속에서 귀찮은 부탁으로 바뀌었다. 성욕에 시달리는 남자를 소개하거나 그런 남자들이 많은 길거리로 데려다 주면 될 일이었다. 도와 달라니…… 무엇이 그를 달라지게 했을까.

자 주겠다는 말을 귀찮은 부탁으로 받아들이게 됐다는 말은 과장일 것이다. 귀찮다기보다 사실은 책임져야 할 앞날을 더 많이 더 깊이 생각한 결과였다. 레지나가 조수석에서 샌들을 벗거나 다리를 긁으면, 이상하게도 그녀가 원할 때 거절하겠다는 생각이 앞섰다. 함께 사는 장애인으로는 세키 하나면 족했다. 성욕은 인생을 망가뜨려도 좋을 만큼 거대한 것이 아니었다. 그녀와 동침한다면 나락으로 빠르게 떨어질 것이었다. 그렇다고 모든 게 명료한 것은 아니었다. 이사해서 사는 곳이 레지나 근처라는 사실을 환기할 때마다 그는 욕정이 어느 방향으로 흐를지 알 수 없다고 스스로를 불신했다. 밤에 종종 레지나에게 전화를 걸어 차로 오라고 말하고 싶었다.

그러던 중 아녜스를 만났다. 만난 지 이틀 만에 같이 잤다.

임신을 했다니, 아이를 낳겠다니, 어리고 서툰 게……. "선생님, 나, 애기 낳는 거 자신 있어……." 아녜스 때문에 골치였다. 민우는 방바닥에 누워 책꽂이를 올려다보았다. 제기랄. 가장 눈에 잘 띄는 자리에 플라톤, 주역, 자본론, 화엄경, 프로이트가 꽂혀 있었다. 인생에서 반복해 읽으면 좋은 것으로 추천받았던 책이었다. 읽는 연령에 따라 의미가 달라진다고 했다.

책을 펼치는 일은 고리타분하다고, 그는 생각했다. 레지나랑 잤으면 임신 같은 일은 안 생겼을 것이다. 그런 일이 벌어졌다면 수술받자는 말을 쉽게 했을 것이다. 내 애라는 걸 어떻게 확신하니? 비아냥거리는 것도 가능했을 것이다. 내가 무슨 생각을 하고 있는 건가! 민우는 손바닥으로 얼굴을 세차게 문질렀다.

시계 상자를 열고 밀봉된 편지를 꺼냈다. 봉투 이음새에 레지나의 볼펜 서명이 찍혀 있었다. 레지나는 보지 못하는 자기를 위한 것이 아니라 볼 수 있는 타인을 위해 서명을 했을 것이다. 굵고 깊게 파인 필체를 손끝으로 만졌다. 혹시 레지나는 답장을 잉크 글씨로 적은 것이 아닐까. 봉투 끝에 칼을 댔다. 봉투 안에서 점자 편지가 나왔다.

또 임신이 떠올랐다. 언제 수술받자고 하면 덜 미안할까. 생명을 떼어 내는 시기는 언제가 적절한가. 그는 책상으로 가서 앉았다. 세 키의 서랍은 단정했다. 『점역사 양성 자료집』은 맨 아래 칸에 있었다. 평판은 무겁고 단단했다. 평판 뒷면의 소음 방지용 스펀지는 푹신했다. 평판에 물려 있던 점관(點管)이 툭 떨어졌다. 스테인리스 재질에서 둔탁한 소리가 났다. 민우는 점필을 잡고 철심 끝으로 손바닥을 꾹꾹 눌렀다. 감각이 손에 집중되었다. 레지나는 무슨 말을 썼을까. 그는 필기구를 원래 자리에 넣고 자료집을 펼쳤다.

점자는 2열 3행, 여섯 점이 기본이었다. 한글 자모와는 모양이 아주 달랐다. 설명을 읽자니 눈이 뻑뻑했다. 민우는 한글 점자 일람표를 펼치고 편지를 일람표 곁에 놓았다. 편지 글자와 일람표를 대조했다. 그는 일람표와 편지를 반복해서 살폈다. 기역은 ˙이다. 'ㅏ'는 ⠐⠆이다. 일람표에서 ●점은 돋은 자국이고 ·점은 들어간 자국이었다. 그런데 편지에는 들어간 자국이 없었다. 온통 불규칙하게 튀어나온 엠보싱투성이였다.

·점이 빈자리 표시임을 그는 곧 알았다.

아녜스가 연필을 찾던 모습이 떠올랐다. 민우는 빈자리에 ·점을 찍고, 돋은 자리를 연필로 칠해 ●점을 그렸다. 아차. 연필을 거뒀다. 세키한테 보여 주려면 표시를 내지 말아야 했다.

백지를 꺼냈다. 점을 옮겨 그리는 게 좋을 것 같았다. 시험 삼아 첫 단어로 보이는, 띄어쓰기된 한 묶음을 한 점 한 점 옮겨 그렸다. 손 그림으로는 줄을 맞추기 힘들었다. 컴퓨터를 켰다. 문서 편집기를 열고 점자 한 묶음을 정렬해서 ·점, ●점을 찍었다. 그런 다음 여섯 점 기본 글자 아래에 점자 일람표의 자모를 적었다. 찾아지지 않는 첫 번째 글자는 건너뛰었다. 두 번째 글자를 먼저 찾아 적었다. 셋째, 넷째 글자에까지 자모를 달고 단어를 조합했다. 그것은 이런 모양이었다.

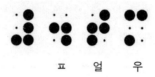

ㅍ 얼   우

'ㅍ 얼 우'로 조합되는 '펄우'는 낯설었다. 그는 같은 방식으로 다음 묶음을 해독했다. 낯설기는 그것도 마찬가지였다. 괴상한 암호였다. 한글이 만들어지지 않았다.

말을 배운다는 건 정직하게 인내를 지불해야 하는 일임을 그는 실감했다. 제국 장사치들이 식민지어를 배웠을 때라거나, 선교사들이 원주민어를 배웠을 때처럼, 지배의 야욕이 아주 뚜렷한 경우가 아니면 강자가 약자의 언어를 배워야 할 까닭은 어디에도 없었다. 그는 생각했다. 내가 왜 점자를 읽으려 할까?

책상 위에서 잠깐 잠이 들었다 깼다. 침대를 보았다. 세키는 없었다. 현관으로 나갔다. 세키가 왔다 간 흔적이 없었다. 아직 카드판이 안 끝난 거겠지. '언제 오니.' 하고 민우는 습관적으로 문자메시지를 보냈다. 세키에게서 답장이 왔다. 김 선생도 카드를 친다고 했다. 김 선생은 상자 얘기를 세키에게 안 한 것 같았다. 만약 그랬다면 세키가 물었을 것이다. 며칠 전 세키는 레지나가 왜 시계를 안차고 다니는지 궁금하다고 했다. 민우는 자기가 알 수 있는 일이 아니지 않느냐고 발뺌했다. 그런 대화가 오간 후 세키는 더 이상 시계의 행방을 궁금해하지 않았다. 마치 선물한 적이 없었다는 듯 무덤덤했다.

민우는 흐리멍덩한 눈으로 컴퓨터 앞에 앉았다. 첫 점자 뭉치 앞에다 빈 점을 놓았다. 왠지 허공을 만들어 넣고 싶었다. 비어 있는 것도 점이 될 수 있다. 색불이공 공불이색 색즉시공 공즉시색. 반야심경 구절이었다. 법정(法丁)은 그 뜻을 이렇게 풀었다. 색과 공은 같은 것이 아니다. 둘은 따로 있는 것인데 그 경계가 없다는 뜻이다. 수많은 풀이가 있었지만 민우는 법정의 풀이가 같음을 강조하지 않고 차이를 말하는 것이어서 매력적이었다. 경계는 현대 철학의 화두였다. 그것은 관계에서 생겨난다고 했다. 언어와 사물 관계, 의식과 무의식 관계, 육체와 정신 관계 등. 페미니스트들은 남과 여의 관계를 탐구하다가 동성애의 정체를 밝혔고 성전환 수술의 의지를 옹호했다. 성은 몸과 마음 가운데 영역에서 살았다. 풍만한 육체가 있는 미성년자들은 성역(性域)에서 진정한 경계인들이었다. 아네스……. 민우는 그 아이의 임신을 떠올렸다. 괜찮아. 산부인과 주요 고객이 임신한 미성년자들이라잖아. 그는 다시 레지나를 생각했다. 침대에서 성기를 늘어뜨렸던 미토. 그에게서 운영권을 넘겨받은 프링콩. 그들이 신봉했던 프랑스의 자유로움. 욕망의 공개가 진실한 자유일까. 절제는 우유부단함일 뿐일까. 그리고 이 경계의 세계에서 자위의 위치는 어디인가. 그것은 동성애에 더 가까운 것이 아닐까. 레지나……. 민우는 점자를 다시 보았다.

첫자리와 마지막 자리에 ●점이 하나씩 덩그라니 남았다. 외로워 보였다. 무인도 같은 ● 곁에 ·점을 찍어 여섯 개의 기본 틀을 만들어 주었다. 놀라운 일이었다. 문자가 일람표에 모두 있었다. 그것들이 이룬 단어는 '생각'이었다.

생각. 레지나와 잘 어울렸다. 그녀에게 무엇보다 의미 깊은 단어였다. 너는 세키에게 무슨 말을 하고 싶었던 거니? 민우는 '생각' 이후의 문장을 옮겨 그렸다.

아침이 올 때까지 ·점과 ●점으로 점자를 그렸다. 피곤이 추억을 불러왔다. 검은 타일 위로 가라앉던 염전의 소금이 떠올랐다. 고향 염전이 떠오르자 점자가 지겨웠다. 물을 가두어 놓았던 염전에서는 먼지처럼 떠다니던 것들이 주변의 먼지를 빨아들여 침전하면서 덩어리가 되었다. 옮겨 그려 놓은 점자를 바라보았다. 그대로 방치하면 두렁 터진 염전의 먼지처럼 동그란 점들이 화면 밖으로 흘러갈 것 같았다. 점자를 가두기 위해 직선으로 테두리를 쳤다. 그러자 그것들은 벼 그루터기에 붙은 개구리 알 뭉치처럼 보였다. 검은 핵들이 젤라틴에 쌓여 있었다. 검은 핵이 눈동자 같다는 생각이 들었다. 오싹했다. 한 사람의 얼굴에 이렇게 많은 눈이 있으면 어떤 표정이 될까.

민우는 자신의 나이를 생각했다. 스물아홉 살이었다. 아녜스보다 열한 살이 많았지만 서른 살에는 인생이 휘청거릴 것이라 생각하는 나이였다. 사립 중고등학교 교장단회의 홈페이지를 들락거리며 구인 광고를 살피느라 바쁜 것이 그의 현실이었다. 제자를 임신시킨 사실이 알려지면 파면이었다.

편지를 그림으로 옮겨 그리는 데에 사흘이 걸렸다. 세키가 연일 포커를 치러 나가는 바람에 작업이 수월했다. 김 선생도 종례가 끝나면 부랴부랴 당구장 하우스로 갔다. 아녜스는 잘못 건드린 전복 같았다. 수술받자는 말을 넌지시 꺼냈는데 그 애는 전복이 바위에 딱 달라붙듯 배를 움켜쥔 자세로 반항했다. 신나는 일이 아무것도 없었다.

점자 편지를 옮겨 그리고 있으면 잡념이 사라졌다. 그는 옮겨 놓은 그림과 레지나의 편지를 대조했다. 그리고 일람표에서 자모를 찾아 그림 밑에 입력했다. 중복되는 부분이 발견되었다. 참을 수 없이 수치스러웠다. 둘째, 셋째 줄 한 부분이 첫 줄을 반복하고 있었다. 자모가 찾아지지 않는 한 묶음은, 처음 허공에 ·점을 찍지 않아 글자 조합에 실패했던 '생각'이라는 단어였다. 세키가 할 수 있는 것을 거뜬히 해내지 못하다니. 자존심이 상했다. 'ㅁ' 다음에 모음이 없으면 'ㅁ'은 '마'였다. 그래서 'ㅁㄴㅎ'은 '많'이라는 글자였다. 'ㅅㅐㅇㅏㄱ ㅁㄴㅎㅣ ㅎㅐㅆㅓㅛ'를 문장으로 옮기면 '생각 많이 했어요.'였다.

레지나의 사연은 아주 아득했다. 민우는 편지를 읽고 또 읽었다.

생각 많이 했어요. 무슨 말부터 할까요. 말을 못하지만 들을 수는 있으시다니 꿈 이야기를 하겠어요. 당신도 혹시 꿈속에서는 말을 하지 않나요? 꿈속에서 저는 눈으로 세상을 봅니다. 물론 눈이 멀지 않았던 순간의 세상이 펼쳐져요. 처음엔 무서웠는데 지금은 무척 아름다워요.

제안은 너무나 감사하게 잘 받았습니다. 저는 드린 것도 없는데 하느님께선 왜 제게 이렇게 많은 복을 내리시는지 모르겠습니다. 저는 사실 가끔 눈이 보여요. 안구가 서서히 돌아가면서요. 지구에 일식과 월식이 찾아오는 것처럼 간혹이에요. 저는 이런 제 눈을 좋아하지만 예측할 수는 없군요. 언제 눈이 보이게 될지. 짐작이 되면 그 날짜에 맞춰 결혼하고 싶은데.

월요일에 쳤던 피아노는 연주용 탱고예요. 들어 보세요. 기분이 아주 좋아져요. 방학이 되면 기숙사에서 나갈 것이고, 봄이 올 무렵에는 배가 많이 불러 올 테니까 학교엔 못 나오겠죠. 그리고 졸업. 사실 전 아이의 엄마가 되거든요. 당신이 말씀을 못 하신다니 우리가 만나서 이야기할 때 불편하긴 하겠네요. 하지만 뭐든 진정으로 원하면 이루어진다는 하느님 말씀을 저는 믿고 살아요. 편지 받으시면 강당으로 한 번 오세요. 당신한테 어째서 장애가 찾아갔는지 궁금하네요. 언제라도 희망을 버리진 마세요. 레지나가 씁니다.

언제나처럼 레지나의 글은 민우를 감상에 젖게 했다. 일식, 월식, 임신. 예측할 수 없었던 일.

아이를 낳으면 든든한 안내자를 얻게 되는 것일 테다. 난 싫지만 누군가 네 남편이 된다면 넌 아이를 낳아 행복해지겠지. 비로소 민우는 김 선생이 왜 상자를 아네스에게 건네 달라 했는지 그 뜻을 알 것 같았다. 아네스에게 언니의 임신 소식을 전하고 싶은 것이었다. 어쩌면 레지나가 그렇게 하자고 계획했을 수도 있었다.

민우는 아네스에게 편지를 내밀었다. 조용히 말했다.

"네스야. 이것 봐. 세키가 읽어 준 건데, 언니가 임신이래."

"뭐?"

아네스는 점자 편지를 읽고 또 읽었다.

"담임이…… 거짓말이었나 봐. 안 만날 거라 했는데."

"김 선생님하고 언니는 어떻게 만난 사이야?"

"담임이 방학 때 맹학교에서 영어 회화 강의를 했어. 자원봉사로."

"거기서 만났겠네."

"그런데 임신, 우리 담임이 맞을까? 언니가 애인 생긴 걸 감추려 할 때 그냥 모르는 척했어. 언니는 그렇게 안 하면 끝까지 숨길 테니까. 어떻게 하다가 우연히 담임 얘기를 언니에게 했는데 엄청나게 관심을 보이더라고. 그래서 확신했지. 택시 타고 가는 거 미행했더니 선생님 차로 옮겨 타지 뭐야. 시각장애인 모임에서 만난 같은 장애인이었으면 따라다니며 말렸을 거야. 같은 장애인이 아니니까 다행이라는 생각은 했는데, 전에 말했지, 담임은 언닐 언젠가 힘들게 할 것 같다고……."

아네스는 다시 편지를 읽으면서 한숨을 푹 내쉬었다.

"왜 그러니?"

"선생님은 어떻게 생각해?"

"뭘?"

"환시라는 거."

"누구 말하는 거야?"

"선생님도 이거 읽었다고 했잖아. 읽으면서 아무렇지도 않았어? 선생님 친구 아저씨도 뭐 이상한 거 눈치 못 챘대? 언닌 가끔 눈으로 본다고 말하잖아. 편지에서."

민우는 이후의 얘기를 들으며 만감이 교차했다. 아네스가 말을 이었다. 언제부터 언니가 눈을 완전히 잃게 됐는지 모르겠다고, 언제부터 환시를 얻었는지도 모른다고. 레지나가 말하기는 자기는 중학교 졸업을 앞두고 시력을 잃었다고 했다. 어느 순간 시야 폭이 착착 좁아지더니 나중엔 어두운 상자에 뚫린 작은 구멍 같은 것만 남았다고 했다. 그 뒤 세상이 온통 뿌연 안개로 보였다고. 민우는 레지나와 아네스의 이야기에서 정연한 사실을 찾아내고 싶었다. 정신과 의사는 실명과 환시 두 가지가 차례로 일어난 게 아니라 두 가지가 뒤섞여서 서로를 키웠다고 말했다고 아네스가 말했다.

지구에 일식 월식이 찾아오는 것처럼 문득 시력이 회복되는 순간이 오면 행복하다고 말하던 레지나의 편지 문장이 떠올랐다. 그건 '부르면 날아가는 새들'을 탈퇴한 이후에 아주 가끔씩 레지나가 지나가던 말로 흘리던 내용이었다. 민우는 레지나의 장애가 선천적인 것이 아니었으므로 가끔은 그럴 수 있을 거라고 생각했다. 아네스는 그것을 환시라고 불렀다.

"어쩜 임신도……."

"응?"

"아닐지 몰라."

"무슨 뜻이니?"

아녜스가 목청을 가다듬었다.

아녜스가 그동안 언니 얘기를 하지 않으려 했던 데에 이유가 있었다. 그 애는 질투와 불안감과 죄책감 같은 복잡다단한 감정을 흔들어 섞어서 한꺼번에 들려주었다. 레지나는 초등학교 때부터 학교 대표 합창단원이었지만 시력을 잃어 가면서부터 지휘자 선생님의 손짓을 따라가지 못하게 되었다. 레지나는 부모님 앞에서 왜 자기를 그렇게 낳았냐며 울부짖었다. 부모님도 예상치 못했던 일이었다. 부모님은 레지나를 데리고 안과를 순회했다. 어느 병원에서나 같은 진단을 내렸다. 안구가 심하게 변형된 것이라 했다. 불치의 영역이었다. 치료 방법은 없었다. 아버지는 대안을 찾으려 노력했다. 예술은 장애를 우대하는 분야였다. 그는 레지나에게 피아노를 사 주고, 연습실을 마련해 주고, 능력 있는 레슨 선생님을 초빙했다. 엄마는 조만간 찾아올 장애를 대비해 점자를 가르쳤다. 레지나는 둘 다 거부했다. 설리반 선생님을 처음 만났을 때 헬렌 켈러가 그랬던 것처럼 포악하게 굴었다. 몸이 닿는 것마다 부수고 뒤엎었다. 아녜스는 초등학생이었다.

"모든 관심이 언니에게 쏠렸어. 나도 언니처럼 거울을 부수고 베란다 밖으로 뛰어내리겠다고 협박하고 싶었어. 문득문득 몸에 열이 나는 거 있지. 책상 모서리, 침대 모서리에 여길 대고 몸을 흔들었어."

아녜스는 민우 허벅지에 손가락을 대고 꾸욱 누르더니 몇 번 흔들었다. 듣고 보니 자위 이야기였다. 어린 시절에 은밀히 했던 행위를 털어놓으면 누구나 뜨거워지는 마음을 주체할 수 없을 것이다. 아녜스는 민우의 품에 꼭 파고들면서 말했다.

"엄마한테 들켰어. 엄마가 버럭 소리를 지르더라. 나쁜 짓이니까 하지 마! 누군 뭐 하고 싶어서 했나……. 나도 그만하려 했지. 근데 나도 모르게 방문을 잠그고 딱딱한 가구에다 몸을 대고 흔들게 되지 뭐야. 그러는 내가 싫었어. 엄마한테 들킬까 봐 겁났고. 엄마가 또 그랬냐고 소리 지를 것 같아서 아빠한테 달려갔어. 택시 타면 작업실까지 금방이었거든."

아녜스 아버지는 인간문화재급 도예가였다. 주로 옛날 태항아리를 복원했다. 아버지는 이렇게 말했다고 한다. 아이가 태어나면 산파는 산모와 아이를 잇고 있는 태를 끊는다. 요즘 병원에서는 그것을 적출물로 분리해서 소각장으로 보낸다. 예전 왕족들은 그 태와 태반까지 장례를 치렀다. 흙이 바로 묻지 않도록 태와 태반을 담던 그릇이 태항아리였다. 지체 높은 사대부가에서도 왕실을 따라 했다. 그들은 몸의 모든 것에서 우주의 기력을 느끼려 했다. 산세 좋은 곳에다 엄마 것이었으면서 동시에 아기 것이었던 태반과 태를 묻고 그들은 나날의 복락을 기원했다. 작은 내항아리에 담아 그것을 큰 외항아리 안에 넣었다.

아녜스는 아빠 작업실에서 흙을 매만지면 기분이 좋았다고 말했다. 그녀는 어린 손으로 주로 신발을 만들었다. 진흙 신발을 만들어 신고 걸으면 발이 세상에 딱 붙는 느낌이어서 몸이 붕붕 어디론가 날려갈 것 같아 불안하던 느낌이 사라지고 마음이 편안해지더라고 말했다. 그 애에게 아빠는 세상 전부였다.

분위기 전환이 필요했다. 누가 먼저였는지 알 수 없었다. 야동을 입에 올렸다. 포르노라는 말보다 더 가볍고 유쾌했다. 아네스의 경험이 민우의 흥미를 끌었다.

아네스는 중학교 1학년에 올라간 뒤부터 시험 기간이 다가오면 몸에 열기가 올라 미칠 것 같았다고 했다. 독서실, 학원은 답답했다. 그녀는 집에서 속옷 차림으로 책상 앞에 앉았다. 어떤 날은 아예 옷을 다 벗고 의자에 수건을 깔고 앉아 문제집 문제를 풀었다. 언니가 문을 열고 들어오면 창피했다. 그래서 문을 잠갔다. 언니는 엄마가 퇴근해 돌아오기를 기다렸다가 아네스가 자기를 따돌리기 위해 문을 잠갔다고 일렀다. 언니 이름이 나오면 엄마는 누구에게나 아주 냉랭해졌다. 엄마는 아네스에게 사실이냐고 채근했다. 문을 잠근 건 사실이었다. 하지만 아네스는 이유를 말할 수 없었다. 엄마에게도, 언니에게도, 누구에게도 이야기할 수 없었다.

다니던 독서실 언니한테 그 이야기를 했다. 그 언니는 여성 전용 포르노 웹사이트 주소를 가르쳐 주었다. 아네스는 만 원을 내고 그 언니 아이디와 비밀번호를 샀다. 동영상은 정기적으로 업데이트되었다. 포르노를 보자 스트레스가 풀렸다. 노트북은 포르노 상자가 되었다. 공부 계획을 세워 놓고 포르노를 보면 시험 기간에도 독서실에 나갈 수 있었다. 방문을 늘 열어 두자 언니도 아네스를 덜 미워했다. 하루에 조금씩, 일주일에 한 편을 나누어 보았는데 조금씩 보는 시간이 늘었다. 하루에 10분 정도 보자고 마음을 바꿨다. 10분이 딱 좋았다. 시간을 더 넘기면 죄책감이 들었다. 10분 동안 몰래 이어폰을 끼고 화면을 보면 몸에서 우울함이 떨어져 나갔다. 그 시간은 늘어나지도 짧아지지도 않았다. "나, 원래 인문계 가려고 했는데 엄마 아빠 사고 때문에 여기 왔잖아." 아녜스는 고등학교 친구들에게 말하곤 했다. 사고가 영향을 미치긴 했으나 그것이 전부는 아니었다. 대입 시험 준비로 하루 종일 공부를 해야 하는 인문계 고등학교를 생각하면 지옥이 따로 없었다. 그 시절에, 독서실 언니가 접속 비밀번호를 바꾸면 아녜스는 다시 만 원을 주고 비밀번호를 샀다.

교통사고가 인생 모든 것을 바꾸었다. 부모님은 아버지 전시회 오프닝에 참석하러 갔다가 죽은 몸으로 돌아왔다. 아녜스가 중학교 2학년 때였다. 언니는 스물한 살, 이듬해에 맹학교 고등부에 입학하기로 결정했던 가을이었다. 전시 여행에서 돌아오면 어머니는 갤러리 일을 다른 사람에게 넘기고 살림을 하겠다고 했다. 하필이면 언니가 여행을 허락했고, 하필이면 결혼기념일이었다. 차는 그대로 돌아오지 못했다.

민우가 물었다.

"요즘도 보니?"

아녜스가 웃었다.

"아니."

"왜?"

"재미없어서. 선생님은?"

"난 야설 좋아해. 세키가 쓰는."

"그 아저씨 야설 써?"

"응."

"진짜 웃긴다."

"……."

"그런데 이상하지? 부모님 장례 지내는 동안 그거 안 봤는데 그 뒤로 더는 안 보고 싶더라고. 세상이 다 시시한 거 있지. 버스나 지하철에서 남자들 냄새 맡으면 죽이고 싶었어. 교복 입고 혼자 걷고 있으면 남자들이 엉덩이를 보는 것 같았어. 남자들! 멀리에서도 역겹더라. 외출이 지긋지긋했어. 도우미 선생님이 우울증 약을 좀 먹어보는 게 어떠냐고 했는데……. 약 먹는 건 싫었어. 병원, 지겹잖아."

"나도 그런 남자였겠네?"

"당연하지. 선생님이 날 얼마나 끈적끈적하게 바라봤는데, 칫."

"너무 그러지 마."

"스쿠터 타니까 제일 좋았던 건 전철이나 버스 안 타도 되게 된 거야."

아녜스는 스쿠터에 어울리는 정장을 샀다고 했다. 정장을 입으니까 또래들이 입는 캐주얼 의상은 옷이 너무 헐렁하게 느껴져서 입을 수가 없어졌다고 했다. 바람이 불 때면 남자들 시선이 옷과 몸 사이로 마구 드나드는 것 같아 가슴이 울컥거리더라는 그 애에게 민우는 모처럼 마음 편하게 농담을 했다.

"그러니까 성교육을 제대로 받았어야지. 그게 포르노 때문이잖아. 여자 전용 포르노가 세상에 어디 있니?"

"그런 게 왜 없어."

"없어, 그런 건. 세상 포르노는 죄다 남자들 거야, 인마. 넌 그런 거 많이 봐서 물든 거야."

민우는 정오를 넘기고 일찍 출근했다. 김 선생도 출근이 일렀다. 그가 자리에 앉으면 언제나 등이 보였다. 그의 등을 보니 레지나의 편지를 읽으면서 느꼈던 감상과 흥분이 되살아났다. 김 선생은 상자에 대해 더 이야기하지 않았다. 민우의 눈에 그는 상처에 딱지가 앉기를 기다리는 사람으로 보였다. 민우는 아녜스가 임신한 것이 혼란스러웠고 레지나를 임신시킨 김 선생이 약간 안쓰러웠다. 김 선생은 앞으로 어떻게 할 것인가. 조회가 시작되려면 아직 시간 여유가 있었다. 민우는 김 선생이 상자를 들고 와서 그랬던 것처럼 무심한 척, 그의 자리로 걸어가서 말했다.

"드릴 말씀이 좀 있는데, 퇴근 후에 괜찮으시면 식사 하실래요?"

김 선생이 입맛을 다시며 대답했다.

"무슨 일인데? 지금 하면 안 될 말인가?"

그가 손가락으로 휴게실 방향을 가리켰다. 둘은 휴게실로 자리를 옮겼다. 민우가 말했다.

"아녜스에게 잘 전해 줬어요."

"응. 고마워."

김 선생이 손을 싹싹 쓸었다. 할 말 다 했으니 느낌을 솔직하게 말해 보라는 몸짓인 것 같았다. 민우는 아녜스 이야기를 하지 않을 수 없을 것 같아 부담스러웠다. 가능하면 숨기고 싶었다. 그러나 대화는 의외의 방향으로 흘러갔다.

"무슨 뜻인 줄 알겠던데요."

"뭐가?"

"레지나 씨요."

김 선생이 희미하게 웃었다. 그 웃음을 통해 민우는 여름에 있었던 일을 읽었다. 김 선생이 레지나와 만난 여름방학 때, 민우는 세키와 탄광 마을에서 지냈다. 민우가 교사가 된 이후, 여름이 오면 둘은 오지를 찾아갔다. 산골이나 무인도에 터를 잡고 더위가 가길 기다리면서 도시로 돌아갈 힘을 비축했다. 개학 즈음에 돌아와 생활을 새롭게 시작했다. 겨울방학은 추위 때문에 집이 지내기 편했다. 사냥을 포기한 에스키모처럼 집에서만 지냈다. 그러다가 봄이 지나가고 여름이 오면 인적 없는 곳을 골라 또 떠났다. 행복했던 한 시절이었다. 민우는 레지나가 김 선생의 차 조수석에 올라 그의 어깨를 잡고, 팔뚝으로, 손목으로, 손가락으로 자신의 손을 옮겨 운전대를 함께 잡았을 것을 생각했다. 김 선생은 그 손을 다른 곳으로 인도했을 것이며 레지나의 몸 어딘가를 더듬었을 것이다. 김 선생은 대뜸 아녜스의 반응을 물었다. 그는 아녜스가 점자를 읽을 줄 안다는 것을 알았다.

"아녜스가 그 편지 읽었겠지? 뭐라고 해?"

"그냥 좀 침울해했어요."

"그랬구나. 강 선생은?"

"저요? 음…… 세키한테 못 췄어요. 천천히 말하려고요."

"그냥 본명으로 부르면 안 되나? 세키, 좀 부르기 부담스럽잖아."

"걔가 그러는 걸 더 좋아해요. 레지나 씨가 임신……했다고 하는 것 같던데⋯⋯."

"그러려나?"

김 선생이 손톱을 세워 두피를 긁었다.

"레지나는 강 선생한테 줘서 미스터 정한테 돌려주라고 했는데. 강 선생한테 직접 내 용건을 전하기도 좀 그랬고. 내가 그냥 아네스한테 슬쩍 그래 보기로 했던 거야. 겸사겸사 내 마음도 알릴 겸."

김 선생이 어깨를 움츠리고는 다시 한 번 손을 싹싹 비볐다. 김 선생이 말했다.

"근데, 아네스랑 좀 조심해야 될 것 같아 보이더라. 반 애들도 아는 눈치던데."

"뭘요?"

"그러지 마. 나한텐 편하게 해도 돼. 그건 그렇지만 언제까지 그럴 거야?"

민우는 김 선생의 눈을 바라보았다. 언제까지 그럴 거야? 말투가 이상했다. 언제까지 숨길 거냐는 뜻인지, 언제까지 어린애를 농락할 거냐는 뜻인지, 둘 중 하나를 묻는 것이 분명했다. 어느 쪽인지 갈피가 잡히지 않았다. 그의 눈빛을 보자 아네스와 헤어지는 것도 임신 문제를 해결할 좋은 방법인 것 같았다. 김 선생이 물었다.

"그건 그렇고. 강 선생. 어디 옮겨 갈 만한 데 있어?"

"아직요. 선생님은 어떻게 하실 거예요?"

"수소문해 봐야지 이제. 조만간 공채 시즌이니까."

"전 사립학교 교장단회의 홈페이지를 보는 중이에요."

"그래. 우선은 생활 관리를 좀 철저히 하고 말야."

민우는 고개를 끄덕였다. 김 선생은 취직 문제로 이야기를 몰아가려 했다. 생활이 나쁘면 누군가 투서를 넣을 거라고 힘주어 말했다. 생활 관리란 뭘 말하는 것인가. 괜한 위협이 아니었다. 실제로 민우는 도처에서 감시의 시선을 느꼈다. 긴장한 눈으로 바라보면 모두가 경쟁자였다. 경쟁자 당사자이거나 경쟁자의 친구 혹은 친척이었다. 이게 모두 아녜스 때문이었다. 김 선생은 자신을 파멸시킬 비밀을 알고 있었다. 민우는 긴장하는 것이 귀찮았다. 사랑이었다고 공개하면 될 일이었다. 그런데 뜬금없이 김 선생은 세키를 입에 올렸다. "같이 사는 친구 소문도 있고 강 선생 성적 취향을 궁금해하는 사람들도 있던데……." 민우는 가슴이 덜컹 내려앉았다. 이 사회 면담에서 '지원자께서 동성애자가 아니라는 사실을 어떻게 증명하겠소.' 하고 물어오면 뭐라 대답할 것인가. 그냥 우린 부부처럼 사는 친구입니다. 그리고 저는 제자와 연애해서 임신을 시켰습니다. 그 애는 여자입니다. 제가 동성애자는 아닌 거죠. 그 여자애를 데리고 올까요?

　대화의 방향을 틀고 싶었다.

　민우는 포커 얘기를 꺼냈다. 김 선생은 세키를 칭찬했다.

　"정말 끝내주더라 그 친구. 한 수 배우는 중이야."

　"얼굴이 그래서 표정이 안 읽히니까요. 오늘도 가시나요?"

　"생각 중. 어때, 퇴근하고 한잔 할까?"

　민우는 고개를 끄덕였다.

　일과는 길고도 길었다.

민우와 김 선생은 시내 맥줏집으로 나갔다. 각자 운전했기 때문에 민우는 차 안에서 김 선생한테 물을 말을 미리 준비했다.

김 선생은 정치 얘기를 했다. 속마음은 취기 오른 다음에 꺼내려는 것 같았다.

어느 순간 민우는 자기가 먼저 단도직입적으로 물어야겠다고 생각했다.

"시작할 때, 겁나지 않았어요?"

김 선생은 설핏 웃음기 띤 얼굴로 대답했다.

"난 특수교육을 전공하잖아."

"그래도요. 전공하고 생활하고는 다를 텐데."

"장애가 만들어 준 건 금방 해결돼. 적응하면 일상이 불편할 거 없어. 강 선생도 그 친구랑 그렇잖아. 성격이 문제지. 훨씬 민감하고, 의심 많고, 고집 세고…… 시각장애인들 특징이야. 무조건 경계부터 하고 나오니까. 그럴 수밖에 없지 않겠어? 앞이 안 보이니까, 첫인상을 눈으로 볼 수 없잖아. 그래서 의심이 많고 고집이 세. 감정이 판단의 최우선 조건이니까. 레지나는 고집이 그렇게 세지 않은데 갑자기 공격적으로 변해. 나를 공격하는 게 아니라 자기 자신을 공격해. 그것도 곧 적응되겠지."

"어떻게 자기를 공격해요?"

"그냥 그래."

민우는 모텔에서의 일을, 그리고 성적인 것을 생각했다. 옷을 벗는다거나, 아무 데서나 오줌을 눈다거나. 그런 것이 최대치의 자기 공격일 것 같았다. 김 선생은 고민을 이야기했다. 그의 말에 따르면 많은 장애인들이 미국으로 이민 갈 꿈을 키웠다. 미국은 세계 최고의 장애 복지 시설과 제도를 마련한 나라였다. 김 선생은 이민을 동경해야 하는 현실을 비판하다가 미국의 인종차별과 열등한 장애인들이 당하는 고통에 대해서 분개했다. 우등한 장애인들에게 눌려 열등한 장애인들이 상상할 수 없을 정도로 저급한 삶의 조건을 유지하면서 고통받는 것에 비하면 모든 이가 똑같이 불편하고 위험하게 사는 이 땅의 생활 환경이 오히려 더 인간적이라고 했다. 김 선생은 직장을 맹학교나 농학교 같은 장애인 학교로 옮기면 좋겠다고 했다. 취기가 대화를 유연하게 만들었다. 김 선생은 세키를 미스터 정이라 불렀다.

"강 선생은 왜 우리가 장애인들을 도와야 한다고 생각해? 미스터 정 같은 친구?"

"글쎄요, 도와준다는 말부터 바꿔야겠네요. 함께 산다는 말로."

"그래도 그렇지 않나? 다른 사람 도움 없이는 그들이 살아갈 수 없잖아."

"경제 논리로 환원해 보면 어떨까요. 우리한테 없는 게 그들한테 있으니까, 서로 교환하면서 사는 거다."

"예를 들면?"

"레지나 씨한테 있는 감정의 세밀한 결들이나, 놀라운 음감이나……."

김 선생의 눈빛이 순간 정지했다. 민우는 그의 콧등을 바라보았다. 눈이 마주치는 것을 피하고 싶었다. 당혹스럽게도 김 선생이 질문했다.

"감정의 세밀한 결? 어떻게 알지? 레지나를 잘 아는 것처럼."

민우는 웃으면서 말했다.

"그냥, 그럴 것 같아서요."

"그게 바로 낭만이라는 거야. 눈이 안 보이니까 눈 아닌 다른 감각기관이 발달할 거라 생각하는 것. 실제를 모르는 사람들은 그런 상상을 해. 강 선생, 레지나한테 그런 게 있다고 하더라도 말야, 그 애가 과연 훌륭한 피아니스트가 될 수 있을까? 달빛을 못 보는 사람이 베토벤의 「월광」을 훌륭하게 연주할 수 있을까? 우리 중 누가 레지나와 비슷한 정도의 음감을 가졌다고 가정해 봐. 누가 유리해? 예술은 감각의 총화야. 독립된 어느 한 감각기관으로는 모자라."

"그래도 어느 특별한 감각기관은 중요하죠. 특별한 것을 확대하면 보편이 나올 수 있습니다. 그것이 예술가 개인의 고유한 작업이 되는 거고요. 어차피 모든 예술은 개인이 세계를 모방하는 거니까."

"특별한 기관의 감각이 중요하지. 중요하지 않다고 말하고 싶은 건 아니야. 하지만 없는 거하고 약한 거하고는 다르다는 말을 하고 싶어. 미스터 정이 안면 근육에 문제가 있어서 카드를 잘 치는 거 같지? 포커페이스? 그것도 장담할 수 없는 일이야. 지존이 되려면 가리는 기술이 아니라 위장하는 기술이 필요해. 상대를 혼란스럽게 만들 능력이 있어야 해. 침묵은 정직하거든. 고수는 그 침묵의 결을 읽어내지. 그러면 끝장인 거야. 뻥카를 칠 수 있어야 고수지."

민우는 한숨을 푹 내쉬었다. 레지나와 어떤 관계냐고 채근할 것이 걱정이었는데 김 선생은 예술론 쪽으로 대화의 가닥을 잡았다. 민우는 자기가 레지나를 입에 올렸을 때 순간 정지되었던 김 선생의 눈빛에서 나타났던 아주 험한 감정의 계곡을 상기하면서 조심스레 물었다.

"모든 인간이 평등하다는 전제를 한다면요?"

"그 인간이라는 거, 인간의 조건이 뭐냐부터 따져야지. 정신을 소유한 생명체를 인간이라고 하는 거야? 아니면 직립보행하는 종을 이야기하는 거야? 아니면 사고력? 호모 사피엔스?"

"인간한테 있는 존엄 그 자체. 모든 상태에 합당하는 조건을 찾긴 힘들잖아요. 개별자들의 특수한 조건들로 인간을 규정하면 존엄을 얘기하기 편해요. 어차피 인간이란 모두 다른 존재니까요. 나 외에는 모두가 다른 너니까요. 그중에서 내게 필요한 게 있는 너에게만 나는 가까이 가려고 하는 거 아닌가요."

"복잡하다. 안드레아 보첼리가 맹인이 아니었으면 그렇게 유명해졌을까? 스티비 원더는? 헬렌 켈러는? 자본은 장애까지 상품화시키는 괴물이야. 자본은 인간이란 불평등한 존재라고 선언하는 신이야. 평등이란 존재할 수 없어. 장애인이라고 다 같은 장애인이 아니야. 장애인들의 우열은 우리의 우열보다 몇천 배 더 심해. 우린 너무 특별한 장애인을 얘기하고 있어 지금. 열등한 장애인을 얘기하다 보면 우울해질 거야. 그건 지옥이야. 기분이 바닥으로 떨어질걸? 레지나의 조건은 우등에 가깝다고 할 수 있어. 하지만 그 피아노 실력으로는 대학에 못 가. 걔보다 우수한 장애인들은 얼마든지 있거든. 다른 얘길 하자."

말을 돌리고 돌려서 민우는 연애의 시작을 물었다. 김 선생은 자신의 선량한 의도를 축소하면서 자원봉사 경험을 이야기했다.

"지난 방학 때 맹학교에 가서 아이들 회화를 봐 줬거든. 걔들한 텐 영어가 최고야. 미군 부대 교회에서 지원을 많이 온대. 레지나 걘 구김이 없었어. 장애인들은 대개 특유의 구김으로 자기를 내세우거든? 그런데 레지나는 그게 없더라. 마구마구 요구할 줄을 알아. 당차게."

민우는 그런 식의 답을 들으려고 물은 것이 아니었다. 어떻게 하다가 같이 자게 됐는지 알고 싶었다. 김 선생은 레지나가 '부르면 날아가는 새들'에서 말한 적 있는 에피소드를 이야기했다. 고유명사를 통해 세계를 기록하려고 하던 플라톤 후예들. 향수 이야기. 김 선생은 학생들에게 말로 표현하기 가장 힘든 게 뭐냐고 물었는데, 레지나는 냄새에 이름을 정하는 것이라고 했다고 한다. 30초만 지나면 우리 코는 감각이 둔해진다. 감각을 잃는 것이 아니라 그 냄새에 적응해 버려서 그렇다. 적응은 무언가를 얻는 것일 수도 있고 무언가를 빼앗기는 것일 수도 있다. 김 선생과 수업했던 어떤 아이는 향수 만드는 사람을 존경한다고 했다. 냄새에 이름을 붙여 주는 것이 멋있어 보여서 그렇다는 것이었다. 레지나가 그런 글을 올렸을 때 민우는 이런 내용으로 반응했다. 하이데거는 언어를 존재의 집이라고 했다. 언어는 존재에 실체를 부여한다. 노자는 정반대로 말했다. 이름 붙여 부르는 순간 대상은 사라진다. 그것은 영원한 이름이 될 수 없다. 영원할 수 없는 이름은 진정한 이름이 아니다. 명가명 비상명(名可名 非常名). 김 선생이 말했다.

"어느 날 레지나가 그러잖아. 선생님, 어떻게 생겼는지 궁금한데, 얼굴, 만져 보고 싶어요."

민우는 술잔을 채웠다. 맥주가 거품을 내면서 보글보글 올라왔다. 민우는 거품을 보다가 김 선생을 정면으로 보면서 속으로 말했다. 그래서 당신은 얼굴을 만지게 했겠지. 그 손의 감촉과 냄새를 동시에 느꼈겠지. 눈앞으로 브로치가, 가슴이 다가왔겠지. 레지나가 얼굴을 만졌을 때 당신은 그녀 허리에 손을 올릴까 말까 고민했을 거야. 민우는 김 선생의 나약한 감성을 동정했다. 순간을 견뎌내지 못하면 앞날이 고생이었다. 이제 어떻게 하시려고……. 김 선생이 민우의 눈빛을 읽었는지 건배를 제안했다.

"강 선생. 파이팅!"

민우는 웃으면서 대꾸했다. 왠지 목소리에 힘이 들어갔다.

"예. 선생님도요."

5

시험은 사람을 제각각으로 들뜨게 하고, 슬프게 하고, 병들게 하고, 다치게 한다. 그것은 몰인정한 괴물이어서 성적과 전혀 상관이 없는 사람마저 험난한 감정의 격랑 속으로 끌고 들어간다.

수능 시험 날이었다. 세키는 민우의 출근 준비를 서둘렀다. 민우는 용돈을 벌 겸 감독관으로 인근 학교에 간다 했다. 5년 동안 교사 생활을 하면서 매우 이르게 출근한 날에 속했다. 민우가 출발하면서 말했다.

"시험 끝나면 진학반 애들하고 회식하기로 했어. 좀 늦을 거야."

세키는 가만히 고개를 끄덕였다. 민우가 조만간 주간으로 옮기면 출근 시간대가 그렇게 바뀔 것이라 생각했다. 대학을 졸업한 다음 해에 바로 S고등학교 야간부에 취직이 됐다. 야간학교 출근은 저녁을 함께 못 먹는다는 것이 서운했다. 대신 아침 시간을 함께 보낼 수 있어서 좋았다. 일방적으로 나쁘지만은 않은 게 세상이었다. 이젠 오후 출근이 아침 출근으로 바뀔 시점이었다. 민우가 주간부로 옮기고, 서른 살을 기념해 생활 리듬을 바꿀 거라 생각하니 가슴이 뛰었다.

저녁 뉴스는 시험 사건으로 떠들썩했다. 수험생이 집으로 돌아가 자살했다고 했다. 자그마치 다섯 명이었다. 세키는 보도를 보면서 자기가 별세계에서 산다는 느낌을 받았다. 자살에 도전해 보고 싶은 나이가 이미 지났다고 생각했기 때문이었다. 자살도 화사한 나이에 하는 것이 제격이었다. 앵커는 취재 기자를 불러 정답이 두 개인 시험 문제에 대한 자세한 해설을 부탁했다. 세키는 리모컨을 놓고 뉴스를 보았다. 화면이 바뀌었다. 병실 침대에서 시험을 보는 수험생, 점자 문제지를 읽는 시각장애인 수험생이 배경으로 스쳐갔다. 레지나가 생각났다. 민우를 통해 편지를 보내 놓고 그녀가 실제로 각막을 달라고 하면 어떻게 할까…… 그냥 해 본 말이었다고 꽁무니 뺄 생각을 했을 때마다 한없이 민망하고 미안했다. 세키는 민우에게 "레지나가 시계는 왜 안 차고 다닐까?" 자주 물었고 민우는 자기한테는 책임이 없다고 대답했다. 책임? 왜 책임을 따지는 거냐고 묻고 싶었으나 참기로 했다. 잊어버기를 바라는 눈치였다. 세키는 더 묻지 않았다. 하지만 한편으로 레지나의 전화가 기다려졌다. 전화기에서 울리는 목소리를 듣고 싶었다. 어느 날은 기숙사로 들어가는 레지나 앞에 불쑥 몸을 내밀었다. 레지나는 어머나! 놀라면서 두 손으로 세키를 짚었다. 세키는 그 충돌이 즐거웠다. 레지나에게서 향기가 난다는 것이 고마웠다. 그녀의 향기는 세키의 정신을 맑게 만들었다. 레지나는 명랑한 톤으로 말했다.

"죄송합니다."

그녀는 세키의 반응을 기다리지 않고 바삐 기숙사로 들어갔다. 세키는 발을 걸어 넘어뜨리고 싶었다. 넘어진 그녀를 일으켜 주면서 끌어안고 싶은 충동에 휩싸였다. 어떤 날은 상상으로 강간을 했다. 각막을 이식해 주겠다는 편지. 몸에 전율이 왔다. 세키는 그 말을 점필로 꾹꾹 눌러 찍으면서 '이건 내 안의 거지가 쓰는 거야, 이 거지 같은 성욕!' 하고 짜증을 부렸다. 레지나는 그런 본심을 알았는지 간단히 무시하는 것 같았다. 전화번호를 남겼건만 그녀는 전화를 걸지 않았다.

시계를 선물하겠다는 생각을 하기 전, 이따금 몰래 찾아가 레지나와 친구들이 나누는 이야기를 엿들으면서 세키는 많이 고민했다. 농학교에 입학하는 자신을 상상했다. 학교에 다니려면 중학교부터 다시 시작해야 했다. 검정고시를 보면 중학교, 고등학교 정도는 뛰어넘을 수 있었다. 그러면 수능 시험을 보고 대학교에 갈 수도 있었다. 대학교는 겁났다. 그냥 학교에 다니고 싶을 뿐이었다. 중학교는 학생들이 너무 어렸다. 고등학교가 적당할 것 같았다. 중학교를 검정고시로 건너뛰고, 입학 나이가 들쭉날쭉한 특수학교 고등부에 들어가고 싶었다. 레지나는 늙은 고등학생 표본이었다. 민우에게 의논한 적 있었다. 학교에 가면 어떨까? 민우는 왜냐고 물었다. 세키는 대답했다. 학교에는 친구가 있잖아. 여자를 만나고 싶다는 속마음은 감췄다. 그런 건 말 아닌 것으로 전해야 아름다웠다. 농학교에 입학

해서 레지나 같은 여자를 만나면 어떻게든 사랑에 빠지고 싶었다.

맹학교 아이들은 전화로 물건 파는 판매원이 되거나 안마사가 되거나 녹취록을 옮겨 적는 타이피스트가 된다고 했다. 녹취록 타이핑은 일감이 불결해서 금방 싫증 난다고, 동문회에서 그 직업을 권하지 않는다고 했다. 녹취의 의도 자체가 의심을 풀기 위한 것들이 대부분이었기 때문이다. 내용은 대개 불륜이었다. 평범한 부부 사이의 대화에서 듣기 힘든 야생의 단어들이 그 안에는 많았다. 한 단어라도 빠뜨리면 효력을 잃는 것이 녹취록 타이핑이었다. 그래서 타이피스트는 더러운 말까지도, 신음 소리까지도, 그대로 문자로 바꿔야 했다. 남자들은 할 수 있겠지만 레지나 친구들은 자기들이 여자라서 더 그런 일은 못할 거라고 걱정했다. 마사지를 하거나 침을 놓거나, 전화 비서를 하거나. 그들은 곧 졸업이었다. 취직을 해야 했다. 그녀들은 결혼도 꿈꾸었다. 결혼을 이야기할 때 그들은 행복한 공주였다. 누군가로부터 구원받을 것이라는 행운을 기대하는 것 같았다. 어떤 아이는 죽기 살기로 영어나 공부할까 싶다고 말했다. 가장 중요한 일은 돈을 버는 것이었다. 그들도 돈을 벌어서 사람을 고용하면 충분히 행복하게 살 수 있었다.

너희들이 뭘 해서 돈을 벌 거니? 세키는 자기가 더 낫다고 생각했다. 정식으로 수화를 배우지 않은 게 종종 답답했지만 필담이 가능했으므로 수화를 몰라서 겪었던 불편은 거의 없었다. 그 언어를 배웠다면 통역사가 필요했을 것이다. 민우와는 간단한 몸짓으로 말을 주고받았다. 깊은 대화는 전화기, 수첩, 컴퓨터를 사용해 남겼다. 들을 수는 있지만 말을 못하는 자신 같은 장애인은 만난 적이 없었다. 가게에 가서 물건 값을 흥정할 일도 없었고, 계산원에게 얼마냐고 물어야 할 일도 없었다. 물건을 골라 계산대에 올려 두면 계산원은 아무 말 없이 바코드를 찍은 다음 금액을 말했다. 버스나 지하철을 탈 때에도 말 대신 전자 카드면 되었다. 연민하거나 동정하거나 외면하는 사람들의 시선만 피하면 그럭저럭 견딜 만했다.

친구들은 취업반이었고 레지나는 진학반인 듯했다. 레지나처럼 대학에 가 볼까. 무엇을 위해서? 목적을 생각하자 재미가 없었다. 대학은 등록금이 비쌌다. 또 새로운 생활을 하자면 새로운 사람을 만나야 했다. 연민하거나 동정하거나 외면하는 사람들. 세키는 거울 앞에서 가끔 손으로 얼굴의 흉터를 만졌다. 그는 자기 흉터를 지네라 불렀다.

레지나는 어디에서 시험을 봤을까. 세키는 그녀의 성적이 궁금했다. 알아볼 방법은 전혀 없었다. 민우에게 언제쯤 들어올 거냐고 문자메시지를 보냈다. 민우는 아침에 말했던 대로 시험 끝난 아이들과 회식을 한다고 했다. 그 아이들은 혼자였다. 부모가 이혼했거나 부부 관계가 나빴거나 직장이 나빠서 바빴다. 내버려 두면 어울려 술을 마시거나 유흥가를 쏘다닐 거라는 게 민우의 말이었다. 세키가 보기에 민우는 점점 더 다정하고 멋진 선생님이 되어 갔다.

세키는 맹학교를 내려다보았다. 강당에서 불빛이 새어 나왔다.

세키는 강당으로 걸어갔다. 문 앞에 서자 피아노 소리가 들려왔다. 열어 볼까 말까. 세키는 문고리를 잡았다. 아주 조금 열었다. 문틈으로 레지나가 보였다. 울음소리가 들려왔다. 레지나는 피아노를 격하게 쳤다. 울음소리를 숨기려는 것 같았다. 말을 할 줄만 알았어도……. 세키는 그런 마음이 들었다. 다가가 묻고 싶었다. 왜 울어요? 시험을 잘 못 봤어요? 세키는 문틈을 벌리고 몸을 밀어 넣었다. 강당 안은 아주 환했다. 다가갈 용기가 나지 않았다. 스위치를 찾았다. 불을 껐다. 어디로 걸어야 할지 방향이 잡히지 않았다. 다시 불을 켰다. 피아노가 멎었다. 레지나가 물었다.

"민우…… 오빠?"

레지나의 목소리가 끝으로 가면서 커졌다. 세키는 귀를 스쳐 간 민우라는 이름이 환청일 거라 생각했다. 민우는 작았고, 오빠라는 소리는 아주 컸다. 세키는 레지나를 향해 걸었다. 발자국 소리가 울렸다. 레지나가 고함을 질렀다.

"누구세요!"

세키는 당혹스러웠다. 그리고 이상하게 절망적이었다. 조금 전에 그녀가 했던 말에서 민우라는 발음이 살아났다. 민우 오빠라고? 왜 네가 민우를 오빠라 불러? 너희들 이미 알았던 사이란 말야? 그보다 민우가 이곳에 찾아올 만큼 자주 만난다는 거야? 세키는 냄새를 떠올렸다. 자신은 민우와 같은 세제, 같은 로션, 같은 샴푸를 사용했다. 레지나가 냄새로 알아차렸을까. 내 몸에서 민우와 같은 냄새가? 갑자기 수치스러웠다. 어 어, 하고 소리를 만들어 볼까 하다가 입을 다물었다. 레지나가 의자에서 일어났다. 세키는 가만히 다가가서 레지나의 팔뚝을 손끝으로 꾹 찔렀다. 레지나가 말했다.

"실례지만 누구세요?"

왠지 레지나를 더럽혀도 좋다고 허락받은 것 같았다. 그는 민우를 눕혀 놓고 얼굴을 밟아 주고 싶었다. 민우 네가⋯⋯. 레지나의 손을 잡았다. 레지나가 손을 뿌리치려 했다. 세키는 그녀를 뒤에서 안았다. 레지나가 겁에 질려서 말했다.

"이러지 마세요. 누구시냐니까요."

세키는 팔과 손아귀에 힘을 주었다. 레지나가 울었다. 울면서 자꾸만 이런 것을 하지 말라는 말을 되풀이했다. 같은 애원이 반복되자 세키는 자꾸만 그런 짓을 해야 하는 것이라고 생각했다. 레지나가 그런 상황에 익숙하다는 느낌을 받았다. 누군가로부터 무언가 이런 식의 일을 당한 적이 많았을 거라 생각했다. 그렇다면 자기도 그렇게 해도 되는 것이었다. 브레이크 터진 자전거가 떠올랐다. 마음의 경사는 아주 가팔랐다. 하지만 소리를 못 지르게 입을 막고 넘어뜨리고 싶지는, 극도로 더러워지고 싶지는 않았다. 그는 모험하는 마음으로 레지나의 손바닥을 펼쳤다. 그녀가 덜덜덜 떨었다. 세키는 레지나 손바닥에 글자를 적었다. '난 그런 사람 아니에요.' 레지나가 말했다.

"미안하지만 손 좀 놔 줘요. 그리고 말을 해 줘요. 무서워요."

세키에게 배신감과 안도감이 함께 찾아왔다. 레지나의 말은 자기가 점자 시계와 편지를 준 사람임을 모른다는 뜻이었다. 알았다면 이름을 불렀을 것이었다. 세키는 다시 레지나를 안았다.

레지나를 뒤에서 안으니 가슴이 뛰었다. 세키는 고개를 들었다. 십자가가 보였다. 스테인리스 재질의 십자가 표면은 물속에 잠긴 얼음처럼 연하게 빛났다. 레지나의 머리카락에 얼굴을 묻었다. 다음에는 원피스 치마 속으로 손을 넣을 차례였다. 참을 수 없었다. 미안하다고 말하고 싶었다. 하지만 말이 나오지 않았다. 말을 건네지 못해서 다음 단계로 넘어갈 수 없었다. 미안하다는 말을 할 수 있다면 원피스를 쉽게 벗길 수 있을 것 같았다. 말은 몸을 던지겠다는 신호였다. 미안해요. 내가 잘못하는 거 아는데, 미안해요. 하지만 난 이래야겠어. 미안해요. 말하지 못했기 때문에 세키는 그녀를 놓아줄 수밖에 없었다. 차라리 옷을 벗길걸……. 그는 팔 힘을 풀었다. 레지나가 돌아섰다. 가슴이 보였다. 브로치가 반짝거렸다. 세키는 그것을 떼어 손에 넣고 싶었다.

순식간에 일어난 일이었다. 레지나가 브로치를 떼더니 거세게 팔을 휘둘렀다. 세키는 브로치 핀이 눈앞으로 스쳐 가는 것을 보았다. 눈을 맞았더라면 그대로 실명이었다. 레지나가 다시 빠르게 팔을 휘저었다. 세키는 그것을 피하지 못했다. 핀이 팔뚝에 꽂혔다. 외투를 뚫고 살에 꽂혔다. 세키는 억 소리를 지르면서 물러섰다. 레지나는 맨주먹을 강하게 쥐었다.

세키는 팔뚝에 통증을 느꼈다. 레지나의 가슴을 보았다. 브로치를 급히 뗀 자리에 올이 풀려 있었다. 앞가슴 단추도 하나 풀려 있었다. 단추가 풀린 자리에 드러난 살결이 하얗고 고왔다. 세키는 팔뚝에서 브로치를 뺐다. 욱신거렸다. 소매에 피가 번지는 느낌이 들었다. 그는 브로치 핀을 접었다. 레지나가 단축 번호를 눌러 어딘가로 전화를 걸었다. 세키는 휴대전화를 빼앗는 모습을 상상했다. 다른 동작으로 자세를 바꾸는 자기 몸을 상상했다. 안 될 일이었다. 심호흡을 크게 하고 브로치를 호주머니에 넣은 뒤 빠르게 강당에서 벗어났다. 레지나 입에서 나왔던 "민우 오빠."라는 말이 뒤통수 가까운 자리에서 윙윙 맴돌았다. 역겨웠다.

짐승 같은 놈. 브로치에 찔린 팔뚝이 욱신거릴 때마다 세키는 민우를 찾아가 때려눕히고 싶었다. 시계를 건네주라고 강당으로 보냈을 때부터 둘이 만나기 시작했을 거라는 생각이 들었다. 그러라고 보낸 것이 아니었다. 차에서 나던 여자 냄새도 레지나 것인 것 같았다. 점자를 배워 보겠다면서 『점역사 양성 자료집』을 빌려 학교로 가져간 것도······. 자료집을 가방에 넣으며 웃던 민우 얼굴이 떠올라 치가 떨렸다. 각막을 주겠다는 유치한 편지도 읽었겠지.

세키는 당구장으로 갔다.

김일면이 있었다. 그에게서 세키는 민우와 어쩌다 함께 살게 되었느냐는 질문을 종종 들었다. 민우와 어떻게 해서 함께 살기 시작했냐고 물었다. 세키는 그를 바라보았다. 야금야금 민우의 지난날에 대해 말해 주고 싶은 충동이 생겼다. 학교에 소문이 금방 퍼질 것이다. 김일면을 끌어들여 민우를 모욕하고 싶었다. 그러나 환멸스러웠다. 할 수 있는 보복이 그런 유치한 것밖에 안 된다는 사실이 치욕스러웠다.

카드를 받자 마음이 안정되었다. 어서 시간이 흘러가서 민우가 집에 오는 시각이 되길 바랐다. 김일면이 보스가 되면 베팅이 무리하게 나왔다. 그의 돈을 쓸어 모은 다음 판이 끝나면 그에게 다시 돌려주고 싶었다. 김일면은 약하고 유쾌한 사람이었다. 카드를 치는 목적이 돈에 있지 않았다. 자존심을 시험하는 것도 아니었다. 그에게 중요한 것은 하나밖에 없는 것 같았다. 제대로 놀아 보는 것. 돈을 돌려주면 친구가 되어 줄 것 같았다.

그런데 김일면이 평소와 달랐다. 얼굴에 묘한 긴장감이 감돌았다. 돈을 따 보겠다는 욕심에서 나온 긴장감이 아니었다. 무언가에 대단히 크게 화가 난 것 같았다. 가만히 있으면 큰일을 저지를 것 같아 카드로 마음을 다스리기 위해 그 자리를 피해 온 것 같았다. 세키는 브로치를 꺼내 매만졌다. 레지나를 생각했다.

본격적으로 레이스가 돌기 시작했다. 김일면이 세키의 가슴을 세게 할퀴었다.

"강 선생 요즘 좋은 연애하고 다니더니, 미스터 정이 돈 따서 대주는 거구나? 그렇지?"

"……"

"장애인들한테는 연금 나온다고 그러던데, 몇 급이요? 법적으로도 장애인인가? 한국 참 살기 좋아졌어."

세키는 김일면을 바라보았다. 왠지 지금부터가 게임 시작이라는 느낌이었다. 김일면은 별로 말이 없던 사람이었다.

패가 김일면에게 휘말렸다.

김일면을 따라다녔더니 금세 올인이었다.

허전하고 막막했다.

그만하자.

호주머니에 넣어 두었던 브로치를 꺼내 만지작거리며 서운한 마음을 달랬다. 김일면을 바라보았다. 그걸로 날 찌르려고? 김일면이 그렇게 말해 올 것 같았다. 첫 패배였다. 세키는 판에서 나오기로 했다. 판돈은 부풀었고 컨디션은 엉망이었다. 돈을 찾아와서 다시 들어가면 다시 순식간에 올인이 될 것이었다. 안 되는 날은 안 되는 것이었다. 팔뚝이 욱신거렸다. 레지나……. 다시 달려가 앞섶에 손을 대고 싶었다. 기숙사로 쳐들어가고 싶었다.

집에 민우는 없었다. 세키는 자전거를 꺼내 도로로 나왔다. 헬맷도 고글도 마스크도 없이, 그는 페달을 힘껏 밟았다. 그것들은 안전을 위해 마련한 장비가 아니었다. 얼굴을 가리기 위해 산 도구에 불과했다. 가로등 불빛이 희미한 거리에서 그는 전속력으로 달렸다.
현금 지급기가 눈에 들어왔다. 그는 자전거를 세우고 숨을 몰아쉬었다. 돈을 인출했다.
당구장으로 갔다.
패는 풀리지 않았다. 역시 안 되는 날은 안 되는 것이었다. 판을 접기로 했다. 김일면이 웃었다. 집에 가기 싫었다. 마지막이다. 그는 현금 지급기로 달려갔다. 버튼을 누르는 손이 떨렸다.
안 되는 줄 알았지만 갈 곳이 없었다. 집은 싫었다.
더 인출할 돈이 없어질 때까지 그는 퇴장 입장을 반복했다.

집으로 갔다. 현관에 민우 구두가 있었다. "강 선생 요즘 좋은 연애 하고 다니더니." 비아냥거리던 김일면의 말투가 떠올랐다. 방문을 열었다. 민우는 자고 있었다. 좋은 연애. 혹시 레지나? 세키는 민우 외투에서 지갑을 꺼냈다. 부스럭거리는 소리에 민우가 일어났다.

민우가 눈을 비비며 물었다.

"어떻게 된 거야?"

세키는 그냥 고개만 끄덕였다.

"올인? 작전 들어갔니? 내일 크게 한판 하려고?"

세키는 손짓으로 통장에 있던 돈을 모두 털어 넣었다고 표시했다. 민우가 큰 소리로 말했다.

"그래서 내 지갑 꺼낸 거야? 어쩌려고 그래? 지갑 이리 내놔!"

세키는 눈을 감았다. 손가락을 세워 눈알을 눌렀다. 턱을 앞으로 내밀면서 앞니를 갈았다. 그는 마주 앉은 사람 뺨을 치듯 벽을 쳤다. 민우가 침대에서 내려왔다.

"카드는 안 돼."

민우는 세키에게서 지갑을 빼앗았다. 세키가 자꾸만 몸을 흔들었다. 민우는 제발 자자고 말하면서 완강하게 버텼다.

민우가 말했다.

"너 도대체 왜 이러니? 와서 자."

세키는 호주머니에서 브로치를 꺼내 침대로 던졌다. 민우가 말했다.

"뭐니, 이거?"

세키는 고개를 돌렸다.

민우는 브로치를 바라보았다. 도박판에서 돈을 잃고 와 카드를 달라고 조르는 세키가 짜증스러웠다. 모든 게 엉망이 되어 가는 것 같았다. 다시 아버지가 생각났다. 아녜스도, 레지나도, 다 귀찮고 지저분해 보였다. 레지나와 관련된 일이 아니면 세키가 이럴 리 없었다. 교무실 책상 서랍에 넣어 둔 시계가 생각났다. 차라리 돌려주는 것이 나았을 것이다. 넌 보기 좋게 거절당한 거란 말이다. 걘 김일면 선생 아이를 임신했어. 머릿속에서 말이 맴돌았다. 하지만 아녜스와 보내고 왔던 몇 시간이 떠올라 세키를 함부로 대할 수 없었다.

민우는 자포자기하는 심정으로 신용카드를 내밀었다.

"그래. 가서 기분이나 풀어라. 난 네가 왜 이러는지 모르겠어."

세키가 신용카드를 낚아챘다. 아무리 화가 나 있어도 그의 얼굴에서는 표정이 만들어지지 않았다. 민우는 세키가 재빠르게 현관으로 가서 신발 신는 모습을 보았다. 그대로 나가서 돌아오지 않기를 바랄 수도 침대에서 한데 엉켜 잠들자고 할 수도 없었다.

아녜스의 아파트에서 시간을 보냈다. 임신을 확인한 뒤부터 아녜스는 부쩍 심하게 졸랐다. 멀리 드라이브를 가자고 했고 시내의 밝은 데에서 만나자고 했다. 민우는 들어줄 수 없었다. 말을 들어준다는 건 아이를 낳겠다는 그 애의 뜻을 따른다는 조건 없는 동의를 의미했다. 수능 시험 날 집에서 함께 지내면 좋겠다고 아녜스가 말했다. 민우는 감독을 해야 한다면서 거절했다. 아녜스가 토라지면서 말했다. "왜 다 거절해, 선생님? 내가 다 말해 버릴까? 임신했다고?" 민우는 아녜스의 어깨를 잡았다. "알았어. 감독 끝나고 갈게. 집에 있어." 아녜스는 몇 시에 올 거냐고 물었다. 민우는 꼭 갈 테니 걱정 말라고 말했다.

감독하는 동안 내내 아녜스의 얼굴이 수험생 아이들과 겹쳤다.

작은 화분 같은 아이들, 스프레이의 작은 물방울에도 금방 흥건해질 정도로 어린…….

만나는 장소로 그 애네 아파트는 그나마 안전할 것 같았다. 민우는 감독을 마치고 아녜스의 아파트로 향했다. 하루 종일 선 채로 감독을 본 탓에 허리가 아팠다. 누군가 미행하는 것 같은 기분에 운전을 하면서 진행 방향보다는 백미러로 후방을 더 많이 살폈다.

주차장이 넓어서 주차하기가 수월했다. 고급 차종이 눈에 들어왔다. 아파트는 높았다. 너랑 결혼하면 이 아파트를 손에 넣을 수 있겠구나. 민우는 차 안에서 23층을 올려다보았다. 아버지가 남긴 유품과 유작도 꽤 비쌀 것이다. 레지나가 임신했다는 말을 들은 뒤로 마음에 안정이 찾아오더니 어쩌면 아이를 낳을 수도 있겠다는 마음이 들었고 그 후에는 그런 부수적인 것들이 자연스럽게 머릿속으로 들어왔다. 이직 기회를 못 만든다면 자영업을 해 볼까 하는 생각도 들었다.

아파트는 깔끔했다. 아녜스는 멜빵바지를 입고 있었다. 민우는 현관에서 구두를 벗다가 남자용 정장 구두를 보았다. 누가 왔니? 웬 거야? 민우는 물어볼까 말까 하다가 아녜스가 말해 주기를 기다리며 구두를 오랫동안 바라보았다. 아녜스가 말했다.

"아빠 건데, 일주일에 두 번 정도 닦아."

"음…… 그렇구나."

그리움의 깊이가 민우의 마음을 슬프게 했다.

아녜스의 다음 말이 민우를 감동시켰다.

"배달하는 사람들한테 혼자 사는 거 안 들키려고 그러는 거야.

나 혼자 있다는 거 알면 얕잡아 볼 거잖아."

민우는 다시 구두를 보았다. 아주 새로운 아녜스를 만난 것 같았다. 음식 배달부, 택배 기사, 세탁부 같은 사람들. 그들이 딱히 불량한 부류가 아니더라도 아이가 혼자 산다는 걸 알게 되면 예상치 못했던 충동을 느낄 것이다. 아녜스는 모든 걸 스스로 처리할 줄 알고 자신을 보호할 줄 아는 것처럼 보였다. 민우는 아녜스가 사랑스러웠다. 자기가 훌쩍 떠나 버려도 혼자 알아서 잘 살 것이라는 느낌이 들었다. 그 애와 있으면 떠나야겠다는 생각과 같이 살아야겠다는 생각이 동시에 떠올랐다. 결혼이 떠오르면서도 이별이 떠올랐고, 출산이 떠오르면서도 낙태가 떠올랐다. 아녜스가 말했다.

"선생님 구두 있으니까 되게 보기 좋다. 결혼한 거 같잖아."

"그래. 나도 그래."

민우는 아녜스의 가슴을 손으로 쓸었다. 아녜스가 말했다.

"언닌 시험 잘 봤나 모르겠다."

"전화해 보지?"

"언니가 말할 때까지 기다려야 해. 먼저 물어보면 트집 잡아."

"너흰 참 이상해. 그렇지?"

"알고 보면 별로 안 이상해."

"뭘 알고 보면?"

"그냥. 나중에 얘기할게."

민우는 감독하면서 했던 생각을 아녜스에게 말했다.

"네스야. 넌 어린 엄마가 돼서 사는 게 좋니?"

"얻는 게 있으면 잃는 게 있는 거지 뭐."

아녜스가 귀여운 체했다. 민우는 아녜스 볼을 꼬집었다. 예상했던 것보다 아녜스의 집착은 훨씬 더 강했다. 아녜스가 말했다.

"선생님. 난 부모님하고 나이 차이가 적은 아이들 보면 부럽더라. 친구 같잖아."

"대학에 가는 건 포기하는 거고?"

"그냥, 가고 싶기는 하지만, 꼭 가야 되나? 어차피 반쯤은 포기했던 건데 뭘. 우린 학생부로 가는데 난 좀…… 정학도 먹었고."

"수능 보면 되지. 아이가 자라서 엄마 학력 물어보면 뭐라고 할 거니? 고등학교 중퇴는 좀 그렇잖아."

"사실대로 얘기할 거야. 선생님이 날 꼬드겨서 임신시켰다고. 치사하게."

"야. 그런데 내가 먼저 그랬니? 연애하자고?"

"선생님이 얼마나 날 끈적끈적하게 봤는 줄 알아? 부담스러워 죽겠더라 아주."

"오늘이 수능 시험날이라, 감독하다가 자꾸 네 생각이 나더라. 너도 내년엔 시험을 볼 나이잖아……."

둘은 밥을 먹고 거실 바닥에 누웠다.

"언니 방에는 뭐가 있니?"

"그냥 방이지 뭐."

"자물쇠는 일부러 저렇게 큰 걸 단 거지? 언니 편하라고?"

"아니, 기숙사에 들어가면서 언니가 사람 불러서 달았어. 날 못

믿겠다면서."

"왜?"

"엄마 아빠 가신 다음에 되게 심해졌어. 자기가 허락만 안 했으면 여행 안 갔을 거라고 생각하니까 책임이 느껴졌나 봐. 그런데 나를 걸고넘어지잖아. 정말 싫었어. 언니한테 가끔 환시가 생긴다고 말한 적 있지. 수영장에서 강습 마치고 풀에서 나왔는데 언니가 갑자기 눈을 비볐어. 하얀 막이 내려오는 것 같다면서. 난 언니를 의자에 앉혀 놓고 정수기로 뛰어갔어. 물을 받아다가 언니 눈을 씻어 줬어."

"그런데?"

"언닌 눈을 잃은 다음부터 나를 욕하기 시작했어. 수영장 얘기를 하면서, 자기는 눈을 잃게 생겼는데 어떻게 너는 침착하게 정수기에서 따뜻한 물을 가져올 수 있었느냐고 말야."

민우는 텔레비전을 켰다. 아녜스는 누워서 발가락을 꼼지락거렸다. 그녀는 점자를 만지듯이 민우의 젖꼭지를 만졌다.

"정수기를 보면 그때 생각이 나. 정수기 물은 아주 차가운 물, 아주 뜨거운 물, 두 가지만 있잖아. 수영장 것도 그랬어. 난 차가운 물을 먼저 받고 뜨거운 물 섞어서 적당한 물을 가져갔지. 언닌 그때 고맙다고 했어. 그런데 눈이 먼 다음엔 화가 나면 그때 일을 말하면서 고함을 질렀어. 1초가 바쁜 그 상황에서 동생이 어떻게 그럴 수 있었던 거냐고. 정수기에서 어떻게 물 온도를 조절하고 있을 수 있었느냐고…… 난 물이 너무 차면 안 좋을 것 같아서 그런 거였는데…… 언닌 꼭 수영장 그 자리에서 쇼크로 시력을 잃은 것처럼 내 평계를 댔어. 눈먼 건 그거하고 상관없었는데……."

아녜스가 울면서 몸을 돌렸다. 민우는 아녜스를 안았다. 아녜스는 민우 팔을 풀어내고 몸을 세워 앉았다. 고개를 숙이고 엉엉 울었다. 민우는 텔레비전을 껐다.

아녜스는 한 시간 넘게 울었다. 민우는 배 속의 아이를 생각했다. 내 어린 애인은 외로운 거구나. 외로워서 지난날을 자꾸만 되새기면서 슬픔을 쌓았다가 어느 순간 내게 불쑥 터뜨리는 거구나. 민우는 아녜스가 새로운 식구가 필요하다고 계속해서 말하던, 쓸쓸함의 정체를 눈으로 보는 기분이었다. 아녜스가 빠진 거대한 독은 슬픔, 외로움이었다. 거기에서 빠져나오도록 구명보트를 내려 보내고 싶었다. 열여덟 살. 충분히 인생의 주인임을 자처할 수 있는 나이였다. 그냥 낳기로 할까?

아녜스는 민우의 품에 안겨 조곤조곤 이야기했다. 어느 날 엄마와 아빠가 외출에서 돌아왔다. 언니가 아녜스 앞에서 아빠에게 말했다.

"아녜스 쟤가 내 눈을 이쑤시개로 찌르려고 했어. 자다가 일어나니까 쟤가 내 눈을 찌르려 하고 있었단 말야. 아빠도 알지. 내가 가끔 보인다는 거."

아빠가 아녜스를 바라보았다. 엄마가 말했다.

"아녜스! 너 언니한테 뭘 한 거니?"

도우미 선생님은 욕실에서 청소를 하고 있었다. 아녜스는 언니가 가끔 눈으로 본다는 것을 믿었지만 언니의 눈을 이쑤시개로 찌르려

한 적은 결코 없었다. 뾰족한 것을 손에 든 적도 없었다. 텔레비전 리모컨을 숨긴 것밖에는 잘못한 게 없었다. 쇼 프로그램을 보고 싶었는데 언니가 액션 영화 채널로 자꾸만 돌려놓기에 그녀는 리모컨을 숨겨 버렸다. 언니는 방으로 들어가서 책을 읽었다. 시간이 지나서 아녜스는 언니가 책을 읽는지 보려고 문을 열었다. 언니는 잠들어 있었다. 아녜스는 조용히 불을 꺼 줬다. 부모님이 집을 비운 동안 있었던 일은 그것이 전부였다.

엄마는 무조건 언니 편이었다. 아녜스는 엄마가 미웠다. 엄마가 옷을 갈아입으러 방으로 들어갔다. 아녜스는 욕실로 들어가 바가지에 물을 담았다. 그리고 거실로 나왔다. 언니는 엄마가 사 온 아이스크림을 먹었다. 아녜스는 아무런 말도 하지 않았다. 언니 앞으로 다가가 바가지 물을 부었다. 언니가 소리를 질렀다. 엄마가 옷을 갈아입다 말고 방에서 나왔다. 엄마는 아녜스의 따귀를 때리며 말했다.

"야. 이 계집애야! 빨리 사과해!"

아빠가 나왔다. 아빠는 러닝셔츠 차림이었다. 아빠는 묵묵히 팔로 아녜스의 어깨를 감쌌고 아녜스는 아빠가 이끄는 대로 안방으로 따라 들어갔다. 중학생 때였다. 친구들이 언니한테서 성 지식을 전해 받고 자위한 것을 이야기하고, 또 언니와 고민을 공유한다고 자랑하던 나이였다. 아녜스는 언니가 지겨웠다. 스무 살이 되어 가면서 어린애인 척하는 언니는 차라리 없는 게 더 좋았다.

모두 바빴다. 아빠는 공모전이 임박해서 작업실에서 지냈다. 엄마는 갤러리 일로 바빴다. 언제나 퇴근이 늦었다. 집안일은 도우미 선생님이 도맡았다. 엄마는 이모가 있는 성당으로 언니를 자주 데려갔다. 수녀님도 바빴다. 언니와 함께 있을 틈을 내려면 스케줄을 조정해야 했다. 엄마는 기도했다. "성모님. 저희는 뭐라고 기도해야 좋을지 모릅니다. 성모님. 저희를 위해 기도해 주세요." 시간적으로 여유 있는 사람은 아녜스 혼자였다.

아녜스는 언니와 단둘이 집에 남는 게 싫었다. 공부를 핑계 대고 독서실로 갔다. 엄마는 퇴근해서 돌아와 잠자리에 들기 전, 정말 뭐라고 기도해야 좋을지 모르겠다는 듯이 기도를 마치면서 성호를 그었다. 언니가 어둠에 익숙해지고 정기적으로 요양원에 입원해서 마음의 안정을 찾으면서 집은 평화로워졌다. 아녜스에게는 사춘기가 이르게 찾아왔다가 짧게 지나갔다. 요양원에 면회 가서 언니를 바라보면 마음이 허전했다.

민우는 아녜스의 말을 들으며 고개를 끄덕였다. 레지나가 요양원에 입원하면서 그네 가족 일상에 평화가 찾아왔듯이 가까이 다가오려는 레지나를 멀찍이 띄워 둠으로써 그는 마음의 안정을 찾았다. 레지나에게 거리감을 두었던 건 그녀에게서 어렴풋이 아버지가 보였기 때문이었을 거라고 민우는 생각했다. 아버지는 40대 후반이었다. 당시에는 무척 나이가 많다고 여겼으나 그 나이가 결코 많은 것이 아니었음을 그는 교사 생활을 하면서 느꼈다. 젊은 아버지였다. 아버지는 마당 우물에서 자위를 하곤 했다. 아…… 이건 미처 예상치 못했던 일이었다. 내가 아버지를 따라 하고 있는 걸까? 온몸의 모공에 차가운 바늘이 꽂히는 기분이었다. 소름이 끼치고 몸이 떨렸다.

눈을 들어 레지나 방문의 손잡이와 자물쇠를 바라보았다. 손잡이가 몽둥이가 되었다. 코끼리, 토란 잎, 나룻배, 자라 목, 이런 것들이 무작위로 떠올랐다. 두개골 속에서 흘러나온 액상이 바다에가 닿았다. 착시가 오래되면 착란이 됐다. 아버지는 "물! 물! 물이다!" 외치면서 안방으로 줄달음질쳤다. 나무로 총을 만들어 물의정령에게 쏘아 대고, 흙으로 수류탄을 만들어 대문 밖으로 던졌다. 절대로 아이를 낳지 않을 것이다. 고자가 되면 좋겠다. 아버지는 민우에게 그런 마음을 다지게 했다. 지긋지긋했다. 민우는 돈을 벌게되면 자기를 위한 첫 선물로 몸에게 정관수술을 시켜 주려고 했다. 그랬는데 우연히 어쩌다 웹 서핑을 하던 중에 가입했던 인터넷 클럽에서 레지나를 만났다. 함께 드라이브를 나갈 때면 그녀를 차에앉혀 두고 수없이 자위했다. 그리고 이제는 그녀 동생이 자신의 아이를 가졌다. 이런 게 운명인 걸까? 정관수술을 받았으면 아무런일도 벌어지지 않았을 것이다. 임신? 아버지를 떠올리자 우연이 운명으로 바뀌어 몸에 달라붙는 느낌이었다.

아버지의 병은 깊이를 알 수 없었다. 아버지는 염전에서 증발했던 물이 소금을 찾기 위해 집으로 몰려온다고 했다. 물이 소금과 결합하면 그 자리에서 바다가 만들어지는 것이었다. 아버지는 바다를두려워했다. 창고에 있는 소금이 증발했던 물과 만나 다시 바다로변하는 걸 막으려면 물의 정령을 무찔러야 했다. 어느 날이었다. 큰길에서 세 시 버스가 지나가는 소리가 들려왔다. 아버지가 지게작대기를 들고 앞에총 자세로 물의 정령에게 고함쳤다.

"오지 마, 오지 마."

민우는 마루에 앉아 아버지를 보았다. 바닷물이 홍수를 지어 아버지 머릿속으로 들어가던 순간. 지루한 대결이 예상되었다. 아버지의 눈알은 참 선명했다. 흰자위에 핏발 한 줄 서 있지 않았다. 눈동자는 백자 사기 접시에 포도를 올려놓은 것처럼 검었다.

"꺼져라, 이놈아. 꺼져."

아버지는 지게 작대기로 마루 밑을 들쑤셨다. 지게작대기에 검불이 끌려 나왔다. 아버지가 갑자기 부엌으로, 뒷밭으로 옮겨 다니며 분주하게 움직였다. 그러다 금방 쓰러지곤 했는데 아버지는 돌덩이를 세 개 놓고 그 위에 솥을 걸었다.

아버지는 정성껏 불을 지폈다. 솥이 달궈지자 아버지는 그곳에 소금을 부었다.

톡톡 튀던 소금 알갱이가 다시 솥 안으로 떨어졌다. 물기가 완전히 가시고 희었던 소금이 갈색으로 변했다. 갑자기 아버지 눈빛이 달라졌다. 해군 장교 스타일로, 포마드 기름을 발라 올백으로 넘겨 세운 머리카락이 빳빳했다. 민우는 눈을 돌렸다. 아버지의 눈을 보고 싶지 않았다. 그런데 잠깐 눈을 돌린 사이에 아버지는 민우 눈앞에 와 있었다. 민우는 아버지가 자기를 해칠지 모른다고 생각했다. 아무것이나 다급하게 쥐었다. 아버지가 베는 목침이었다. 아버지는 민우의 목덜미를 잡았다.

"놔요, 놔요."

민우는 두 손 두 발을 다 사용해서 아버지 손을 떼려 했다. 아버지는 손아귀 힘이 장사였다. 제정신 잃은 사람들에게는 누구도 막을 수 없는 괴력이 생겼다. 어쩔 수 없었다. 민우는 아무데나 맞으라고 목침을 휘둘렀다. 아버지는 홍 비웃었다. 그리고 민우를 화덕 앞으로 끌고 갔다.

"아버지, 놔요, 놔. 아버지, 나란 말이오."

아버지는 나라고 외치는 소리를 알아듣지 못했고 놓으라는 말을 알아듣지 못했다. 불기운은 맹렬했다. 아버지는 솥의 소금을 맨손으로 집어 들었다. 뜨거운 소금을 쥐고 아버지는 민우의 몸을 하늘로 붕붕 띄웠다.

"가, 가란 말이다. 니 본(本)으로 가."

"아버지. 그러지 마요. 나요, 나."

아버지가 소금을 뿌렸다. 눈이 저절로 감겼다. 소금에 눈동자가 데면 눈이 멀 것이었다. 볼에 소금이 탁탁 박히면서 살 타는 냄새가 코를 후비고 들어왔다. 앗 뜨거. 민우는 공중에서 발길질을 했다. 발끝이 푹 소리를 내며 아버지 몸 어딘가에 박혔다. 고요는 한참 후에 찾아왔다. 아버지는 어? 하면서 민우를 놓아주었다. 민우는 우물로 재빨리 달려가 두레박을 건졌다. 두레박 물을 얼굴 위에 부었다. 치이익 살 타는 소리인지 불 꺼지는 소리인지 모를 공포스러운 소음이 났다.

아버지는 넘어지면서 화덕을 친 모양이었다. 불길이 아버지 소매로 옮아 갔다. 민우는 두레박을 던져 물을 다시 길었다. 얼굴에 연신 물을 부었다. 얼굴의 열기가 식었다. 아버지에게 달려가 물을 부었다. 물로 불기운을 잡았다. 달달달달 떨던 아버지 발끝이 멎었다. 죽음은 절대로 아슬아슬한 경계에 있지 않았다. 순식간에 찾아온

고요, 그것이 죽음이었다. 민우는 울면서 세키네 집으로 달려갔다.

　아녜스가 우회적으로 말했던 레지나의 환시는 그런 종류일 수
있었다. 만약 그런 거라면 운명을 거부하고 싶었다. 분열증 앓는 사
람을 다시 만난다는 것. 가족이 된다는 것. 민우는 아녜스를 바라
보았다. 가여웠지만 어쩔 수 없었다. 아녜스, 미안하다. 앞날을 장
담할 수 없겠어. 미안해. 내 사랑은 아주 작다. 앞을 못 본다는 것,
육체의 장애는 아무것도 아니야. 영혼의 장애에 비하면 아름다움
에 가까운 결여야. 내가 분열증 환자와 또 가족이 된단 말이니? 이
건 가혹해. 너에게 내 옛날을 밝히고 싶지도 않아. 분열증 환자랑
살아 본 나는 네 마음을 알아. 아…… 정말 죽이고 싶지. 너는 안
그랬다고 하지만, 마음으로는 천 번 넘게 언니의 눈을 찔렀을 거야.
눈알에 이쑤시개를 박는 걸로 못 끝내고 아예 약을 먹여 죽여 버리
고 싶은 짜증이 일었겠지. 넌 정말로 이쑤시개를 잡았는지 몰라. 어
차피 쓸모를 잃은 눈이니까 찌르기로 마음먹는 것도 쉬웠을 거야.
민우는 맥주를 마시며 말했다.

　"언니 얘길 더 해 줄래?"

　"언닌 다정해. 길을 걷다 클랙슨 소리가 들려오면 꼭 무슨 일인
지 물어. 사고가 났으면 가서 도와줘야 한다고 그래. 경찰한테 전화
걸어 줘야 된다고. 길을 걷다가 클랙슨 소리가 들려오면 난 언니가
걱정돼. 꼭 언니가 멀리서 날 부르는 소리 같아 돌아보게 돼."

　아녜스가 셔츠 안으로 손을 넣고 민우의 갈비뼈를 간질였다. 그
손동작이 민우의 긴장을 풀어 주었다. 민우는 자신의 몸을 도저히

납득할 수 없었다. 어떻게 이 상황에서 그것이 가능한 건지. 그럴 수 없었다. 그걸 하면 울 것 같았다. 그럼에도 불구하고 몸은 신기했다. 눈물이 날 것 같은데도 하고 싶었다. 모든 걸 잊기로 했다. 몸이 원하는 걸 받아들이면 생각이란 것이 세상 저편으로 사라지길 바랐다. 모든 관계가 끝났으면 싶었다. 민우는 아녜스를 안았다. 울음이 터졌다. 아녜스가 말했다.

"선생님. 왜 울어?"

민우는 아녜스의 어깨에 볼을 대고 얼굴을 움직여 눈물을 닦았다. 눈물이 흐르자 몸의 모든 것이 한꺼번에 빠져나가는 느낌이었다. 영혼도 어디론가 새어 나가는 것 같았다. 다 사라졌으면 좋겠다는 생각을 하면서 민우는 아녜스에게 몸을 내맡겼다.

민우는 당구장으로 향했다. 당구장 문은 단단히 잠겨 있었다. 민우는 동이에게 전화를 걸어 문을 열라고 했다. 동이가 문을 열었다. 열일곱 살 그 아이는 습관적으로 집을 나와 당구장에서 잤다. 밤새도록 어른들 포커 판에서 음료수를 나르고 야식을 주문하며 팁을 챙겼을 것이다.

당구 홀은 어두웠다. 내실 문틈으로 빛이 흘러나왔다. 문을 열었다. 김 선생이 눈으로 인사했다. 세키는 흘낏 입구 쪽을 쳐다본 다음 테이블 아래 바닥으로 고개를 돌렸다. 멤버는 다섯 명이었다. 당구장 사장, 택시 기사, ROTC 전역 대위, 세키, 김 선생. 민우는 세키 뒤로 가서 앉았다. 사장이 딜러였다. 그가 카드를 돌렸다. 택시 기사 앞으로 빨간색 하트 에이스가 갔다. 세키 앞으로 검은색 클로버 파이브가 갔다. 김 선생 앞으로 검은색 클로버 퀸이 갔다. ROTC 대위는 카드를 받지 않았다. 사장이 택시 기사를 향해 말했다.

"투피 보스."

택시 기사가 망설이다가 카드를 덮었다. 얼굴이 붉었다. 사장이 세키를 향해 말했다.

"세키 씨, 내린 보스."

세키가 수표를 던졌다. 다섯 장이었다. 김 선생이 말했다.

"콜만."

김 선생이 같은 수의 수표를 던졌다. 딜러가 다시 카드를 돌렸다. 히든이었다. 김 선생이 세키를 바라보았다. 세키는 어깨와 고개를 숙였다. 김 선생이 말했다.

"드시오. 내가 죽을라네."

세키가 돈을 쓸어 모았다. 김 선생이 말했다.

"미스터 정, 뭐였어? 집 지었어? 오늘 여러 채 짓네? 신도시 가서 아파트 장사해도 되겠다. 나는 플러시 될까 말까 그랬는데."

세키는 카드를 모두 덮었다. 패를 감춘 채로 카드를 사장에게 밀었다. 김 선생이 사장 앞으로 카드를 툭 던지면서 세키를 향해 말했다.

"말로 안 되면 그림을 좀 보여 주지."

세키가 고개를 들었다. 눈동자가 살짝 떨렸다. 그는 하지만, 김 선생과 눈을 마주치지 않으려고 그의 콧등을 뚫어지게 쳐다보았다. 민우는 세키의 눈길이 머무는 곳을 잘 알았다. 김 선생이 말했다.

"미안합니다. 카드나 돌립시다."

사장이 카드를 돌렸다. 민우는 조용히 판 돌아가는 것을 바라보았다. 세키가 카드를 조였다. 김 선생이 세 장 중에서 빨간색 하트 에이스를 오픈하면서 말했다.

"레지나라고 알지?"

세키가 100만 원을 던졌다. 김 선생이 100만 원을 던졌다. 100만 원 위에 만 원짜리를 팁처럼 가만히 올려놓으며 말했다.

"세게 나오시네. 콜. 만 원만 더."

세키가 만 원짜리를 거칠게 던졌다. 김 선생이 말했다.

"또 당하는 거 아니야? 미스터 정, 포카 말고 또 뭐 잘해? 여자랑 자 봤어?"

민우는 김 선생을 바라보았다. 당신 그러다가 세키한테서 칼 맞을 수 있어. 말해 주고 싶었다. 세키는 호주머니에 단검을 넣고 다녔다. 민우는 세키가 그것을 꺼낼까 봐 염려되었다. 민우는 당구장 사장에게 말했다.

"사장님. 밤새도록 이랬나요?"

"전화 못 줘서 미안. 워낙 쌩쌩 돌아서."

"이런 일 있으면 전화주시기로 하셨잖아요."

"판이 너무 커져 버려서 말야. 저래야 잘 놀아진다는데 난들 어쩌겠어. 내가 스폰서도 아니고."

세키가 민우에게 문자가 찍힌 휴대전화를 내밀었다. 민우는 그의 말을 읽고 난감했다.

— 네가 내 보호자니? 내가 네 물건이야?

김 선생이 사장 말을 이었다.

"개성 아닌가요, 개성. 나는 입이 시원스러워야 족보가 잘 모이거든."

민우가 말했다.

"말 못하는 사람하고 같이 판 돌리면서……. 세키야. 일어나. 가자."

김 선생이 말했다.

"그러시든가. 나도 인제는 집에 좀 들어가게. 어이쿠, 벌써 해가 쨍쨍하겠네. 강 선생, 세상을 너무 멋지게 사는 것 같아? 우정도 지키고, 사랑도 하고."

세키가 일어났다. 김 선생을 내려다보았다. 김 선생이 세키를 올려다보며 말했다.

"화났어? 에이, 왜 그래. 선수답지 않게."

세키가 휴대전화에 말을 입력해서 민우에게 건넸다.

—너, 가. 안 그런다고 하더니 네가 오니까 저 자식이 또 저런다. 집에 가.

ROTC 대위가 판을 돌리라고 말했다. 택시 기사도 판을 돌리라고 말했다. 사장이 세키를 올려다보았다. 세키가 자리에 앉았다. 김 선생이 사람들을 주욱 둘러보며 말했다.

"오늘로 끝낼 거 아니잖아요. 나도 돈 좀 따려다 보니 본의 아니게 이렇게 됐잖아."

민우는 세키를 향해 말했다.

"오늘은 그만하자."

세키가 고개를 저었다. 세키는 딜러를 향해 손으로 오케이 사인을 그렸다. 김 선생이 말했다.

"어쩔래, 세키 씨, 끝까지 가는 거?"

김 선생이 말하면서 수표를 셌다. 한 장 한 장 넘기면서 침을 삼켰다.

판이 다시 돌았다. 보스를 부르는 소리도 없었다. 레이스 금액을 확인하는 소리도 없었다. 판은 묵묵하고 신속하게 돌았다.

김 선생이 서류를 검토하는 감사 위원처럼 눈을 내리깔고 여유롭게 돈을 세서 던졌다. "500만 원. 돈 되면 따라와 봐." 그의 눈이 세키를 향했다. 세키가 카드를 덮었다. 다이. 김 선생이 판돈을 쓸어 갔다. 카드가 다시 돌았다. 세키가 이번에는 수첩을 꺼냈다. 이렇게 적어 민우에게 내밀었다.

— 돈 좀 더 찾아다 줘.

민우는 수첩에 대답을 적었다.

— 시원하게 올인해.

마지막 베팅이었다. 세키는 돈을 모두 밀어 넣었다. 김 선생은 세키보다 많은 액수를 넣었다. 김 선생이 이기면 끝이었다. 세키가 이기면 다음 판이 열릴 것이었다. 김 선생은 베팅하고 남은 돈을 추슬러 손가방에 넣었다. 진 판이니까 관심 없다는 뜻이었다. 세키가 히든을 기다렸다. 택시 기사가 히든을 받고 300만 원을 넣었다. 김 선생은 새끼손가락 끝으로 간당간당하게 그러나 날렵하게 카드를 획 덮었다. "다이." 그가 말을 덧붙였다.

"최 기사님, 드시지요, 국화쯤 되나요? 나도 히든만 걸렸으면 5포 칸데. 미스터 정은 뭐야?"

"확인합시다."

택시 기사가 말하면서 카드를 공개했다. 택시 기사의 족보는 국화였다. 9에서 K까지의 스트레이트를 그들은 국화라 불렀다. 세키가 카드를 덮어서 딜러에게 밀었다. 김 선생이 세키를 향해 말했다.

"뭐였는데 그래?"

세키 얼굴에서 체념의 빛이 선뜩하게 나타났다. 그것은 20대가 지나가면서 깊어졌다. 민우는 자신을 향해 고개를 좌우로 슬쩍 비트는 세키의 몸짓을 보며 자리에서 일어났다.

둘은 집까지 다정하게 걸었다. 민우는 마지막 패가 뭐였는지 자꾸 물었다. 세키가 휴대전화에 이렇게 입력했다. 홍콩보지. 민우는 무심코 헛웃음을 터뜨렸다. 그것은 쓰리 페어의 위태로운 운대가 일변하여 풀하우스가 되기를 바라면서 히든을 받았을 때 치솟은 긴장을 싹 불어 날려버리기 위해 만든, 다음 판을 홀가분하게 시작하려고 유머를 과장해서 만든 꾼들의 은어였다. 히든에서 세븐을 받았으면 풀 하우스를 지을 수 있었다. 그랬으면 게임은 반전됐을 것이다. 2500만 원을 잃었다.

세키는 밥을 먹고 잠에 빠졌다.

민우는 옥상으로 올라갔다. 맹학교 점심시간이었다. 레지나에게 전화를 걸었다. 김 선생 이야기를 할까, 브로치 이야기를 할까, 시계 이야기를 할까 망설였다. 편지 이야기가 가장 자연스러운 듯했다. 민우는 안부를 묻고는 레지나에게 불쑥 말했다.

"시계라도 받지 그랬니……."

"아, 세키라는 사람 선물?"

"응."

"몸에 닿는 거라 좀 받기 곤란했어. 한 번 차면 계속 차고 다녀야 되니까."

"많이 서운해했어."

"그래도 어쩔 수 없지, 뭐. 장애인들끼리 함께 살기는 너무 힘들어. 우린 누군가가 필요해. 그런데 어떤 관계인데?"

"그냥 친구야."

"조심하라고 그래. 각막 준다는 얘기 같은 건 위험해. 자기가 안 받더라도 돈 받고 넘기는 사람들 많으니까. 괜히 말 꺼냈다가 잘못 걸리면 안 되잖아."

민우에게는 레지나의 반응이 충격적이었다. 세키가 그런 고약한 사람들한테 당하지 말라는 보장이 없었다.

레지나는 한동안 말이 없었다. 민우는 그녀가 브로치 얘기를 먼저 꺼내 주지 않는 것이 답답했다.

"세키가 네 편지 읽어 주던데."

"오빠……."

"김일면 선생님이니? 맞아?"

"오빠……."

"왜……."

"오빠는 내가 어떻게 살았으면 좋겠어?"

"무슨 말이니?"

"어떻게 살아야 될지 가물가물해서……."

"어떻게 살다니? 어제 시험은 어땠어?"

"안 봤어."

"뭐?"

"겁이 나서 못 보겠더라. 오빠, 만나고 싶은데."

레지나는 교실에 가지 않고 기숙사에서 쉰다고 했다. 민우는 만나고 싶다는 레지나의 육성을 듣자 몸이 먼저 잔뜩 긴장되는 것을 느꼈다. 출근 전에 만나려면 서둘러야 했다. 민우는 공원에서 만나자고 했다. 맹학교 앞에서 차에 태우면 세키가 볼 수 있을 것 같아 부담스러웠다. 잠에 깊이 빠졌지만 출근한다고 말하면 세키는 일어나 배웅을 할 것이었다.

공원에 레지나가 먼저 와 있었다. 민우는 레지나를 차에 태우고 한적한 길을 드라이브했다. 레지나는 차가 신호에 걸려 정지했을 때 말을 멈췄다가 차가 움직이면 다시 말을 이었다. 점수가 낮게 나오는 게 겁나서 시험장 앞에서 돌아섰다고 했다. 그녀는 독서 속도가 아주 느렸다. 몸이 다 자란 다음에 점자를 배우기 시작했기 때문인지 어렸을 때 점자를 익혔던 아이들보다 손끝 감각이 많이 무뎠다. 자연스러운 일이었다. 같은 학년 학생들과 비교하면 이해력은 월등히 앞섰기에 학교 생활에는 별 문제가 없었다. 하지만 읽어 내야 하는 지문이 긴 수능 시험은 그녀에게 불리했다. 수능 시험 점수와 상관없이 학생부 기록과 논술 점수로 입학 자격을 받는 1학기 수시 모집 특별 전형에서 탈락했기 때문에 그녀는 수능 시험에서 높은 점수를 받아야 대학에 진학할 수 있었다. 꿈은 이제 깨졌다. 레지나는 자꾸만 이제 어떻게 하면 좋겠느냐고 하소연했다.

"수능 점수 없이 갈 수 있는 대학은 없어. 장애인 특별 전형도……. 정시 모집에서 장애인 특별 전형 하는 대학은……."

"그래서 어쩌라고."

"시험은 봤어야지."

"필요 없어. 애 낳으면 되지."

"김 선생님하고 약속한 거니?"

"그냥 낳을 거야. 그분은 자꾸만 상상임신일 거라고 그래. 멘스 안 나온 지 두 달이나 됐는데."

민우는 레지나 가슴에 매달린 브로치를 살폈다. 새것이었다. 자잘한 장미가 모여서 큰 장미 하나를 만든 모양이었다. 세키와 있었던 일을 말해 주지 않는 레지나가 음흉하고 앙상스러웠다. 민우는 훈계조로 말했다.

"합의하지 않으면 반칙이야."

"반칙이라니."

"김 선생님 입장도 생각해야지."

"난 반칙 안 해."

"김 선생님이 싫어할 수도 있는데, 그게 반칙 아니면 뭐야?"

"어쩌라는 거야?"

"구걸하지 마."

"구걸하게 만든 게 누군데. 누군 원래부터 이랬는 줄 알아?"

레지나가 목청을 돋우었다. 네가 왜 나에게 화를 내는 거냐……. 민우는 가속 페달을 밟았다. 끼어드는 차가 있으면 그대로 박아 버릴 생각이었다. 모두 화난 상태였다. 세키는 세키대로, 김 선생은 김 선생대로, 레지나는 레지나대로. 민우는 자기와 아네스가 평화 속에 고립되었다는 생각이 들었다. 김 선생이 왜 그렇게 갑작스럽게 태도를 바꿨는지 카드 판을 생각하면 부아가 치밀었으나 이유가 있을 것이었다. 레지나가 말했다.

"엄마 생각이 많이 나, 요즘."

"왜?"

"기일 가까워 오니까."

"임신 때문에 더 그럴 것 같다."

"엄마가 있었으면 이렇게 안 살았을 텐데."

레지나가 엄마를 추억했다. 민우는 그녀의 마음을 상상했다. 레지나는 엄마가 점자 교본을 내밀었을 때 엄마가 죽이고 싶을 만큼 싫었다. 눈을 고쳐야 하는데 점자를 배우라니 말도 안 됐다. 그녀는 점자를 거부했다. 엄마는 회초리를 들었다. 레지나는 줄곧 가출하고 싶어 했다. 집을 나서면 엄마가 덜미를 잡았다. 점자 교본은 초보자용이었다. 유치원 아이들이 배우는 내용이었다. 엄마가 정신연령까지 낮추어 보는 것 같아 화났다. 점자 공부가 지겨웠다. 아버지가 사 준 피아노 앞으로 갔지만 피아노 앞에 앉으니 악보를 볼 수 없어 화났다. 한글 점자보다 음악 점자가 더 먼저 손에 익었다. 영어, 컴퓨터, 수학, 과학, 과목별로 다른 점자가 원망스러웠다.

"미안하다. 레지나. 그런데 혹시 세키와 연락했니?"

"아니야. 내 일로도 정신없는데 그 사람한테 연락해서 뭐 해."

민우는 세키가 죽은했다. 레지나가 어딘가에 브로치를 흘렸는데 그것을 그가 주운 것 같았다. 그래서 세키는 버려진 인생을 주워 사는 것이라 여겼을 것이었다. 김 선생의 간사한 말에 농락당한 후여서 더 화가 났을 거라고 민우는 생각했다. 레지나가 말했다.

"오빠. 난 정말 어떻게 살아야 하는지 모르겠어. 왜 나한테는 할아버지 할머니도 없는 거야?"

"무슨 소리니?"

"고등학교 졸업하면 난 완전히 외톨이잖아. 누군가 있어야 하는데."

"동생 있잖아."

"동생한테 도움받는 건 싫어. 난 언니란 말야."

"아네스는 특별한 동생처럼 보여."

"아네스가 내 얘기 했어?"

"아냐. 그냥 느낌이야."

"싫다고. 여섯 살이나 적은 동생한테 어떻게 도움을 받아. 난 애도 낳을 건데, 그 어린애가 내 마음을 어떻게 알겠어."

"임신은 확실한 거니?"

레지나가 호흡을 가다듬었다.

둘은 차에서 내렸다. 민우는 낙엽을 발로 쓸었다. 나무는 겨울을 견디려고 가을 이파리들을 몸에서 뗀다. 민우는 레지나에게 눈빛을 보여 줄 수 없어 답답했다. 복잡한 심사를 말로 풀어 놓아야 하는 상황이 힘겨웠다. 말로 전할 수 없는 것이 생겼을 때 레지나에겐 어떻게 해야 하나. 민우는 레지나의 손을 잡았다. 레지나가 손을 빼면서 말했다.

"김 선생님이랑 수능 시험 끝나고 병원에 가 보기로 했는데…….

어제 시험 안 봤다고 하니까 다시는 만날 생각하지 말라더라. 난 병원에 가는 거 겁난단 말야. 의사가 내 안에다 뭘 넣을지 난 알 수 없잖아."

레지나는 세키처럼 병원을 싫어했다. 그녀는 식도염을 앓은 적이 있었다. 바닷가재를 먹다가 목에 껍데기 조각이 걸린 뒤였다. 이비인후과 의사는 바퀴 달린 동그란 의자에 앉아서 레지나를 맞이했다. 레지나는 치료 의자에 앉았다. 등받이가 높았다. 의사는 다리를 쩍 벌리고 발로 의자를 굴리면서 분주히 움직였다. 레지나는 입을 벌렸다. 의사는 광부처럼 이마에 반사경 달린 헤어밴드를 쓰고 "아, 하세요, 아……" 하고 말했다. 레지나는 무릎을 모았다. 의사가 다리를 쩍 벌린 채로 다가왔다. 그리고 살 중앙을 레지나 무릎에다 댔다. 레지나는 "개새끼!" 하고 말했다. 침을 뱉었다. 환자용 의자에서 일어나 의사의 뺨을 치려 했다. 간호사가 그녀를 제지했다. 레지나는 진료용 전등갓에 얼굴을 긁혔다. 레지나는 앞을 향해 발길질했다. 의사가 발길질을 피했다. 그 뒤로 레지나는 병원을 끊었다고 했다.

민우는 레지나가 하는 말을 액면 그대로 믿기 힘들었다. 그것은 피해망상일 수 있었다. 의사가 앉았던 바퀴 달린 동그란 의자, 의사가 이마에 착용했던 반사경 달린 헤어밴드는 그보다 훨씬 전에, 그녀가 안경을 끼고 생활했을 때 눈으로 보아 둔 것일지 몰랐다. 그것이 불쑥 무의식에서 튀어나왔다면, 그녀의 말은 피해망상증 환자의 거짓 진술이었다.

나는 도대체 왜 이러는 걸까. 민우는 학교에 전화를 걸어 늦게 출근하겠다고 말했다. 민우는 약국으로 가서 임신 테스터를 샀다. 콘돔을 사는 것처럼 민망했다. 민우는 운전석으로 돌아갔다. 레지나는 조수석에 앉아 기다렸다. 민우는 그녀에게 사용법을 일러 주었다. 레지나가 테스터를 두 손으로 꼭 쥐었다. 민우는 다시 공원으로 차를 몰았다. 누군가에게 미행당하는 기분이었다. 아녜스와 잤던 모텔에 가고 싶은 마음이 들었다. 테스터를 들여다보기엔 그곳이 좋을 것 같았다. 하지만 임신이 아니라면 다른 열망이 생길 것 같아 겁났다. 민우는 공원 화장실 앞에서 차를 세웠다. 레지나가 지팡이로 점자 타일을 두드리며 화장실로 들어갔다. 잠시 후 시약에 소변을 묻혀 왔다.

레지나의 표정은 새침했다. 묘하게 민우는 욕정이 서서히 일어서는 것을 느꼈다. 이해할 수 없는 일이었다. 테스터는 레지나의 지팡이처럼 흰색이었다. 민우는 테스터를 건네 받고 검사 창을 보며 결과가 나타나길 기다렸다. 선이 나타기까지 시간이 오래 걸렸다. 성욕이 일었다. 그것을 차단하기 위해 지저분한 것을 생각했다. 이건 오줌일 뿐이야. 지저분한 변(便)일 뿐이야. 눈을 감았다. 다시 눈을 떴다. 레지나를 보았다. 레지나는 긴장이 되는지 다리를 달싹거렸다. 하얀 무릎이 치마에 덮였다 열렸다 반복했다. 민우는 검사 결과가 빨리 나타나기를 기다렸다. 서서히 선이 나타났다. 아녜스의 임신을 확인할 때와 기분이 정반대였다. 저절로 웃음이 나왔다. 두 줄의 임신 확인 선이 성욕을 말끔하게 지워 없애는 것을 느꼈다. 민우는 문을 노크하듯이 레지나 어깨를 톡 톡 쳤다. 레지나가 물었다.

"뭐야? 맞아?"

"응."

"거봐. 임신이라고 했잖아."

"맞아. 그런데, 레지나, 이런 일 있으면 아네스한테 가서 도와 달라고 하지……."

"동생한테 어떻게 그래요. 걔가 얼마나 당황하겠어요. 방학 때 날 돌봐 주는 것만 해도 개한테는 지겨운 일일 텐데. 혹시 아네스하고 얘기하게 되더라도, 비밀로 해 줘요."

"왜?"

"내 입으로 말하고 싶으니까."

6

"장애인이라고 꼭 한번 준 정을 죽을 때까지 유지해야 되는 건
아니잖나. 장애인이기 때문에 의무가 더 크다고 강요한다면 그것도
일종의 차별 아닌가? 사랑의 본령이 뭔지 고민되는 거 있지. 강 선
생 말처럼 모든 인간이 평등하다고 한다면, 사랑 앞에서도 평등해
야지. 헤어짐이 자유로워야지. 안 그래? 나중에 싫증 나서 이혼하
는 것보다 훨씬 낫잖아. 난 자신이 없어. 내가 치러야 할 비용이 너
무 커. 함께 살면 내 인생 적자야. 임신은 상상일 뿐인데, 걘 아이를
낳겠다고 그래. 그래서 수능 시험도 안 봤대. 난 걔가 대학 졸업하
고 맹학교 교사가 되는 걸 보고 싶었단 말야. 그런데 뭐야, 왜 날 붙
들고 늘어지면서 포기를 하는 거야? 왜 앞날을 붙들고서 장난하는
거야?"

김 선생 말은 진실되게 들렸다. 민우는 차마 임신 테스트 결과를
확인했다고 말하지 못했다. 사랑의 본령을 고민한다면 임신은 장애

였다. 사랑이 고민되는 사람과 하는 결혼은 그 자체가 죄악이고 매춘이었다. 순리에 따르려면 적자 폭이 큰 예산안은 버리고 새 계획을 꾸려야 한다. 상대에게 의지하기 위해 미래를 포기하는 것은 인간답지 못하다. 반대로 상대를 구원하기 위해 미래를 포기한다면 그것은 아름다운 사랑이다.

"우리 사회에서 이혼이 증가하는 건 결혼이 하찮아져서가 아니라 그게 너무너무 중요해져서 그런 거라잖아. 나는 그렇게 생각해. 강 선생. 장애는 말이야, 별거 아니야. 그것을 삶의 조건으로 받아들이고 나면, 자연스럽게 그 짐을 내 것으로 받아들이고 나면, 뭐가 남을 것 같애? 사람 그 자체가 남더라. 레지나가 장애인이니까 내가 마음을 잘 쓰기로 했는데, 그 애 장애를 내 삶의 조건으로 받아들이고 나니까 마음이 달라지던걸? 내가 이 애랑 살 수 있을까 하는……. 맹인이랑 살 수 있을까 그런 거 말고, 정말로, 내가 레지나의 저 성격과 살 수 있을까, 상대의 실수를 못 참고 안 되겠다 싶으면 자꾸만 반복해서 꼬집어 말하는 저 성격과 함께 살 수 있을까, 그런 거……."

김 선생은 술잔 앞에서 푹 꼬꾸라질 듯하면서도 몸을 꼿꼿하게 세우며 말을 빠르게 했다. 민우는 냅킨으로 탁자를 닦았다. 임신은 레지나에게 행운이었다. 김 선생에게 그것은 레지나가 앞을 못 본다는 것보다 더 큰 장애물이었다. 민우는 아녜스로부터 전해 들었던, 아버지의 병증이 따라붙는 것 같아 혐오스러웠던 레지나의 환시에 대한 이야기를 떠올렸다. 구체적인 발작 내용이 궁금했다. 김 선생은 견디기 힘든 상황에 봉착했을지 모를 일이었다. 견딜 수 없다고 말하는 레지나의 성격이란 그런 것일 수밖에 없었다. 그렇지만 임신은 사실이었다. 민우는 말해야 했다. 그런데 무슨 수로? 무슨 오해를 받으려고? 민우가 말했다.

"그래도 너무 극단적으로는 생각하지 마세요."

"넌 낳기로 한 거야?"

"네?"

"넌, 낳기로 한 거냐고."

"무슨 말씀이신지."

"강 선생. 그러지 마. 우리가 어떤 사이가 됐는지 아직 몰라?"

김 선생이 코를 풀었다. 민우는 김 선생의 취기를 따라잡기 위해 목구멍을 열고 술을 들이부었다. 자신이 없어졌다고 공개적으로 말하는 김 선생과 함께 취해서 함께 지저분해지고, 또 함께 쓰러지고 싶었다. 김 선생이 취하는 걸 보니 기분이 좋았다. 과정이야 어떻든 그는 아녜스가 임신했다는 사실을 알고 있는 것이었다. 당황스러웠으나 어떻게 알게 됐는지는 중요하지 않았다. 민우에게 중요한 것은 '사실'이었다. 아녜스는 임신을 했고 배 속에서 아이는 시간이 흐른 만큼 자랐다.

김 선생과 함께 자매를 낙태 수술을 시키고, 자매에게서 함께 훌훌 떠나면 동급 인생이 되는 것이었다. 그와 우정도 새로 생길 것이었다. 민우는 선물 상자를 생각했다. 김 선생은 아녜스에게 언니의 상황을 알리기 위해서가 아니라 민우에게 자신의 상황을 알리기 위해 상자의 노선을 그렇게 정한 것인 성싶었다. 그는 레지나가 쓴 편지를 민우에게 번역해 줄 사람으로 아녜스를 선택했던 것이었다. 그에게는 세키보다 아녜스가 더 적절했을 것이다. 공동의 운명임을 넌지시 알리기 위한 선택. 의도가 파악되자 모든 것이 명료했다. 민우는 술값을 내겠다고 소리를 질렀다. 김 선생 어깨를 붙들고 말했다.

"김샘…… 우리…… 멋진 데 한번 갈까요? 동서지간에?"

"좋아. 룸으로?"

"안마 어때요?"

"좋아. 가자."

둘은 안마 시술소로 갔다. 그곳에서 그들은 맹인 안마사를 거절했다. 비키니 위에 가운을 걸쳐 입은 젊은 여자를 선택했다. 둘은 시술대에 나란히 누워 칸막이를 사이에 두고 이야기했다.

"강 선생. 고마워."

"뭘요. 저도 선생님이 계셔서 위로가 돼요."

"우리 진정 한 배를 탔네."

아녜스는 점점 우울해졌다. 민우는 우울이 전염되어 오는 것 같아 그 애가 지겨웠다. 모텔도 지겨웠다. 아무리 강하게 섹스를 해도 아이는 유산되지 않았다. 아녜스가 말했다.

"선생님. 엄마 아빠 기일 다가오는데……."

민우는 아녜스의 어깨를 다독였다. 며칠 후가 부모님 3주기라 했다. 겨울이 시작되면 아녜스는 언니와 만날 일이 걱정된다 했다.

"작년엔 자기가 여행을 허락해서 부모님이 사고당했던 거라고 울어서 추도 미사도 제대로 못 드렸어."

민우가 말했다.

"아직 많이 힘들 때일 것 같아."

"선생님도 그랬어?"

"응. 스무 살 되기 전에는 매일."

"엄마는?"

"소식이 없었지."

"우린 참 같은 게 많은가 봐. 우리 결혼식 하면 부모님들이 없어서 되게 단출하겠다……."

아녜스가 언니 얘기로 말을 돌렸다. 겨울이 오면 학기가 끝나고 방학이 다가온다. 방학 동안 기숙사가 문을 닫을 테니 레지나는 방학 때부터 그 이후 거의 모든 시간을 계속 집에서 지내야 한다. 이번 방학은 고등학교 마지막 방학이다. 아녜스가 말했다.

"언닌 나한테 짐이 되는 게 싫대. 친절한 도우미를 구하자고 했지만 언니는 싫다고 했어."

"전에 도와주었던 분은?"

"이선경 선생님은 요양원 조리사로 취직했어. 좋은 분이었는데. 오기 힘들 거야."

아녜스는 배를 쓸었다. 아이를 낳으면 새로운 가족이 만들어져서 즐겁다고 했다. 아녜스는 레지나에게도 자기 임신 사실을 알리고 싶다고 했다.

"여태 잘 참았으면서. 조금 더 기다려 봐."

"그래. 배 불러 오면 자연스럽게 말할 수 있겠지. 병원에 약 타러 가야 할 때가 지났는데 아무런 소식도 없네."

"약?"

"응. 비타민처럼 정기적으로 먹는 거야."

"병 이름은 뭐야?"

"가벼운 히스테리랬어, 선생님이."

민우는 아버지를 생각했다. 아버지도 약을 먹었더라면 어땠을까. 그때 왜 병원을 떠올리지 못했던 걸까. 정신과 질환은 뇌 분비물을 제어함으로써 물리적으로 치료 가능한 영역이다. 어디에선가 의사들 말을 들었던 기억이 났다. 아녜스가 민우 가슴을 쓸어내리며 말했다.

"기일에 우리 집에 와 줄래?"

"그게 언니한테 도움 되는 일이겠니?"

"이선경 선생님이랑, 에스더 이모랑, 그렇게만 오니까……."

"언니하고 얘기해 본 거야?"

"아직. 선생님이 와 주면 좋을 것 같은데."

"언니한테 얘길 해야겠지."

"응. 참, 그렇지."

"김일면 선생님하고 얘기해 볼게. 가려면 같이 가야 할 거잖아."

"아……. 그 생각을 못했다……. 언제쯤 난 선생님하고 실컷 자고 서로 헝클어진 머리카락 보면서 부스스한 얼굴로 침대에서 잠을 깰 수 있을까?"

"네가 어른이 되거나, 우리가 결혼하거나."

민우는 10대 때를 추억했다. 아버지 기일 무렵이 되면 아버지 핑계를 대고 타락하고 싶은 열망을 키웠다. 부모님한테서 떨어져 도시에 나와 살던 아이들은 친구들을 자취방으로 자주 불렀다. 그곳에서 아이들은 술을 마셨고, 담배를 피웠고, 여자 친구를 안았다. 모든 걸 어른 없이 배워 나가던 시절이었다. 민우는 친구들을 집으로 들여 어른이 되고 싶었다. 기일 무렵이 되면 그 열망이 더 강렬해졌다. 집에는 너머 할머니가 있었거나 세키가 있었다. 문득문득 초라해지고 심약해지는 것이 아버지가 없어서 느껴지는 것 같아지면 주체할 수 없게 큰 울음이 터졌다. 타락의 길을 걷고 싶었다. 그런데 어떤 길로 걸어야 제대로 타락할 수 있을지 알 수 없었다. 주먹질 칼질을 배워 깡패가 되는 것은 무서웠다. 여자애들처럼 남자를 골라 옷을 벗으면서 몸을 더럽히고 싶었다. 남자여서 그럴 수 없었다. 무엇이 타락인지 알 수 없어서 그는 방향을 정하지 않고 걸었다. 중학생 때 살았던 곳은 지방 소도시였다. 고등학교 이후에는 대도시에서 살았다. 소도시든 대도시든 그는 도심 뒷골목을 목적 없이 걸었다. 그곳에서 노숙자나 걸인을 만났다. 그들을 보면 아버지가 생각났다. 노숙자들은 나무 그늘 밑에서 담배를 피웠고 술을 마셨다. 아버지는 술과 담배를 끊겠다고 말하면서 밥그릇에 술을 붓고 술에다 담배를 두세 갑 뜯어 풀어 넣곤 했다. 갈색 담뱃진이 술 속으로 풀려나왔다. 민우는 아버지가 그것을 마셔 버릴까 봐서 가슴이 뛰었다. 이튿날이 되면 아버지는 다시 술을 마셨고 담배를 피웠다.

술을 마시면 잊힐 줄 알았던 아버지 얼굴이 더 선명하게 떠올랐다. 세키가 찾아왔던 순간이 기억난다. 어느 날 너머 할머니가 고향으로 돌아가겠다고 했다. 몸에 기력이 없어서 그러는 거라 했다. 거짓말 같았다. 큰아버지에게서 월급이 끊긴 것 같았다. 큰아버지는 아버지 염전을 세키 아버지에게 팔아넘겨 만들었던 돈으로 민우에게 생활비와 학비를 댔다. 큰아버지는 바다에 다리 놓는 공사를 하는 건설 회사 사장이었다. 너머 할머니가 고향으로 돌아갔다. 큰아버지가 전화를 걸어왔다. 큰아버지는 자기 집으로 들어오라고 했다. 민우는 온전히 혼자가 되어 하루하루를 버텨 보았다. 만약 세키가 나타나지 않았으면 민우는 큰아버지에게 갈 수밖에 없었을 것이다.

열다섯 살 때였다. 하교할 무렵 친구들이 말했다. "이상하게 생긴 애가 교문 앞에 있대." 민우는 친구들과 구경을 하러 갔다. 그 이상한 애는 바로 세키였다. 세키가 교문 앞에서 웃통을 벗은 채로 몸을 전시하고 있었다. 비쩍 마른 몸에 갈비뼈 자국이 앙상했다. 얼굴 상처는 흉터로 깊었다. 고향을 떠나온 후 처음 보는 얼굴이었다. 민우는 친구들 무리에서 살그머니 빠져나왔다. 다시 교실로 들어갔다. 교실이 답답해서 뒤뜰로 나갔다. 교정 여기저기를 거닐면서 밤이 오길 기다렸다. 세키 앞을 스쳐 갈 용기가 나지 않았다. 흘기듯이 보았던 세키 몸은 마른 삭정이 같았다. 미칠 일이었다. 자기를 수소문하기 위해 세키가 그 짓을 한 것 같았다.

교문이 닫혔다. 세키가 운동장과 학교 진입로를 바라보다가 옷을 입었다. 민우는 그것을 나무 뒤에 숨어서 바라보았다. 세키가 천천히 걸음을 움직였다. 민우는 나무 뒤에서 나와 그를 미행했다. 세키는 공원 입구 슈퍼마켓에서 컵라면을 샀다. 컵라면을 조심스럽게 들고 벤치로 갔다. 민우는 도심 뒷골목에서 만났던 노숙자를 떠올렸다. 그대로 돌아설 수 없었다. 민우는 벤치로 다가가서 말했다.

"야. 너, 칠기 아니냐."

세키는 컵라면 면발을 입에 넣다가 민우를 바라보았다. 겁먹은 눈빛이었다. 교문 앞에서 옷을 벗고 있었을 때와 많이 달랐다. 민우는 말했다.

"너…… 무슨 일 있냐?"

세키가 아무 말도 하지 않았다. 민우가 말했다.

"내 방에 갈래?"

세키가 민우를 가만히 바라보았다. 민우는 세키 손을 잡았다.

"가자. 가서 얘기하자."

손을 잡아 끌자 세키가 스르르 딸려왔다.

가출이 유행병처럼 번지던 나이였다. 민우는 이미 집 밖에서 산다는 이유 때문에 가출에 의미를 두지 않았다. 절대로 가출을 안 할 것처럼 보였던 세키는 아버지에게 화가 나서 집을 나온 이후 절대로 다시는 들어가지 않겠다면서 민우에게 붙었다. 이튿날 민우는 편지를 받았다. 학교 다녀온 사이에 세키가 편지를 쓴 것이었다. 민우는 천천히 편지를 읽었다. 아버지한테서 공부 안 한다고 욕을 먹은 게 가출 이유의 전부였다. 세키는 집을 나와서 어디로 갈까 하다가 갈 곳이 마땅치 않아 J시로 왔고, J시에 도착해 보니 민우 학교 이름이 생각나서 그 학교 교문 앞으로 왔다고 했다. 세키는 민우에게 괜찮으면 며칠만 지내게 해 달라고 부탁하는 것으로 편지를 끝맺었다. 민우는 세키의 부탁을 들어주기로 했다. 혼자가 아니었으면 받아들일 수 없었을 것이다.

며칠 동안 살아 보니 세키와 함께 지내는 것이 편했다. 너머 할머니와 함께 살았을 때처럼 집이 깨끗했다. 세키는 밥도 잘 지었다.

민우는 세키가 집으로 돌아가기를 포기하고 그대로 주저앉아 수발을 들어 줬으면 하는 마음이 자라는 것을 느꼈다. 그는 세키에게 언제 돌아갈 거냐고 묻지 않았다. 그렇게 시작해서 14년을 살았다. 때로 동거는 자학이었다. 민우는 세키의 마비와 흉터를 볼 때 간혹 마음이 선뜩했다.

아녜스가 말했다.
"선생님네 고향에 한번 가 보고 싶다. 아빠 산소에 가서 인사드리고 싶어."
민우는 말없이 아녜스의 머리카락을 손가락으로 빗었다.
"나중에, 그렇게 해 줘."

레지나와 아녜스의 부모님 기일이었다. 민우는 집에 있으려니 마음이 불편했다. 학교로 갔다. 토요일 밤인데도 진학반 자습실에 학생들이 많았다. 전문계 고등학교 특별 전형 일정, 내신 성적 등이 확정되었다. 본격적으로 지원할 학교와 학과를 알아봐야 할 시기였다. 수능 성적만 나오면 입학 가능한 대학 수준이 결정될 것이었다.
아이들은 짝하고 잡담을 나누면서 논술 학원, 면접 학원에 다닐 계획들을 세웠다. 집에 가기가 싫어서 시간을 때우는 것이었다. 민우는 책상에 앉았다. 오렌지 주스 선물이 놓여 있었다. 병에 맺힌 이슬이 자잘했다. 메모 없이, 이름을 밝히지 않고 주스를 놓은 아이의 손길이 떠올라 왈칵 눈물이 났다. 선생은 이런 것인데……. 교원 임용고사 봐서 합격했으면 사립학교의 너저분한 위계질서에 갇

히지 않았을 것이다.

민우는 딱히 할 일이 마땅치 않아『점역사 양성 자료집』을 펼쳤다. 왠지 그 책을 펼쳐 들면 새로운 세상이 열리는 기분이었다. 김선생이 특수교육을 전공하면서 특기를 개발하는 것처럼, 뭔가 부수적인 기술을 배워 두었다가 요긴한 기회에 잘 써먹고 싶었다. 특수교육 교사를 지원하는 것도 좋을 것 같았다. 그러나 거기도 경쟁은 심각할 정도로 심했다. 점자를 살피다가 민우는 특수교육과 일반교육의 차이가 쉬움과 어려움의 차이에서 나오는 것이 아님을 알게 되었다. 둘의 차이는 그것을 하고자 하는 사람의 신념과 성향에서 비롯되는 것이었다. 두 쪽 다 어렵기는 마찬가지였다. 특수교육 분야는 고용 폭이 넓어진다는 소문이 있었지만 지원자는 많고 티오는 적어서 경쟁률이 어마어마하게 높았다. 세상! 쉬운 일은 없었다. 민우는 주스 병에서 또르르 구르는 이슬로 볼을 문질렀다.

민우는 공강 시간에도 틈틈이 점자를 공부했다. 점들 기호를 보면 시계 상자가 생각났다. 왜 김 선생이 편지를 아녜스에게 읽히려 했을까. 아녜스가 임신했다는 건 어떻게 알았을까. 교무 부장이 와서 말을 걸었다.

"뭐하는 거요?"

"아, 아닙니다. 점자 좀 배워 볼까 하구요."

"김 선생처럼 맹학교에 취직하게?"

"맹학교요? 누가요?"

"김일면 선생 말이야. 그쪽 이사장하고 연이 있대."

교무 부장이 배를 쓰다듬었다.

"교감 서리로 간다지. 좋겠다. 있는 놈들한텐 좋은 시절이야⋯⋯. 왜 대학원 가서 특수교육 학위 따려고 하나 했더니, 이제야 알겠네. 꿍꿍이 없는 고생은 할 필요가 없는 거니까. 여기서 실무 경험 쌓고 거기 교감으로 휙 날아가는 거지."

민우는 김 선생 자리를 쳐다보았다. 앉으면 등이 보이는 자리였다. 그의 책꽂이와 책상이 유난히 깔끔하고 단정해 보였다.

"강 선생은 어떻게 마련이 좀 돼 가?"

"글쎄요⋯⋯."

"저쪽 기획 부장 동생은 스무 개로 가볍게 해결했다는 소문이 있더라⋯⋯."

교무 부장이 자리로 걸어갔다. 그 말이 2000만 원을 주면 좋은 자리를 소개하겠다는 뜻으로 들렸다. 민우는 점자 자료집을 가방에 넣었다. 계속 우울했다. 다른 사람들은 모두 목적을 정하고 무언가를 한다는 느낌이었다. 맹학교 자원봉사, 특수교육 전공, 그것은 김 선생이 학교를 옮기려고 밟아 나간 절차였던 듯했다. 묘한 배신감이 일었다. 김 선생에게 크게 속은 것 같아 억울했다.

교무 부장이 언질을 준 2000만 원은 적은 액수였다. 어디로 옮기든 돈은 필요했다. 김 선생이 교감 서리로 간다고? 이사장과 끈이 있다고? 민우는 김 선생에게 퇴근 후에 만나자는 문자메시지를 보냈다.

"맹학교에 간다던데, 레지나 학관가요?"

"거긴 아닌데. 그런데 어떻게 들었어?"

"교무 부장 선생님이 그러시더라고요."

"응. 레지나네 학교는 아니고 Y시에 있는 학교야. 맹학교는 맞고. 그렇잖아도 강 선생하고 상의하려 했어. 이사회에서도 사람을 찾거든. 강 선생 과목도 충원해야 한다고 들었어. 어때? Y시면 수도권이고, 괜찮잖아."

"특수교사 자격증이 없잖아요 저는."

"나도 그래. 그게 꼭 필요한 건 아니야."

"자격증 없어요?"

"응. 꼭 필요한 건 아니야. 그래도 있으면 좋겠지. 난 곧 학위 논문 쓸 거니까 괜찮을 거고. 강 선생도 학교 옮기면서 대학원에 가면 될 거고."

민우는 좀 노골적이고자 했다.

"차비는 얼마나 들까요?"

"차비? 그런 생각까지 하는구나?"

"그냥 제 처지가……. 요즘은 어디나 그렇잖아요."

민우는 어디나 그렇다는 말을 하고 나니 마음이 편했다. 처음 발령받고 입사했을 때 청춘의 가격을 잘 챙기라고 말해 주던 김 선생 얼굴이 떠올랐다. 그가 말했다.

"어디나 그렇긴 하지. 그래도 강 선생. 거기는 그런 데 아니야."

김 선생은 필요한 계획과 허물어진 계획을 섞어 말했다. 그는 레지나를 영문과에 보내서 졸업시킨 다음 Y맹학교 교사로 채용할 생각이었다. 대학에 다니면서 보내는 4년은 긴 시간이 아니었다. 4년

후면 자기가 정식 교감이 돼 있을 것이고, 아버지 힘을 빌어 레지나 정도는 가볍게 채용할 수 있을 것이라는 게 김 선생의 계산이었다. 그런 다음 그녀와 결혼을 하면 동문회에서 자기를 전폭적으로 신임할 것이라 생각했다. 그런데 레지나가 대학을 포기해 버렸다. 피아노만으로 입학 가능한 학교는 없었다. 콩쿠르 입상 실적은 고만고만해서 대학에 들어가는 데에 힘을 발휘할 정도가 못 되었다. 더군다나 피아노 콩쿠르 성적은 영문과 입학 특전과 아예 거리가 멀었다. 레지나가 수능시험을 포기한 사건은 그에게는 그렇게 의미가 컸다.

"강 선생. 있잖아. 여기 학교는 내 큰아버지야. Y학교는 아버지고. 특수학교를 운영하려면 일반학교를 알아야 된다고 해서 수업 쌓았던 거야. 그사이에 어중이떠중이들이 학교를 엉망으로 만들었어. Y학교 가면 아버지 측근들하고 전쟁 붙어야 하는데……. 어때. 강 선생. 장애인 실정을 잘 아는 우리 같은 사람이 필요한 거야. 날 도와줄 거지?"

민우는 인생이 갑작스럽게 달라지는 것이 당황스러웠다. 어떻게 이렇게 세밀하게 계획을 꾸미면서 살아올 수 있었을까. 김 선생은 단 한 번도 이사장 얘기를 꺼내지 않았다. 민우는 갑자기 이해 폭이 넓어졌다. 김 선생이 미리 자기를 데려가기 위해 손을 써 놓았기 때문에 이사회에서 처음부터 주간으로 끌어갈 교사 명부에서 자기를 제외했던 것이었다. 김 선생이 당구장 하우스로 가서 세키에게 접근했던 것은 자기 삶의 세부를 점검해 보고 함께 가도 괜찮을 사람인지 아닌지 확인하기 위해 밟았던 절차일 수 있었다.

민우는 이튿날 그의 차에 탔다. 조수석에 앉아 돈 봉투를 내밀면서 입을 뗐다.

"이거⋯⋯."

김 선생은 받지 않으려고 했다. 민우는 봉투를 차 안에 두고 재빨리 내렸다.

12월이 되면서 짐작했던 일이 현실로 구체화되었다. Y학교 교원 모집 공고가 김 선생이 발표될 거라고 말했던 날짜에 맞춰 발표되었다. 그는 민우에게 임용에 필요한 사항들을 넌지시 알려줬다. 견고한 공동체가 민우 머릿속에서 윤곽을 잡아갔다. 아녜스, 레지나, 세키, 김 선생, 두 아이, 그리고 Y시에서 새로 시작하는 삶.

어느 날 김일면이 민우 차로 들어왔다. 둘은 이런저런 일상 얘기를 나눴다. 김일면이 룸미러를 돌려서 얼굴을 비췄다. 두 손가락 손톱으로 콧바퀴를 꾹 눌렀다. 더러운 피지가 솟았다. 김일면은 피지를 손톱으로 긁었다. 민우는 그가 그것을 어떻게 처치할지 궁금했다. 김일면이 말했다.

"강 선생, 휴지 있어? 휴지?"

민우는 대답하지 않았다.

"손수건 같은 건?"

"에이, 선생님 참⋯⋯."

민우는 운전대를 툭툭 치면서 대답했다. 김일면이 재차 손수건을 찾는다면 하릴없이 내밀 수밖에 없을 거라 생각했다. 김일면이 말했다.

"그럼 저쪽 좀 봐."

"어딜요?"

민우가 바깥을 바라보았다. 김일면은 민우가 두리번거리는 틈을 이용해 두 손을 샅 안쪽 깊숙한 자리에 집어넣었다가 뺐다. 민우는 김일면의 손톱을 바라보았다. 말끔했다. 어디에 문지른 겁니까! 민우는 약간 역겨웠다. 김일면이 다리를 달달달 떨며 앞 유리창을 바라보았다. 그가 말했다.

"아버지한테서 연락이 왔어. 같이 한번 만나자고 하던데. 강 선생한테만 너무 좋게 굴러가니까 질투가 나네."

"질투라니요?"

"강 선생. 정말 낳을 거야? 그러기로 했다면서? 난 당신이 현명한 사람이었으면 해. 아이는 학교에 들어간 다음에 낳아도 되잖아. 아녜스 너무 어리다는 생각 안 해?"

"왜요? 보기 좋을 수 있잖아요. 선생과 제자. 로망인데."

"우리 아버진 그런 사람 아니야."

"무슨 말씀이세요."

"우리 아버지는 염결주의자야. 선생은 신부처럼 금욕적이어야 한다고 말씀하셔. 그리고 난 뭐가 뭔지 모르겠어. 레지나는 흔들리고 있어. 저러다 정신까지 놓을까 봐 겁나. 아녜스가 아이를 낳는다고 하면 걔는 미치고 말 거야."

"레지나 씨한테 말하셨어요?"

"뭘?"

"아녜스와 저요."

"그건 당신이 알아서 할 일이지. 수술받을 수도 있는데 왜 내가 일부러?"

"선생님은 왜 안 낳으려고 하는데요?"

"말이 안 되잖아. 낳다니! 지난번에 내 생각은 충분히 전달했다고 보는데. 레지나와 어떻게 되었던 건지 사실을 말해 볼까? 걔네기숙사에 간 적 있었어. 말했지. 난 맹학교 운영에 참여하게 될 거라고. 그래서, 기숙사 시설이 어떤지 궁금했어. 레지나와 함께 들어가면 오해받을 것 같았어. 현관 관리인한테 레지나를 부탁하고 혼자 들어가 봤어."

김일면은 손톱 끝으로 무릎을 꾹꾹 누르며 말했다. 소변 보려고욕실 문을 열었을 때였다. 욕조에 물이 흥건했다. 분홍색 도구가 눈을 끌었다. 외면할 수 없는 모양이었다. 김일면은 그것을 집어 들었다. 미끈거리는 비눗물 같은 것이 손에 잡혔다. 그 촉감이 얼굴을화끈거리게 만들었다. 그는 마음을 가다듬었다. 욕구는 공평한 것이었다. 자위는 욕구의 순수한 표현이었다. 그는 레지나의 몸에 잠재되어 있을 스물네 살의 생동감을 느꼈다. 욕구 앞에서 인간은 평등했다. 그 뒤로 그는 레지나에게 외출을 자주 제안했다. 레지나는길을 읽기 위해 그와 팔짱을 끼었다. 그녀가 팔짱을 끼면 그는 팔에닿는 브로치의 질감과 가슴이 주는 부드러움 사이에서 시간을 잊었다. 조수석에서 레지나는 그의 어깨를 짚었다. 그는 손을 뻗어 레지나의 턱 아래에 있는 부드러운 목을 만지고 싶었다. 그런 생각을할 때마다 레지나가 어느 순간 돌변하면서 운전대를 확 잡아 돌릴것 같은 불안감이 자라났다. 불안감의 크기는 성욕의 크기에 비례했다. 그는 자원봉사를 그만두려고 했다. 여름은 더웠다. 여자들의 치마와 핫팬츠가 점점 짧아졌다. 그는 성욕이 생길 때마다 레지나에게 전화를 걸었다.

"그래서 자게 됐어. 말 좀 해 봐. 이핼 못하는 거야?"

민우는 김일면의 말이 몸을 너덜너덜하게 만든다고 여겼다. 민우는 그를 싸늘하게 바라보았다. 그래서 어쩌란 말이냐. 나더러 어떡하란 말이냐. 레지나를 곁에 두고 자위로 욕구를 제어했던 자신이 대견스러웠다. 그때 레지나에게 몸을 붙였더라면 민우는 지금 김일면의 모습일 것이었다. 김일면이 말했다.

"다들 부러워하지만 현실은 나한테도 가혹해. 아버지는 내가 학교로 들어오길 원해. 아버지가 이런 사실 알면 날 당장 파멸시킬 거야. 맹학교 학생하고 몸 섞는 관계라는 걸 알면. 결혼하든가 헤어지든가 빨리 결정해야 해. 임신은 상상일 수 있는데, 걔가 병원에 안 가려고 해. 강 선생이 도와 줘. 양심 없는 측근들이 학교를 엉망으로 만드는 데 가서 학교를 제대로 돌려놓을 거야. 함께하자, 우리."

민우는 어쩌면 좋을지 갈피를 잡을 수 없었다. 실제를 상상일 거라 생각하는 김일면의 속마음은 금방 파악되었다. 상상이라고 생각해야 마음이 편했다. 도덕은 연약했다. 바람만 불어도 날려가 사라질 도덕이 김일면의 심장에 가득했다. 욕구에 의해 몸을 움직였던 과거를 보상할 길이 없었다. 몸한테는 도덕도 양심도 없었다. 몸이 마음과 분리되는 것은 그것 때문이었다. 민우는 시동을 켜고 라이트 레버를 돌렸다. 김일면을 바라보았다. 곤욕스럽게 가까운 거리에서 그의 야비와 서정이 갈마들었다. 그가 살짝 눈물을 흘렸다. 공포와 냉소가 섞인 울음이었다. 눈물이 사람을 이상한 방향으로 움직이게 했다. 민우가 말했다.

"뭘 어떻게 하라구요?"

"사실, 강 선생이 도와줄 수 있는 건 없다고 해도 좋아. 난 당신을 믿어. 함께 가서 학교를 우리 것으로 만들자고. 응? 당신은 내재산이야. 내 곁에 당신만 한 사람이 어디 있냐고! 죄다 버러지 같은 자식들뿐이잖아."

민우는 대답을 할 수 없었다.

"어디로 모셔다 드릴까요?"

"아냐, 됐어."

김일면이 문을 열고 차에서 내렸다.

김일면과 민우는 Y맹학교 교원 모집 시범 강의에 갔다. 김일면은 운전을 하면서 민우를 바라보았다. 그리고 말했다.

"열여덟 살이면 성적 자기 결정권이 있는 나이라고 할 수 있겠지?"

"글쎄요. 아이들 대하면서 늘 생각하는 건데, 그건 다 애들 나름인 것 같아요. 스무 살이 넘어도 결정 못하는 아이들이 있고, 사춘기만 넘으면 인생을 맡겨 놔도 될 것 같은 아이들이 있고. 개인차가 심한 것 같아요."

"아녜스는 어떤 것 같아?"

"있는 편이라고 해야겠죠. 그렇지 않으면 제가 너무 나쁜 놈이잖아요."

"레지나는?"

"당연히 있겠죠. 선생님 생각은 어때요?"

"우린 왜 이러는지 모르겠네. 미성년자와 장애인. 둘의 가장 큰
공통점은 보호자가 필요하다는 사실이야. 그런데 걔네들은 보호해
야 할 존재를 키우고 있어."

"병원에 다녀오셨어요?"

"그래. 임신 맞더라. 상상이었으면 했는데……."

"몇 개월인 건가요?"

"정확히는 알 수 없는데, 시간이 중요할까?"

민우는 아이를 생각했다. 아녜스는 몇 개월일까. 테스트를 해 본
것이 10월이었다. 이제 12월이었다. 방학 전까지는 배가 불러오지
않을 거라고 했다. 민우는 자매가 동시에 아이를 낳는 것을 상상했
다. 그녀들 아버지가 유품으로 남긴 태항아리에 태반을 담아 명당자
리를 찾아 태실을 만들어 주면 좋을 것이다. 문득 송아지가 태어나
면 태반을 스스로 먹던 암소가 생각났다. 어떤 지방에서는 아이가
태어나면 아빠가 탯줄을 우물우물 삼켜 먹는다 했다. 6월이나 7월,
여름 태양이 막 뜨거워지기 시작할 때 아이가 태어날 것 같았다. 이
르면 봄이 끝나갈 때 태어날 것 같았다. 그때가 되면 세키는 어떤
반응을 보일까. 세키는 레지나를 도와 그녀의 아이를 돌보면 좋을
것이다. 레지나는 혼자 아이를 키울 수 없다. 레지나는 젖을 먹이고
세키는 아이를 씻기고……. 민우는 공동 가정을 생각했다. 3층짜리
주택을 사서 2층에서 아녜스와 살고 1층에서는 레지나와 김 선생
이, 3층에서는 세키가 사는 꿈이었다. 세키는 충분히 아이를 잘 키
울 수 있을 것이다. 보모를 고용하는 대신 세키의 도움을 받으면 레
지나에게도 좋을 것 같았다. 언젠가 김 선생에게 그 계획을 말하고

싶었다. 그가 임신을 인정했으니 조만간 말할 수 있을 것이었다. 김일면이 말했다.

"강 선생. 레지나랑 예전부터 아는 사이라고 들었어."

"예……. 우연히 인터넷 클럽에서 알게 됐죠."

"철학한다는 클럽이라고 했었지?"

"예."

"강 선생은 왜 접근 안 했어? 레지나한테?"

"접근요?"

"아름답잖아, 레지나."

민우는 긴장이 되었다. 레지나가 어디까지 말했는지 알 수 없었다. 남편이 질풍노도의 시기에 보냈던 방탕을 공개하며 용서와 사랑을 구하자 테스는 그 모습에 반해서 남자한테 유린당했던 자기 과거를 털어놓았고 그 결과 처참하게 버림받았다. 레지나가 테스처럼 어리석게 모든 걸 털어놓지는 않았을 것이다. 민우는 가끔 부르면 날아가는 새들에 접속했다. 운영진의 별칭은 낯설었다. 레지나는 탈퇴를 하면서 글들을 모두 삭제했다. 그곳에 테스라는 아이디 흔적은 없었다. 민우는 김일면이 왜 레지나가 탈퇴했던 거냐고 물어 오면 뭐라고 답할까 망설였다.

어떻게 살았으면 좋겠냐고 묻던 레지나 얼굴이 생각났다. 임신했다는 말을 듣던 순간부터 급격히 떨어지던 신비감이 복기되었다. 공중화장실에서 테스터에 소변을 묻혀 나오던 그녀의 몸도 생각났다. 민우는 왜 레지나를 옆에 두고 자위를 했는지 그 이유를 생각했다. 모르긴 해도 환시에 시달리던 아버지 느낌이 레지나 몸 어디에선가 새어 나오는 것을 육감으로 느꼈던 것 때문이었을 수 있었다. 민우는 자위를 하며 도덕을 옹호한다고 믿었다. 악을 물리치고 선 의지를 수호했다고 믿었다. 만약 레지나가 먼저 잠을 자자고 말을 하면 마지못해 그러는 척 침대로 갈 생각이었다. 자기가 먼저 몸을 탐한다는 것은 책임을 지겠다는 뜻이었다. 그는 레지나의 인생을 책임지고 싶지 않았다. 그는 레지나가 겁탈해 주길 기다렸다. 마지못한 척…… 그러면 책임은 없는 것이었다. 그는 창을 만드는 사람이 아니라 갑옷을 만드는 사람이었다. 책임이라는 말이 세키를 불러왔다. 민우는 김일면을 바라보면서 대답했다.

"세키가 있어서요."

"왜? 미스터 정이?"

"함께 살기 어렵잖아요. 저는 걔를 좀 책임져야 하고."

"혹시 미스터 정이 강 선생 없는 사이에 레지나를 어떻게 할까 봐 걱정됐던 건 아니고?"

"말씀이 너무 지나치시네요."

민우는 그가 포커 판에서처럼 세키를 욕보이고 싶은 것이라 생각했다. 민우는 고개를 돌렸다. 레지나가 샤워를 할 때 세키가 어떻게 할 것인지……. 몇 차례 그런 상상을 했다. 레지나와 한 집에서 살려면 세키와는 별거해야 할 것 같았다. 세키와 레지나의 대화는 몸을 통해서만 가능했다. 레지나의 말을 세키가 일방적으로 들을 수만은 없을 것이었다. 말을 건네고 싶어지면 세키는 점자를 배웠으니 그걸 이용하면 될 것이었다. 하지만 점자는 시간이 오래 걸리는 글자였다. 즉흥적인 말을 전하려면 세키는 레지나 몸에 손을 대야 하는 사람이었다. 레지나는 안내를 받아야 길을 걸을 수 있는 사람이었다. 김일면이 운전대를 톡톡 치면서 앞을 바라보았다.

"지난번 하우스에서……. 미스터 정이 레지나 브로치를 꺼내지 뭐야. 너무 직접적인 말이어서 하긴 좀 그렇지만, 기분 아주 더럽더라."

민우는 김일면을 보면서 말했다.

"죄송해요. 어떻게 된 건지 좀 알아볼게요."

김일면은 한숨을 쉰 다음 말을 이었다.

"뭐지? 왜 그걸 미스터 정이 가지고 있었던 거지?"

민우는 김일면을 바라보았다. 민우는 그가 대단한 결심을 하는 중이라고 생각했다. 브로치 얘기를 하면서 급작스럽게 냉정해졌다. 그의 말에 따르면 김일면은 레지나가 수능시험장에 가지 않았다는 말을 듣고 화가 나서 학교로 찾아갔다. 수능시험을 보고 나면 장차 대학 다닐 일을 의논하면서 출산을 미루자고 설득하려 했는데 레지나가 시험을 거부함으로써 계획을 산산조각 낸 것이었다. 레지나는 그와 대화를 하려고도 하지 않았다. 피아노 건반만 쿵쾅거렸다. 포커 판에 갔더니 세키가 뒤늦게 와서 브로치를 만지작거렸다. 기분이 너덜너덜해졌다. 세키와 다정하게 놀아 줄 마음이 사라졌다. 그는 우선 말로 세키의 마음을 흔들었다. 민우 얘기를 해 보았다. 세키는 썩은 나무처럼 툭툭 부러지면서 패를 놓쳤다.

이튿날 김일면은 레지나를 찾아갔다. 브로치 얘기를 하면서 병신한테서 각막 받기로 하고 몸을 팔았냐고 막무가내로 소리를 질렀다. 레지나가 제풀에 지쳐서 떠나 주었으면 하고 바랐다. 그가 잠깐 말을 쉬며 딴 곳을 바라볼 때였다. 레지나가 김일면 얼굴에 브로치 핀을 꽂았다. 김일면은 눈을 맞지 않은 것을 다행스러워 하며 욕을 뱉었다. 그리고 레지나의 뺨을 때렸다. 레지나가 말했다. "그 사람이 당신보다 나아. 더럽지만, 당신 원하는 대로 내가 해 주진 않아." 김일면은 당시 일을 얘기하며 어금니를 딱딱 소리나게 부딪쳤다. 그가 말했다.

"레지나가 준 선물이었을까?"

"글쎄요. 만나서 어떻게 대화를 했을까요?"

"그러게……. 어쨌든 둘이 만나긴 한 거 같지?"

Y맹학교는 아담했다. 민우는 교정에 들어서면서 김일면을 새롭게 바라보았다. 교감 서리라는 직함은 학교 규모에 어울리지 않게 말이 거창했다. 그 학교는 김일면이 교무 행정을 지휘해도 좋을 만큼 작았다. 민우도 맡을 수 있을 것 같은 규모였다. 자연 속 대안 학교 느낌이 났다. 분위기가 한적하고 안온했다. 학생들은 거의 대부분 기숙사에서 생활한다고 했다. 부모들은 자녀들을 학교에 맡겨 놓고 일상을 편안하게 보내는 것이었다. 특수학교는 일종의 격리 시설이기도 했다.

민우는 시범강의를 끝낸 후 운동장에서 김일면을 기다렸다. 농구골대 아래에서 뜀뛰기를 몇 번 했다. 인생에 우연은 없었다. 레지나와의 인연이 여기까지 오게 만들었다. 시각 장애인의 생활 방식을 경험했으니 맹학교에 부임하면 학생들을 자연스럽게 대할 수 있을 것이다. 그런데 세키는 정말로 각막을 주기로 한 것일까.

돌아오는 길에 김일면은 아녜스 얘기를 꺼냈다.

"요즘 아이들은 성을 친해지기 위해 인사말처럼 주고받는 것 같아."

"설마요."

"강 선생은 담임 하면서 일 겪은 적 없어?"

"저야 뭐 별일 없었죠. 재미있는 일 있었어요?"

"아이들한테는 부모가 있어야 해. 아녜스한테서 전화가 왔는데…… 말할까 말까. 모텔에 있다고……. 지난 여름이었어. 남자애들한테 당한 것 같았어."

"선생님. 왜 이러세요. 쿨하게 말씀하시죠."

"걔가 강 선생한테는 얘기할 수 없었겠지. 경아 일……. 설마 실내화 때문에 그랬을까?"

민우는 김일면을 바라보았다. 김일면은 아녜스의 전화를 받고 모텔에 갔던 일을 간단하게 이야기했다. 그가 갔을 때 아녜스는 울고 있었고, 객실 곳곳에 여러 남자애들 흔적이 어지러웠다. 쓰러진 술병과 대여섯 개나 되던 잔. 어질러진 바닥. 그런 상황에서 아녜스는 부를 사람이 담임 선생님밖에 없었다. 학급 담임이 해야 하는 일은 학교 밖에서도 많이 벌어졌다. 김일면이 말했다.

"당했는지 어땠는지 알 수 없지. 아녜스는 아니라고 단호했지만. 애들 말 꺾어서 듣는 버릇이 우리한테 있잖나."

김일면이 물을 마셨다. 민우는 김일면을 바라보았다. 그래서 김 선생 얘기를 꺼내면 아녜스가 싫어했던 거구나. 김일면의 말이 사실이라면 아녜스는 레지나와 똑같은 일을 당한 것이었다. 비참한 자매의 운명이었다. 민우는 아녜스를 생각했다.

영원 따윈 필요 없었다. 만나다가 싫증나면 돌아서려 했다. 그런데 임신이 발목을 잡았다. 일이 아주 급박하게 진행되어 왔다. 직업이 교사가 아니었으면 임신을 확인했을 때 당장 병원을 알아보았을 것이었다. 하지만 그는 인생을 스스로 책임질 수 있다고 말하면서도 책임질 일이 생기면 어른들한테 떠넘기려고 하는 십대 고등학생이 아니었다. 김일면이 말했다.

"임신…… 강 선생 책임이 아닌 거라면 어떡할래?"

"네?"

"그럴 수 있다는 생각, 안 해 봤지?"

민우는 김일면과 헤어진 후 아녜스 아파트로 갔다. 주차장에서 전화를 걸었다. 아녜스가 민우에게 시범 강의를 잘했느냐고 물었다. 민우는 세키에게 했어야 하는 말들을 모조리 아녜스에게 했다는 생각이 들었다. 세키에게는 이사를 해야 할지도 모르겠다는 말만 해 둔 상태였다. 민우는 떨리는 목소리로 아녜스에게 물었다.

"우리가 처음 한 게 임신된 거니?"

"몰라. 정확히 언제였는지."

아녜스는 목소리가 다정했다. 민우는 흥분이 가라앉았다. 그 애와 함께 있으면 한없이 평화로웠다. 굵직한 나뭇가지에 그네를 두 개 매어 놓고 서로를 바라보는 방향으로 그네를 타며 삶을 교차하는 듯한 기분이 들었다. 민우는 아파트로 올라가고 싶은 생각이 들었다. 세키가 생각났다. 돈을 잃은 뒤로는 거의 말을 걸어오지 않았다. 밥도 안 하고 청소도 안 했다. 민우는 집 방향으로 차를 돌렸다.

뭘 캐물으려고 아녜스 아파트까지 갔는지 기억이 가물가물했다.

  민우는 경아를 조용히 상담실로 불렀다. 경아 머리카락이 짧았
다. 꿰맨 자국 흉터에서 새로 자란 머리카락과 균형을 맞춰 산뜻하
게 자른 것이었다. 민우는 경아에게 물었다.

  "요즘은 어때?"

  "그냥. 그래요."

  "힘든 거 뭐 없고?"

  "뭘…… 물어보시려는 건지 모르겠어요."

  "그냥. 난 궁금하더라, 널 보면. 예전에 아녜스하고 왜 그랬는지."

  "뭘요?"

  "그때 말야. 아녜스랑."

  "선생님. 그때 막아 주신 건 고맙지만……. 미안해요. 얘기 못
해 드려요."

  "왜?"

  "얘기 안 하기로 약속했거든요."

  "아녜스랑?"

  경아는 고개를 끄덕였다. 경아와 아녜스는 사이가 가까웠다. 경
아 부모님 때문이었다. 경아는 입원비를 자기네 집에서 알아서 했으
면 좋겠다는 뜻을 전하기 위해 어머니와 아버지에게 아녜스가 고아
라고 했다. 부모님은 학교를 고발해서 입원비를 타 내야 한다고 날
뛰었다. 아버지는 기원에서 얻어들은 이야기를 늘어놓았다. 어머니
는 보험회사 사람들에게서 들은 이야기를 늘어놓았다. 경아는 돈

문제를 앞세워 마음을 들쑤시는 부모님이 싫었다. 담임 선생님이 치료비와 입원비를 대신 내 줬다는 얘기를 들었을 때 경아는 질투심이 심하게 일었다. 그리고 창피했다. 이상하게도 아녜스한테 미안하기까지 했다.

어른이 적으로 등장하면 여고생들 사이의 약속은 아주 단단해졌다. 더 큰 우정이 찾아오면 예전 우정을 추억으로 날려 버리고 새로운 우정을 찾아 더 크게 맹세하는 남학생들의 그것과 달랐다. 여자아이들은 서로 경멸을 하더라도 어른들 앞에서는 약속을 지켰다. 친구를 욕하면 자신의 치부도 함께 드러났다. 도발적인 집착이었다. 그런 식으로 친해졌다가 단짝이 되는 아이들을 민우는 많이 보아 왔다. 경아와 아녜스는 그때 일은 다시 입 밖에 꺼내지 말기로 약속한 사이 같았다. 민우는 정수기에서 온수를 받아 녹차 티백을 넣었다. 그것을 경아에게 내밀었다. 경아는 차를 받아들고 민우를 바라보았다. 민우가 말했다.

"김일면 선생님도 아는 얘기니?"

"묻지 말아 주세요."

"아녜스한테 직접 물을까?"

"나하고는 상관없는 일이에요. 아녜스한테도 선생님이 묻더라는 말 안 할게요. 나 선생님이랑 상담했다는 것도 말하지 마세요."

"너도 누구랑 관계가 있니?"

"선생님!"

경아가 민우를 쏘아 보았다. 말실수였다. 민우는 창밖으로 고개를 돌렸다. 경아가 상담실에서 나가길 바랐다. 시간이 흘러갔다. 민우는 경아 쪽으로 다시 고개를 돌렸다. 경아는 민우가 쳐다보길 기다렸다가 침을 뱉듯이 빠른 속도로 말했다.

"선생님은 우리가 다 걸레로 보여요? 그렇게만 보여요?"

"미안하다."

"우리 반 애들, 아녜스랑 선생님이랑 그런 관계인 거 다 아는데. 그래도 애들은 선생님 좋아하는데. 어떻게 나한테 그런 말을 해요? 아녜스가 왜 그랬는지 이제 알겠어요."

"미안하다. 경아야. 그런 뜻으로 한 말이 아니었어."

"그런 뜻 아니면 뭐에요?"

"그런데 아녜스가 날 뭐라고?"

"지긋지긋하대요. 비열하고."

경아는 스스럼없이 화를 냈다. 민우는 얼굴이 화끈거렸다. 의자를 들고 경아를 내리찍고 싶었다. 난 네 선생이야, 날 선생으로 안 봐? 내가 네 친구야? 말하면서. 경아가 자리에서 일어났다. 민우는 경아 눈빛에서 이런 말을 읽었다. 더러워. 학생이 창녀니?

수업에 들어갔더니 아녜스는 조퇴를 해 버리고 없었다.

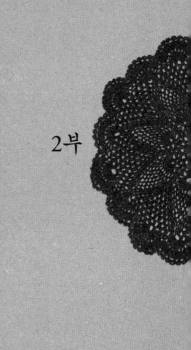

2부

1

민우가 사라졌다. 평소대로라면 일과가 진행 중일 한낮이었다. 김일면이 찾아와 초인종을 눌렀다

김일면은 세키에게 민우의 결근 사실을 처음으로 전해 준 사람이었다. 세키는 사슬 걸이를 확인하고 문을 빠끔히 열었다. 김일면이 말했다.

"미스터 정. 강 선생 어디 있어요?"

세키는 대꾸하지 않았다. 직장에서 만나지 못했다면 자기도 민우가 어디에 갔는지 궁금했다. 문틈은 좁았다. 김일면이 얼굴을 비집어 넣고는 안을 들여다보았다. 세키는 그가 볼 수 없는 사각지대로 몸을 피했다. 김일면이 문을 잡아당겼다. 문이 텅텅거렸다. 김일면이 목소리를 높였다.

"이봐, 정! 강 선생 어디 있냐고."

세키는 종이에 대답을 갈겨써서 문틈으로 던졌다. 김일면이 종이

를 주워 글자를 읽었다.

—홍콩.

"왜 이래! 이럴 거야?"

세키는 대답을 적어 다시 종이를 획 던졌다. 김일면이 후우 한숨을 쉬면서 천천히 허리를 숙였다. 종이를 집어 들었다. 세키의 대답은 이것이었다.

—얼굴은 왜 째고 다녀? 포커 치다 걸렸냐? 돈 따서 좋겠다.

김일면이 문을 당기면서 눈을 들이밀었다. 사슬은 튼튼했다. 세키는 볼펜을 꽉 쥐고서 팔을 들어올렸다. 볼펜 끝으로 눈을 확 찌르려 해 보았다. 김일면이 흠칫하면서 물러났다. 문밖에서 김일면이 탁한 목소리로 말했다.

"이거 강 선생 줘."

현관 안쪽으로 봉투가 툭 떨어졌다. 계단을 내려가는 구두굽 소리가 들렸다. 세키는 문을 잠그고 봉투를 열었다. 내용물은 돈이었다. 2500만 원. 수능시험 날 포커 판에서 털렸던 액수와 비슷했다. 다시 붙고 싶었지만 돈이 없었다. 민우 이야기를 들으니 김일면은 그날 크게 판을 쓴 다음 당구장 판을 접었다고 했다. 세키는 수표를 봉투에 다시 넣었다. 이건 뭘까? 돈을 받고 보니 민우에게 무슨 일이 일어났을 것 같다는 예감이 들었다. 그는 민우에게 전화를 걸었다. 민우는 전화를 받지 않았다.

둘째 날 저녁에는 난데없이 렌터카 회사에서 전화가 걸려 왔다. 세키는 회의 중이니 문자메시지로만 대화가 가능하다는 내용으로 반응을 보였다. 보통 그는 그런 식으로 음성 통화를 차단했다. 그쪽에서 문자메시지를 보내왔다. 민우가 벤츠를 빌렸는데 반납 시한을 넘겼다는 내용이었다. 세키는 당황스러웠다. 그래서 어쩌라는 건지. 갈피를 잡기 힘들었다. 세키는 마음을 다독였다. 혼자 하룻밤 어딘가에 몰래 갔다 올 계획이었는데 뭔가 차질이 생긴 걸 거라 생각했다. 비상 연락처 란에 자기 번호를 적었다는 게 그 뜻이었다. 만약 그 연락이 없었다면 세키는 민우의 연수가 연장된 것이라고 생각했을 것이다. 렌터카 회사 직원은 마지막 문자메시지를 이렇게 보냈다.

— 계속 이런 식이면 도난 신고를 하겠습니다. 빠른 연락 부탁드립니다. 최○○ 배상.

벌써 나흘째. 민우는 실종된 것처럼 연락이 없었다. 14년 동안 함께 살면서 처음 있는 일이었다.

세키는 답답한 마음에 그의 직장 앞으로 나갔다. 민우가 어쩌면 출근을 제대로 할지 모른다고 생각했다.

학생들이 정규 수업을 마치고 진입로에서 걸어 내려왔다. 주간반 학생들이었다.

주간반 하교가 끝나고 야간반 등교가 시작되었다. 야간반은 주간반에 비해 수가 적었다. 학생들이 서너 명씩 짝을 지어 교문으로 들어갔다. 세키는 학생들 무릎을 보았다. 치마 길이가 저마다 달랐다. 들쭉날쭉한 길이의 치마와 걸을 때마다 드러나는 무릎이 풀쩍풀쩍 뛰는 메뚜기를 생각하게 만들었다. 11월에 민우는 며칠간 조를 짜서 중학교를 순례했다. 신입생을 유치하기 위해 해마다 나가는 출장이었다. 민우는 중학교 방문을 메뚜기 사냥이라 불렀다. 세키가 물었다. "애들을 왜 메뚜기라고 불러?" 민우가 대답했다. "몰라, 그냥 예전부터 그렇게 불러."

혼자 걷는 학생이 유독 눈에 많이 띄었다. 간간이 승용차가 들어갔다. 교사들 차인 것 같았다. 세키는 도로 건너편에서 진입로를 물끄러미 바라보았다. 민우 모습은 보이지 않았다.

등교 시간이 끝났는가 보았다. 수위로 보이는 남자가 교문을 닫고 쪽문을 열었다.

바람이 찼다. 몸이 쭈그러드는 것 같았다. 세키는 소매 끝을 여미고 자전거에 올랐다. 몸을 데우기 위해 페달을 빠르게 굴렸다. 집에 도착해서 민우에게 전화를 걸었다. 민우의 휴대전화는 여전히 전원이 꺼져 있었다. 작게 짜증이 일었다. 옷을 갈아입고 청소를 시작했다.

4시 가까웠을 때 초인종이 울렸다. 민우인가 하고 모니터를 살폈다. 교복을 입은 여학생이 정지한 자세로 서 있었다. 그때 세키는 아녜스를 처음 보았다. 세키는 전화기를 챙겼다. 걸쇠를 풀고 문을 열었다. 아녜스는 문 밖에 서서 말했다.

"안녕하세요. 저, 선생님……."

세키는 글자를 입력해서 내밀었다.

—지금 없는데요.

아녜스가 물었다.

"우리 선생님, 어디 아픈 거 아니에요?"

세키는 고개를 저었다. 우리 선생님……. 발음이 정겨웠다. 민우가 부러웠다.

"안에 있는데 일부러 없다고 그러시는 거 아니에요? 저 들어가
봐도 돼요?"

아네스가 말쑥하게 웃었다. 세키는 미소 때문에 아네스의 목소
리가 듣기 좋았다. 세키는 고개를 끄덕였다. 아네스는 치마가 펄럭
일 정도로 빠르게 뛰어 들어왔다. 침실과 서재, 다용도실 문을 차례
로 열었다. 민우가 없다는 것이 확인되자 현관으로 나가 신발을 신
었다. 세키는 아네스 정강이를 보았다. 잔털이 스타킹에 눌려 가지
런했다. 교복에서인지 몸에서인지, 향긋한 냄새가 났다.

"죄송해요. 저……."

아네스가 말끝을 맺지 못했다. 세키는 머뭇거렸다. 그는 서재로
들어갔다. 메모지에 이메일과 전화번호를 적었다. 계단을 내려가는
발자국 소리가 희미하게 들렸다. 환청이었다. 왠지 손에서 땀이 났
다. 세키는 현관으로 나갔다. 아네스는 그 자리에 있었다. 세키는
이메일과 전화번호를 건넸다. 할 말 있으면 편지나 문자메시지를 보
내라는 뜻이었다.

그날 밤에도 민우에게서는 아무런 소식도 오지 않았다. 이상한
일이었다. 세키는 문자메시지와 이메일을 확인하면서 민우의 편지
가 아닌 아네스의 편지가 도착하길 기다렸다. 자정 무렵 첫 메일이
왔다.

　아저씨. 저는 아네스입니다. 아까 문 열어 주셔서 고마웠어요. 선
　생님이 학교에 안 와서요. 안 보이니까 너무 불안한데. 나 때문에 어

디로 간 걸까요? 선생님 시간은 계속 자습이에요. 결석하다가 오랜만에 나갔는데 애들이 그랬어요. 며칠 됐다고. 다른 선생님들도 모른대요. 어떡하죠? 사고당한 거 아닐까? 선생님이 내 얘기 혹시 하던가요? 채팅해요. 아저씬 그게 편할 테니까요. 메일 확인하시면 전화, 아니, 문자메시지 주세요. 꼭요. 제 전화번호 알려 드릴게요.

아녜스는 인삿말 대신 전화번호를 마지막에 적었다. 귀여웠다. 세키는 편지를 서너 차례 읽었다. 너 때문에 민우가 어디로 간 것 같다고? 아닐 거야. 민우가 널 좋아한다고 착각하는 거니? 학생 한 명 때문에 집을 나갈 민우가 아니었다. 민우는 그 아이 담임이 아니었다. 5년 만에 처음으로 담임을 맡지 않았다.

세키는 시계를 보았다. 메일이 도착한 후 삼십 분 정도가 흘렀다. 어린 학생과 채팅을 하기에 밤이 많이 늦었다. '채팅은 내일 해요.' 하고 답장을 적었다. 이상했다. 보내고 싶지 않았다. 그는 답장을 고쳤다. '자지 않으면 메신저로 만날까요?' 하고 타이핑했다. 마음에 들었다. 이메일은 문자메시지와 달랐다. 기다렸다면 확인을 한 다음 연락을 해 올 것이고, 잠들었다면 아침에 일어나 내용을 확인할 것이다. 그는 보내기 버튼을 클릭했다. 몇 분 후 휴대전화로 문자메시지가 도착했다. 채팅이 이루어졌다. 하지만 채팅은 채팅일 뿐이었다. 아녜스는 민우의 실종에 대해 거의 아는 것이 없었다. 아녜스의 말을 통해 짐작건대 민우가 출근을 안 한다는 것은 확실했다.

— 아저씨…….

―왜요?

―우리 선생님 언제 나가셨어요?

―4일 전에요.

―그렇구나. 걱정 많이 되시죠?

―왜요?

―저는 좀 불길해요. 어디서 사고당한 거 아닐까요?

―글쎄요.

세키는 어린애에게 보내는 존댓말이 재미있었다. 아녜스가 비슷한 또래 아가씨로 여겨졌다. 한편으로는 자신이 열여덟 살 시절로 돌아간 것 같았다. 아녜스는 기도원에 며칠 다녀왔다고 했다. 담임한테는 말하기 싫어 민우에게 알렸다고 했다. 그렇게 했던 이유에 대해서는 말하지 않았다. 세키는 아녜스의 고백이 왠지 은밀해 보여 기도원이 뭐하는 덴지, 학교를 그렇게 결석해도 별일 없는지 묻지 않기로 했다. 대신 이렇게 물었다.

―그런데 왜 민우를 찾아요?

아녜스는 대답 대신 콕콕 물음표를 찍어 올렸다. 세키는 진득하게 기다렸다. 물음표 뒤에 아녜스가 뭐라고 말을 입력해 주길 바랐다. 시간이 흘렀다. 세키가 먼저 질문을 취소했다.

―말하고 싶지 않으면 다른 얘기 해도 돼요.

아녜스는 시시콜콜한 얘기를 시작했다. 현관 자물쇠를 디지털 도어록으로 바꿔야겠어요, 교복 빨아 주는 세탁소 아줌마가 불친절해졌어요, 샌드위치와 토스트 차이가 뭔지 알아요? 등등. 토스트는

구운 빵을 사용하고, 샌드위치는 안 구운 빵을 사용한다고 말하다
가, 그럼 구운 빵 샌드위치는 뭐냐고 말하면서 이모티콘으로 미소
를 보냈다. 뭘 원하는지 혼란스러웠다. 세키는 침대를 보면서 민우
를 떠올렸다. 아무래도 심상치 않았다. "수업 뒤에 야간 연수할 거
야, 내일 오전에 올게." 그 말이 다였다. 아무 연락도 없이 집에 들
어오지 않았다. 벌써 나흘째.

스르륵 졸고 난 다음이었다. 대화 창에 아녜스의 말이 올라와 있
었다. 세키는 그 말을 읽고, 꿈속인 것만 같아 눈을 비빈 다음 다시
읽었다.

─이럴 때 나, 확 뛰어내리고 싶더라.

뛰어내리다니. 바다로? 아니면 번지점프? 세키는 농담을 던지려
했다. 그러나 분위기가 묘했다. 말투에서 고층 건물 이미지가 팝업
창처럼 불쑥 솟아올랐다. 세키는 이렇게 말해볼까 생각했다. 네 나
이 때는 뭐든, 그게 자살이든 뭐든, 쉽게 결심할 수 있고, 쉽게 결정
한 것이니까 포기도 빠르게 할 수 있지.

열여덟. 삶에 지루함과 초조함이 서서히 섞이는 나이였다. 세키
는 아녜스에게서 뭔가 인생을 깊이 아는 아이라는 느낌을 받았다.
기도원에 다녀왔다는 말 때문이었을 수 있었다. 신에게 기도하다
안 되겠다 싶으면 우선적으로 선택할 수 있는 게 자살이었다. 세키
는 머뭇거리다가, 간신히 용기를 내 물었다.

─왜?

아녜스가 재빨리 답변을 등록했다.

—그냥. 겨울인데 눈도 안 오고.

세키는 무심결에 이런 대답을 입력했다.

—이런! 엄마, 아빠 생각해야죠.

—안, 계, 셔, 요.

—미안해요. 다른 가족은?

—혼자야. 혼자니까 뛰어내리기도 편해.

세키는 혼자 밤을 보내는 아녜스를, 그리고 방을 상상했다. 민우와 함께 살기 시작했던 열다섯 살 시절의 방처럼 비좁을 거라 생각했다. 높고 가난한 옥탑방. 그런 데에서 살면서 어떻게 얼굴은 그렇게 맑게 유지할 수 있는 거니. 세키는 천천히 입력해서 대화를 전송했다.

—그러지 마요. 그렇게 예쁘면서.

아녜스가 이번에는 고맙다는 뜻의 이모티콘을 연속해서 보냈다. 꾸벅 절을 하는 모양이었다. 정말로 예뻤던 기억이 났다. 그 아이는 민망해하거나 놀라워하거나 무관심한 척하지 않으면서 표정을 자연스럽게 지을 줄 알았다. 세키는 얼굴을 매만졌다. 어른들은 외면하거나 연민하거나, 둘 중 하나의 반응을 보였다. 현관에서 아녜스와 눈길이 부딪쳤을 때 재빨리 눈길을 피하면서 치마 아래를 쳐다보았던, 마음의 충동이 떠올랐다. 죄스럽고 미안했다.

아녜스는 세키에게 장애가 언제 생겼냐고 묻다가, 민우와 언제부터 함께 살았냐고 물었다. 세키는 민우가 돌아오면 그에게 물으라고 대답했다.

— 아저씨······.

— 왜요?

— 내일은 뭐해?

— 딱히 예정은 없는데.

— 자전거 타는 거 봤는데. 만날까?

— 학교는? 날 만나서 뭐하게요?

— 그냥. 심심할 거니까. 민우 선생님 안 오면 나 학교 안 갈 거거든.

—— 내일은 올 거예요. 학교에 안 가는 건 안 좋아요.

이튿날 오후 아녜스한테서 문자메시지가 왔다. 집 앞에 왔다는 내용이었다. 세키는 자전거 복장을 갖춰 입었다. 간단히 얼굴을 보고 할 말이 떨어지면 자전거에 올라 휙 떠날 계획이었다. 그는 아녜스를 보기 위해 밖으로 나갔다.

세키는 자전거 위에서 고개를 돌리고 아녜스를 찾았다. 클랙슨이 울렸다. 돌아보니 슬랙스 정장 차림의 아녜스가 스쿠터 위에 앉아 있었다. 얼굴이 헬멧에 반쯤 가려 있었다. 스쿠터를 타고 올 줄은 몰랐다. 그 애가 말했다.

"아저씨. 잘 잤어?"

세키는 고개를 끄덕였다. 밤을 같이 새고, 안부를 주고받으니 무척 가까운 사이가 된 것처럼 느껴졌다. 세키는 아녜스의 구김 없이 맑은 얼굴에 다시 한 번 놀랐다.

뛰어내리고 싶다던 말은 무엇이었니. 채팅창에서 빠져나가지 못하게 잡아 두려고 한 농담이었니.

아녜스는 아무렇지도 않게 말했다.

"아저씨, 우리 같이 달리자. 따라와."

아녜스는 자전거 속도를 의식하며 스쿠터를 저속으로 운전했다. 세키는 기어를 고단에 맞추고 신나게 페달을 밟았다. 교외로 나가는 방향이었다. 시야가 트인 길이 나타났다. 아녜스가 속도를 냈다. 멀리 앞질러 가더니 다시 되돌아왔다. 세키는 최대 속력으로 페달을 밟았다. 스쿠터와 자전거는 멀어졌다 가까워졌다를 되풀이했다. 세키 등에서 땀이 주욱 흘렀다. 한 시간가량 달렸다.

공원 벤치에서 세키가 휴대전화를 꺼내어 액정에 문자를 쳤다. 이번에는 편하게 말했다.

—너희 선생님 출근했을까?

"글쎄."

—친구한테 좀 물어봐 줄래?

"음…… 잠깐만."

아녜스가 장갑을 벗었다. 휴대전화로 누군가와 문자메시지를 주고받았다. 손톱이 매끈했다. 세키는 아녜스의 엄지손톱을 본떠서 가질 수 있다면 좋겠다고 생각했다. 민우의 제자임을 알았지만 그 정도는 꿈꿔도 괜찮을 것 같았다. 아녜스가 다리를 팔랑거리며 말했다.

"선생님 시간에는 계속 자습이래. 안 가길 잘했어."

—이름이 아녜스라고 했지? 세례명인가 보다. 근데 민우가 네게 잘해 줬니?

"그랬어."

—어떻게 잘?

"말로는 다 못해. 날 이해도 해 줬고."

세키는 김일면에 대해 물었다.

—김일면 선생님 아니?

"아저씨도 아는구나? 우리 반 담임. 담임도 학교에 안 나온대."

—왜 안 나온대?

"이유는 모르겠고. 담임 없어서 애들·완전 신났어."

—언제부터?

"며칠 됐대."

세키는 민우와 김일면이 함께 출근을 안 했다는 것이 불길했다. 김일면이 놓고 갔던 돈을 떠올리자 마음이 불안해졌다.

아네스가 말했다.

"아저씨. 되게 빠르더라."

—로드용이라 그래. 이 자전거 비싸.

"얼만데?"

—200만 원.

"어머. 그렇구나. 얘보다 더 비싸네? 이제 갈까?"

아네스는 스쿠터를 툭툭 치더니 안장에 앉았다. 나비 더듬이 모양 백미러가 귀여웠다. 세키는 고글을 쓴 다음 헬멧을 썼다. 아네스가 말했다.

"채팅하고 싶으면 문자메시지 보낼게."

세키는 고개를 끄덕였다. 아녜스가 먼저 출발했다.

세키는 아녜스가 사라지는 모습을 물끄러미 바라보았다.

겨울이라 밤이 빠르게 찾아왔다.

세키는 집 앞에서 시계를 보았다. 여섯 시 무렵이었다. 사방이 캄캄했다. 주차장을 휘휘 둘러보았다. 아녜스가 인사를 하기 위해 어디선가 나타날 것 같았다. 하지만 집으로 오는 동안 내내 했던, 아녜스가 어딘가에 숨어 있다가 불쑥 나타나 스쿠터로 길을 막는 상상이 마음을 다독이다가도 외롭게 만들었던 것처럼, 이 역시 마음을 복잡하게 하는 하나의 상상에 지나지 않았다. 그러나 그는 어림없고 부질없는 줄 알면서도 아녜스가 기다려졌다. 주차장 조명은 음울했다. 스쿠터 소리가 곧 들려올 것 같았다. 10여 분 후, 그는 자전거를 어깨에 걸고 계단을 올랐다. 그는 집에 들어가 아녜스를 만나기 위해 부랴부랴 서둘렀던 자신의 흔적을 보았다. 민우는 사고를 당했을지 모르는데. 세키는 미안하고 불안했다. 민우가 다녀간 흔적은 없었다.

세키는 자정이 지날 때까지 창문으로 골목과 맹학교 운동장을 내려다보았다. 가로등 밝기는 한결같았다. 저 골목으로 김일면이 걸어왔다가 다시 걸어갔지. 그는 어디로 갔을까. 민우와 화해하고 둘이 함께 멀리 간 것은 아닐까. 강당 앞 크리스마스트리 쪽으로 눈을 돌렸다. 트리 위에는 작은 전등들이 색색으로 깜빡거렸다. 무슨 문제가 생긴 걸까. 재단에서 2부를 없애려 한다는 말을 들었을 때 세키는 민우가 저절로 주간부로 옮겨 가는 것이라 생각하고 좋아했을 뿐 야간부 교사들이 다른 학교를 알아봐야 한다는 것까지는 몰랐다. 2학기가 본격적으로 시작됐을 때 민우는 난처해하다가 어느 날 생기를 회복했다. 주간부로 옮겨 갈 기회를 잡았다는 것이었다. 교장과 면담을 했다고 했다. 그러더니 매일 야근이었다. 자정 무렵에 들어와 그대로 곯아떨어지기 일쑤였다. 어떤 날은 어디서 잠을 자고 온 듯 부스스한 얼굴로 들어왔다. 그는 말했다. "술 마시다 잠들었어. 야근 끝나고 회식이었거든." 민우는 피곤해 보였다. 세키는 보양 음료라도 주문해야겠다고 생각했다. 주간으로 옮겨 가게 됐으니 학교가 학제를 개편하는 것은 달가웠다.

10월 말이 되자 민우는 다시 정상적으로 퇴근했다. 아주 한가해 보였다. 일이 잘못돼 가는 모양이었다. 그의 얼굴에서 문득문득 우울한 기색이 나타났다. 학교에 무슨 일이 생긴 거냐고 물으면 민우는 대화를 피했다. 세키는 당구장에 나가 포커를 치면서도 마음이 불편했다. 김일면이 돈을 의도적으로 떼이던 때였다. 끝까지 그랬던 것은 아니지만 돈을 잃고 가슴을 더듬는 김일면의 표정을 보면 세키는 많이 안쓰러웠다. 민우가 그렇게 풀 죽어 지낼 것을 생각하니 가슴이 꽉 막혔다. 연말이 가까워지자 민우는 다시 바빠졌다. 그는 세키의 어깨를 껴안으면서 말했다. "어쨌든 내년에는 주간에 출근할 거야. 기대해도 돼. 새 집으로 이사해서 살자." 세키는 해 줄 수 있는 일이 없었으므로 묵묵히 고개를 끄덕였다. 레지나 일을 추궁하기 위해 말을 안 했던 것, 포커 판에서 돈을 잃은 것이 미안했다. 그러던 차에 민우가 집을 나갔다.

세키는 침대에 누워 텔레비전 채널을 이리저리 돌렸다. 아녜스에게서 문자메시지가 왔다.

—아저씨, 크리스마스에도 선생님 안 오면 우리가 찾으러 가 보자.

—어디로?

—글쎄. 아저씨가 가고 싶은 곳으로.

—난 짐작 가는 데가 없어. 벤츠 타고 튄 것 같아.

—벤츠?

—응. 렌터카 회사에서 전화가 왔어.

—고향에 가지 않았을까? 나, 거기, 데려가 줘.

—거긴 왜?

—궁금해. 선생님 고향. 거기 갔을 것 같아.

—크리스마스까진 그래도 오겠지.

—안 오면 데려가 줘.

—글쎄. 오겠지 뭐.

세키는 아녜스에게 민우와 무슨 일이 있었느냐고 물었다. 아녜스는 대답해 주지 않았다. 이유야 무엇이었든 그 애 말대로 크리스마스쯤에는 민우가 돌아와야 할 것 같다고 세키는 생각했다. 월요일이 크리스마스였고 연휴가 지나면 방학이었다. 방학 전에 처리해야 할 학교 업무가 많을 텐데…… 돌아오겠지 설마.

세키와 아녜스는 매일 밤 채팅을 했고 크리스마스 오전에 교외로 한차례 더 나갔다. 민우는 크리스마스에도 돌아오지 않았다. 세키는 슬슬 민우가 걱정스러웠다. 그러나 아녜스 때문에 삶이 다채로워지는 것 같아 설레는 마음을 어쩌할 수 없었다. 세키는 상상 속에서 스쿠터를 넘어뜨리고 달려가 아녜스 몸을 잡아 세우길 여러 번 반복했다. 어깨나 허리, 손에 몸이 닿으면 어떤 느낌일까.

연휴 다음 화요일에 아녜스와 고향에 갔다. 민우가 떠난 지 벌써 아흐레째였다. 아녜스는 평소와는 달리 스커트를 입고 있었다. 뭔가를 정중하게 맞이하겠다는 자세였다. 세키는 스쿠터에서 내리는 아녜스를 보면서 스커트 자락 아래로 들어갔을 찬바람을 떠올렸다.

세키는 주차장에서 차를 뺐다. 아녜스에게 그 자리에 스쿠터를 넣으라고 손짓했다. 아녜스는 세키가 가리킨 곳에 스쿠터를 세우고 안장 밑에 헬멧을 넣고는 열쇠로 잠갔다. 그런 다음 차로 다가와 가방과 외투를 뒷좌석에 두고는 조수석에 앉아 안전벨트를 맸다. 세키는 출발하기 전 스쿠터를 바라보았다. 민우를 떠올렸다. 나, 아녜스랑 차 타고 나간다, 혹시 우리 둘이 같이 있는 거 보게 되더라도 너무 놀라지 마라. 스쿠터는 민우에게 보내는 메시지가 되었다. 그는 차를 출발시켰다. 아녜스가 말했다.

"도시락 싸 왔어요. 선생님 만나면 같이 먹으려고. 3인분."

아녜스는 성숙하고 다정했다. 세키는 아녜스 곁에서 불현듯 민우의 행복을 느꼈다. 민우는 학교에서 이런 아이들과 나날을 보내는 것이다. 저마다 어른이라고 자부하는 나이. 공부나 학교에 억눌리지 않는 한 열여덟 살은 아름다웠다. 공개적으로 이기적이어도 그 이기적인 모습이 도리어 아름다움을 빛내는 시기. 자기만을 위한 편견을 품는다면 그것도 역시 발랄함과 경쾌함을 돋보이게 만드는 시기. 당돌한 눈빛을 비칠 때마다 매력이 뭉게뭉게 피어나 발산되는 시기. 자살 생각만 안 하면 공포가 없는 시기.

세키는 그 나이 때를 떠올렸다. 그때 세키는 민우가 무서웠다. 민우는 대학 입시 학원에서 두 시까지 공부했고 아침이 되면 잠에서 깨자마자 학교로 달려갔다. 세키는 집에서 노트를 만들었다. 녹취록을 타이핑하듯 민우가 녹음해 온 강의 내용을 컴퓨터로 입력한 뒤 민우가 보기 편하게 출력해서 묶어 주었다. 외로웠고 뿌듯했다. 민우가 가장 열심히 했던 과목은 영어였다. 세키는 영어 회화에 익숙해지는 민우를 보면서 마음의 칼날을 세웠다. 외국으로 튀어 버리면 정말 끝장이었다. 혼자가 되면 지긋지긋한 고향으로 돌아가야만 했다. 민우가 대학생이 되었고, 어느 날 군대에 가지 않아도 된다는 것을 병무청 직원으로부터 확인받았던 때였을 것이다. 세키는 고등학교 때 심정을 노트에 적어 민우에게 털어놓았다. '난 네가 외국에 가려고 하는 줄 알았어.' 민우가 대답했다. "야, 정말 우리 외국에 가서 살까?" 세키는 감격했다. 둘이 함께라면 외국이 더 살기 편할 것 같았다. 스무 살이 되었으니 이제 침대를 따로 쓰자고 말하고 싶었으나 민우가 먼저 제안할 때를 기다리기로 했다.

운전을 시작한 뒤 세키는 필담을 건넬 수 없었다. 아네스는 세키를 배려해서 그가 고개를 사용해 예스, 노로 대답할 수 있는 질문을 던졌다. 설명이 필요한, 언제, 어디서, 어떻게, 왜가 들어가는 질문은 고속도로에 진입할 때까지 단 한 번도 하지 않았다. 아네스가 물었다.

"아저씨. 좋아하는 여자 있어요?"

세키는 웃었다. 표정은 만들어지지 않았다. 그는 묵묵히 앞을 바라보았다. 고개를 끄덕이지도, 가로젓지도 않았다. 아녜스가 물었다.

"화났어요?"

세키는 고개를 저었다. 아녜스가 계속 물었다. 우리 선생님하고 계속 함께 살 건가요? 결혼은 하실 건가요? 고향에는 자주 가나요? 거기 선생님 있을 것 같죠? 연애해 본 적은?

강간은 어쩌다 나온 상상이었을까. 차가 고속도로 요금소 앞에서 잠깐 멈춰 섰을 때였다. 아녜스의 목소리가 줄어들어 세키는 고개를 아녜스 쪽으로 꺾고 귀를 기울였다. 아녜스가 말했다.

"아저씨."

"……"

"자기를 강간한 남자랑 사는 여자, 있을까?"

강간? 강간이라니. 세키는 아녜스가 메신저에서 베란다 밖으로 날아가고 싶다는 말을 보내왔을 때처럼 가슴이 꽉 막혔다.

세키는 휴대전화를 열었다. 그 녀석한테 당했다는 거니? 그렇게 입력하려 했다. 앞차가 움직였다. 그는 휴대전화를 놓고 운전대를 잡았다. 아녜스가 대답을 기다리는 것 같았다. 세키는 차가 움직이자 침묵이 더 편해졌다. 아녜스를 바라보았다. 얼굴에서 옅은 화장기가 느껴졌다. 눈이 저절로 아래로 내려갔다. 반짝이는 검은색 정장 구두가 눈에 들어왔다.

세키는 아녜스의 다음 말을 기다렸다.

채팅을 할 때, 아녜스는 꼭 하고 싶은 이야기가 있으면 묻지 않아도 스스로 털어놓았다. 아파트는 넓은 편이었다. 아버지와 어머니는 교통사고로 돌아가셨다. 보상금과 유산은 성인이 될 때까지 은행에 묶여 있었는데 생활비는 부족하지 않게 나온다고 했다. 법적 보호자는 엄마의 동생인 에스더 수녀님이었다. 그녀는 스무 살이 되면 운전면허를 따서 스쿠터를 버리고 차를 사고 싶다고 했다. 그런데 강간? 그래서 23층에서 확 뛰어내리고 싶다고, 시도 때도 없이 툭툭, 다발에서 바나나를 떼어 내듯 말을 던졌던 것일까.

만약 민우가 정말로 그랬던 거라면 아무 말 없이 어딘가로 가서 연락을 끊은 것은 당연한 일이었다. 벤츠를 타고 달리다 전속력으로 다리 난간을 부수고 강으로 들어갔다 해도 역시 말리지 말아야 할 일이었다. 세키는 머리를 흔들었다. 왠지 모를 질투가 고개를 들었다. 가슴을 뛰게 하는 감정은 분노가 아니라 질투였다. 그래서 내가 포커로 2000만 원을 넘게 날렸는데도 괜찮다고 한 거였나? 더러운 놈. 그는 민우를 생각하며 속도를 높였다.

아녜스가 무심하게 말했다.

"고속도로에서 길을 잘못 들면 어떻게 해?"

세키는 이리저리 손가락을 까딱거렸다. 자세히 말하기 귀찮았다. 가까운 나들목으로 빠져나간 다음 방향을 바꿔 다시 진입해야 한다는 뜻이었다. 아녜스는 자기 식으로 해석했다.

"고속도로에도 유턴이 있구나. 신기하네."

아니라는 뜻으로 고개를 저은 뒤 세키는 속도를 높였다. 더러운 놈. 어린 제자를……

세키는 앞만 바라보았다.

아네스는 대화가 막히자 가방에서 퀼트 도구를 꺼냈다. 수틀, 바늘, 실, 조각 천이었다. 엄마, 아빠 외투를 잘라서 가방을 만드는 중이라 했다. 아빠 외투는 단색, 엄마 옷들은 색감이 화려했다. 가위로 오려 만든 조각들을 다시 붙이기 위해 한 땀 한 땀 떠 가면 잡념이 사라진다 했다. 바늘은 잡념을 없애 주는 대신 눈을 아프게 했다. 무엇을 만들겠다는 계획이 없었다. 떠 나가다 보니 가방을 만들면 좋을 것 같은 크기가 되었다. 그래서 가방을 디자인하고 틀을 잡았다. 세키는 말하고 싶었다. '얘, 차 안에서 하다가는 바늘에 손 찔릴 거야.'

고속도로에서 빠져나갔다. 시골 풍경이 나타났다. 아네스는 퀼트 도구를 가방에 넣었다. 고향 마을 근처에서 세키는 내비게이션의 기능을 대기 모드로 전환했다. 음성 안내가 거추장스러웠다. 민우가 고향에 갔을 가능성. 그것은 제로였다. 둘에게 고향은 지우고 싶은 영순위 대상이었다.

지난 여름방학 한 달 동안 민우와 지냈던 탄광 마을이 떠올랐다. 텐트는 안온했다. 만약 아네스가 다가오지 않았고, 혼자 민우를 기다렸더라면 세키는 불안을 견디지 못한 채 텐트를 쳤던 자리로 가 보았을 것이다. 거기에서 만나지 못했다면, 그다음에는, 어쩔 수 없이 자기도 고향을 목적지로 정했을 것이다.

고향. 참으로 이상한 곳이었다.

낮 햇살 아래에서 보니 집이 아늑했다. 세키는 마당이 내려다보이는 도로가에 차를 세웠다. 휴대전화에 문자를 입력해 아네스에게 보였다.

—저 집에 들어가서 물어보고 와. 너희 선생님 아는지.

"안다고 하면?"

—혹시 다녀가지 않았냐고 물으면 될 거야.

"저 집이 선생님이 살았던 집이야?"

—그럴 수도 있고⋯⋯.

세키는 아네스에게 빨리 갔다 오라고 손짓했다. 아네스가 비탈길을 뛰어 내려갔다. 세키는 차 안에서 마당을 내려다보았다. 빨랫줄에 어머니와 아버지 작업복이 걸려 있었다. 개펄 자국이 거뭇거뭇했다. 소금 냄새가 밀려오는 듯했다. 미풍에 날리는 빨래 아래에서 어머니가 아네스를 맞이했다. 아버지는 보이지 않았다. 아네스는 어머니를 따라 마루로 올라섰다. 어머니가 고개를 돌렸다. 세키는 의자를 뒤로 젖히고 몸을 뉘었다. 어머니가 자기 쪽을 보는 듯했다.

아네스가 돌아오기까지는 시간이 오래 걸렸다.

고향에는 민우가 점심을 먹고 학교로 출근하면 그에게 알리지 않고 차를 빠르게 운전해서 몇 차례 간 적 있었다. 도착하면 언제나 초저녁이었다. 저녁 어스레한 빛이 집을 남의 집처럼 보이게 했다. 아버지와 어머니가 고친 집은 널찍했다. 먼발치에서 설핏 쳐다보고 돌아섰다. 고향에 발을 디디면 민우가 어디에 갔다 왔느냐고 추궁할 것 같아 초조했다.

아네스의 조급함을 달래 주기 위해 떠난 여행이었을 뿐인데 기분이 이상했다. 아네스와 허물없이 가까워진 느낌이었다. 저 애와 여기에서 이대로 어딜 가 버릴까. 외국으로? 아니면 섬으로? 어머니가 아녜스를 따라 차로 오면 어떻게 할까. 세키는 의자 등받이를 원래 각도대로 세웠다. 시동을 걸었다. 어머니가 오면 도망갈 생각이었다.

아녜스가 마루에서 내려서는 모습이 눈에 들어왔다. 치마 정장이 정갈했다. 어머니도 마루에서 내려섰다. 턱없이 어린 며느리와 무지랭이로 늙은 시어머니 모습이었다. 두 사람이 대문에서 작별했다. 아, 오지 않는구나. 마음이 씁쓸했다. 어머니는 왜 이쪽을 안 쳐다보는 걸까. 아녜스가 외투 주머니에 손을 넣은 채 비탈길을 걸어 올라왔다. 세키는 몸을 기울이고 손을 뻗어 문을 열어 주었다. 아녜스가 말했다.

"어, 춥다."

"……."

"아저씨!"

"……."

"왜 아저씨는 엄마 아빠 계시면서 없다고 했어?"

"……."

"진짜 엄마 아빠가 아닌 거? 혹시?"

"……."

"이상해. 싸웠어?"

세키는 하는 수 없이 휴대전화를 꺼내 들었다.

─뭐래?

"선생님 찾아왔다고 하니까 아저씨 얘길 하시더라. 같이 있을 건데 왜 찾느냐고 물으셨어."

—나, 여기 있다고 말했니?

"사연 있는 것 같아서 참았지. 아저씬 내가 모르는 사람이라고 했어. 무슨 일 생긴 거면 꼭 연락해 달라고 그러시던데."

"……."

"아저씨!"

세키는 대꾸하지 않았다. 내비게이션 주소 입력 창을 띄웠다. 아네스에게 말했다.

—아파트 주소 찍어 줘.

아네스가 주소를 입력했다. 세키는 예상 소요 시간을 검색했다.

세 시간 10분 후 도착이었다. 도착 무렵에는 꽤 깊은 밤일 것이다. 세키는 차를 출발시켰다. 아네스가 말했다.

"나, 구두 좀 벗을게, 아저씨."

세키는 고개를 끄덕였다. 아네스는 수줍어하면서 검은색 구두를 벗었다. 세키는 스타킹 속 아네스의 발가락과 발톱을 보았다.

2

행복했고 답답했다. 세키는 민우가 돌아오기를 기다리는 한편 그가 실종되기를 기도하기도 했다. 아녜스와 대화하거나 자전거를 타면 시간은 절벽과도 같았다. 산책이 끝나면 아녜스는 냉정하게 돌아섰다. 민우와 함께 바닷가 절벽에 서서 돌을 던져 놓고 그 돌이 낙하하는 곡선을 바라보던 때처럼 아득하고, 흥분되고, 어지러웠다. 절벽은 높았다. 돌이 어디로 떨어지는지, 그 끝은 보이지 않았다. 떠난 건 민우였는데도 세키는 자신이 그를 떠나와 여행지의 낯선 호텔에 투숙한 기분이었다. 혼자 있기 힘들면 아녜스에게 문자를 보내 채팅을 하자고 졸랐다. 그러다 아녜스의 얼굴이 보고 싶어지면, 자전거 타고 좀 돌아야겠어, 하고 말했다. 아녜스는 코스를 물었고 안 나올 것처럼 하다가도 어느 순간 불쑥 나타나 클랙슨을 울렸다.

열나흘. 날짜에 의미가 있다는 듯 민우는 함께 살았던 햇수만큼의 날을 바깥에서 보낸 후 낯선 사람을 통해 소식을 전해 왔다.

'정칠기 씨 되십니까.' 하는 문자메시지가 도착했다. 세키는 소극적으로 답변했다. 몇 번 문자메시지를 주고받는 동안 세키는 저쪽 사람이 형사라는 것, 민우에게 어떤 사고가 일어났다는 것을 직감했다. 사고 내용을 묻자 형사는 대답을 피했다. 경찰서에 나오면 알게 될 거라 했다. 세키는 형사와 약속 시간을 잡았다. 아네스와 채팅하던 도중이었다.

아네스에게 사실을 말하면 자기도 가겠다고 할 것 같았다. 세키는 어디로 간다는 말을 하지 못한 채 채팅을 끊고 집을 나섰다. 바람은 찼고 햇살은 아주 맑았다. 그는 페달을 밟으며 햇빛이 휠에 반사되는 모양을 상상했다. 휠은 상상 속에서 고급 승용차의 그것처럼 우아하게 빛났다. 상상이 이루어진다면 먼 곳에 있는 사람은 헬멧 색상보다 반짝이는 휠을 더 먼저 발견할 것이었다.

형사 2과의 사무실 분위기는 환했다. 세키는 문간에 서서 내부를 살폈다. 두 줄로 놓인 책상은 전부 여덟 개 정도였다. 민우는 창가 자리에서 고개를 숙이고 무언가를 하고 있었다. 세키는 뛰어가서 와락 껴안고 싶었다. 이놈아, 어딜 갔다 온 거야! 민우 곁에서 데스크탑으로 일을 하는 사람이 문자메시지를 보낸 형사인 것 같았다. 형사가 다리를 떨었다. 민우도 다리를 떨었다. 세키는 두 사람 앞으로 다가가 큼큼 헛기침을 했다. 민우는 반응을 보이지 않았고 형사가 그를 맞아 주었다.

"정칠기 씬가요?"

세키는 대답 대신 고글을 벗었다. 형사가 다시 물었다.

"맞죠, 그렇죠?"

세키는 마스크를 끌어내렸다. 붉은 천에 검은색 선으로 그려진 재규어가 구겨지면서 목에 감겼다. 형사가 나직하게 말했다.

"하, 답답하네."

세키가 휴대전화에 말을 입력해 내밀었다.

—들을 수는 있습니다. 함부로 말하지 마십시오.

형사가 명함을 내밀었다.

"알고 있어요. 마음 상했어요?"

세키는 형사를 묵묵히 바라보았다.

마스크와 고글로 가렸던 흉터가 형광등 불빛 아래에서는 약간 윤이 날 거라고, 세키는 생각했다. 그리고 이어서, 이 형사는 민우의 말을 통해 자신의 언어장애에 대해 알게 됐을 거라고 생각했다. 형사는 처음부터 문자메시지로 대화를 청해 왔다. 세키는 형사에게서 받은 명함을 손에 든 채 물었다.

—무슨 일이 있었던 거죠?

형사가 대답했다.

"나와 주셔서 감사합니다. 저기 적혀 있어요. 무슨 일이 있었는지. 읽어 봐요. 골치 아파 죽겠어요 아주, 문제가."

문제를 따지는 형사? 세키는 약간 긴장이 풀리는 것을 느꼈다. 세키는 민우를 바라보았다. 민우는 노트북 모니터에 집중할 뿐 세키를 향해 고개를 돌리지 않았다. 민우는 노트북 모니터를 바라보며 마우스를 이리저리 돌렸다. 세키는 형사의 주먹을 바라보았다.

굳은살이 단단해 보였다. 형사가 어깨를 풀기 위해 팔을 흔들었다. 형사는 세키의 흉터에 관심을 보이지 않았다. 세키는 그런 무심한 사람이 좋았다. 자기를 획 들어서 던질 수 있는 덩치 큰 사람이 좋았다. 덩치 큰 사람들은 대체로 예절이 발랐다. 형사가 말했다.

"친구시니까, 읽어 보시고 좀 도와주세요. 진술이 제대로 돼야 조서를 쓰죠. 부탁합니다."

형사가 미리 출력해 놓은 진술서를 내밀었다. 세키는 고개를 돌렸다. 입구 쪽 책상에서 다른 형사가 어떤 사람과 얘기를 나누면서 조서를 작성했다. 세키는 다시 민우를 바라보았다. 민우는 모니터에서 틀린 글자를 찾아 타다닥 키보드를 두드렸다. 세키는 회화 수첩을 꺼냈다. 왠지 수첩을 사용해야 할 것 같았다. 그에게 물었다.

—어떻게 된 거니.

민우가 수첩을 채 갔다. 그리고 빠르게 대답을 적어 던졌다.

세키는 내던져진 수첩을 받아 대답을 읽었다.

—왔니?

세키는 민우의 눈을 바라보았다. 민우가 눈을 마주치지 않으려 했다. '장난치지 말고 말로 해!'라고 적고 싶었다. 그러나 이상한 긴장감이 그런 말을 못하게 만들었다. 민우가 일부러 말을 못하는 척하는 것 같았다. 방금 전 '어떻게 된 거니.'라고 적었던 면을 펴서 민우 눈앞에 들이댔다. 민우는 말하지 않았다. 세키는 다시 물음을 적어 내밀었다.

—왜 여기 있느냐니까? 어떻게 된 거야?

민우가 방금 전처럼 수첩을 채 갔다. 그리고 빠른 속도로 대답을 적어 던졌다. 수첩이 바닥에 떨어졌다. 세키는 짜증을 참고 수첩을 집어 들었다. 민우의 대답은 이것이었다. '너도 왜냐고 물어? 그거 말하느라 밥을 두 끼나 여기서 먹었다.' 가끔 필담을 나눌 때 그가 농담을 적던 생각이 났다. 그럴 때의 글씨체였다. 세키는 자리에 앉아 진술서를 읽었다.

어떻게 거기까지 가게 됐나 모르겠네. 아프리카 서부 해안, 소금 냄새 풍기는 재즈가 상상돼. 우린 세사리아 에보라, 판차를 들었지. 파도를 닮은 아이들이 있었어. 침대에서 리모컨 버튼을 눌러 블라인드를 걷으면 바다가 보였지. 그 바다로 해가 뜰 것 같았어. 서해는 해가 지는 덴데.

왜 그랬는지를 쓰려고 하니까 무슨 일이 있었는지를 써야 할 것 같잖아. 아무튼. 그 여자를 뭐라고 불러야 될지 모르겠네. 그냥 여자라고 할게. 그녀와 난 우리의 시간을 '베네치아의 자정'이라 부르기로 했어.

베네치아 산 마르코 성당에 가면 말야, 성당 밑에 정지한 바다가 있어. 말뚝을 박고 흙을 부어서 만든 섬이니까 흐르지 않는 바다가 생긴 거야. 성당을 보수하려고 다이버를 내려 보냈어. 고요하게 정지한 바다에 뭐가 있었게? 거기에는 미라가 있었어. 말뚝을 박다 죽은 노예들. 그걸 처음 본 다이버는 미쳐 버렸을 거야. 우린 미친 듯이 잤지.

민우는 우연히 만났던 여자와 깊은 섹스를 하고 헤어지기 싫어서해안 호텔에서 지냈다고 했다. 여자도 떠나지 않았는데 먼저 돌아가자는 말을 꺼낼 수 없어서 의도치 않게 밥을 함께 먹고, 잠을 자고, 또 아침을 맞았다는 이야기였다.

세키는 진술서를 넘기다가 고개를 돌렸다. 민우는 다리를 떨면서 막대 사탕을 우지직 깨물었다. 눈길이 부딪쳤다. 민우가 너도 먹을래? 하는 눈빛을 보냈다. 형사는 다른 일을 하는 듯했다. 민우는 형사를 힐끔 쳐다본 다음 이런 말을 눈빛으로 전해 왔다. 쟤가 날 어떻게 하겠니? 세키는 진술서를 반말로 과감하게 써 버린 그가 아주 멀게 느껴졌다. 말을 못하는 척하는 이유가 뭘까. 진술서로 다시 눈을 주었다. 형사가 자꾸 쳐다보는 것 같았다.

그녀는 원피스 가슴에 매단 브로치를 떼 버린다. 가식의 상징쯤 됐을까. 그 브로치. 안심이 된다. 세계가 나를 완벽하게 놓아준다. 우린 칼라빈카가 되는 것인가. 새가 되면…… 하지만 인간의 눈을 가진 새가 되어 날면……. 바람이 거세서 눈을 뜰 수 없을 것이다. 착지할 곳이 흐릿하게 보여서 어디로 내려가야 할지 모르게 될 거다. 브로치가 떨어진 여자의 가슴을 본다.

나도 모르겠어. 내가 왜 돌을 던졌는지. 그냥 고속도로에서 걷고 싶었을 뿐이야. 헤드라이트를 맞히고 싶었어. 돌을 던졌지. 던지고. 또 던지고. 내 몸이 부딪쳐 가루가 되고 있었던가요. 하, 그 사람이 돌 피하려고 핸들만 꺾지 않았어도……. 그러지만 않았어도 사고는 안 일어나는 거였는데. 형사님 내 말이 맞지? 그분 책임이지? 차들

부딪치는 소리를 들으니까, 굉장히 신났는데. 어찌 된 셈인지 몸이 벌러덩 넘어지는 거 있지. 거기가 비탈인 줄 내가 어떻게 알았겠어? 천국이 보였고 지옥이 보였어. 터엉, 텅, 터덩, 터덩, 뒤차가 앞차를 박으면서 순식간에 소리 계단을 만들었어.

날 안 깨웠으면 그대로 죽는 거였는데. 천국과 지옥이 내 말을 가져가 버렸어. 말을 할 줄 알면서 이러는 게 아니야. 이건 너무 힘들잖아. 타이핑 집어치우고 싶어. 형사님, 말로 합시다, 하고 싶어.

진술은 상당히 길었다. 세키는 뭔가 민우가 속마음을 숨겨 놓았다는 것을 눈치 챘지만 그게 뭔지 잡히지 않았다. 세키는 진술서에서 손을 뗐다. 형사가 세키에게 물었다.

"이 친구분, 직업이 뭐죠?"

세키는 수첩을 접고 휴대전화를 꺼내어 대답했다.

— 교사입니다.

"함께 살아요?"

— 네.

"언제 나갔어요?"

— 14일 전에요.

"읽어 보고 뭐 이상한 거 못 느꼈어요? 그러니까 친구분께서 보시기엔 왜 돌을 던진 것 같아요?"

— 무슨 소리인지 모르겠군요.

"아, 참. 고속도로에서 돌을 던졌잖아……요. 25중 추돌사고가 났어요."

─ 왜 그랬답니까?

"그걸 쓰라고 했더니 섹스 얘기만 잔뜩 해 놨잖아요."

대화를 하다 보니 형사는 20대로 보였다. 그래서 민우가 진술을 반말로 한 것 같았다. 세키는 이 경우에는 삐딱하게 나가는 것이 민우에게 도움이 될 거라 생각했다.

─ 그런데 저를 부르신 이유가 뭡니까?

"네? 음. 친구시잖아요."

친구면 이런 데에 불려 나와야 되는 건가요? 그렇게 묻고 싶은 마음을 세키는 애써 눌렀다.

세키는 민우와 잤다는 여자를 보고 싶었다. 이어진 섹스 묘사가 노골적이었던 것이다. 어떤 여자일까? 여자도 형사 호출을 받고 오려나? 진술서를 읽고 민우가 복원해 놓은 체위들을 보면 뭐라고 말할까. 그런 여자와 원나잇 스탠딩을 해 보고 싶었다.

형사는 여자를 부르지 않는다고 했다. 여자가 안 된다면 세키는 형사를 따라가서 현장이라도 보고 싶었다. 하지만 그런 과정을 거칠 만큼 큰 사건이 아니라 했다. 현장검증 같은 것은 하지 않아도 된다고 했다. 칼라빈카. 진술서에서 처음 본 단어였다. 멋진 새일 것 같았다. 인간 몸에 날개를 달아 놓은 것 같은, 그림으로만 보았던 익룡 비슷하게 생겼을까. 아녜스가 떠올랐다. 너희 선생님 어떤 여자랑 실컷 섹스하느라고 집에 안 왔단다, 애야……. 말할 수 있을까. 새의 이마에 카메라 렌즈를 달아서 새 시선으로 세계를 바라보면 재미있을 것 같았다. 고속도로에서 돌을 던지는 인간이 새한테는 어떻게 보일까. 비겁한 놈. 돌을 던지다니.

　민우의 눈에서 광채가 났다. 흰자와 검은자가 선명하게 구별되었
다. 세키는 충혈돼 있지 않은 것이 오히려 무서웠다. 뭔가 큰일을 저
질러 놓고 정신 줄을 놓은 것처럼 보였다. 저런 눈빛으로라면 돌이
아니라 폭탄도 던지겠다……. 세키는 민우에게서 눈길을 거뒀다.
25중 추돌사고가 났으면 사람이 죽었을 것이다. 다시 진술서 속 여
자를 상상했다. 참 괜찮은 여자였다. 아녜스나 레지나한테 없는 우
아함이 느껴졌다. 세키는 민우를 밀어내고 의자에 앉아 진술서 파
일을 자기 메일로 보냈다. 형사가 그렇게 해도 된다고 했다. 그 여자
를 조만간 야설 주인공으로 쓰고 싶었다. 민우는 여자에게 돈을 받
았다고 했다. 몸을 판 것이다. 진심일까. 형사가 민우와 세키 둘 다
에게 들으라면서 조목조목 얘기했다.

　"이 사건에는 혐의가 세 개 있어요. 도로교통법 위반. 교통방해
죄. 폭력죄. 교통방해죄랑 폭력은 형법이거든요. 혼자 했으면 조사
는 더 해 볼 거 없겠고. 재판만 남은 거죠. 모든 사건은 원인과 결과
가 중요합니다. 그걸 따지는 게 재판이거든요. 일단 돌을 던졌잖아,
그치? 원인이 무엇이냐가 재판을 이기고 지게 한단 말이죠. 골치 아
파요 이거. 길바닥에 얼음이 얼었다고 쳐요. 그러면 어떻게 되겠어
요? 갑자기 길이 얼어서 차가 미끄러졌거나, 하늘에서 우박이 떨어
져서 차가 맞았다고 해 봐요. 그러면 핸들 꺾은 놈이 잘못인 거죠.
안전거리 안 지킨 뒤차들도 범실일 거고. 도로교통법으로 사건을
해석하면 끝나는 거죠. 그런데……. 병신. 그냥 한 방 맞고 조용히
차를 세워서 보상을 요구했으면 되는 건데, 뭐하러 브레이크를 밟고

핸들을 꺾어서……. 사람이 안 죽었으니까 다행이지, 어후……."

형사의 말에 세키는 안심이었다. 죽은 사람이 없었다. 죽은 사람이 없다면 돈으로 해결할 일만 남았다. 형사는 25중 추돌사고를 내게 된 최초 운전자를 욕하면서 민우를 데스크탑 앞으로 불러 앉혔다. 세키는 형사와 민우가 나누는 대화를 곁에서 지켜보았다. 민우는 입을 다문 채 필담으로만 대화하려 했다. 민우는 이런 말을 노트북에 입력했다.

새가 날아들면 어떻게 운전해야 할까, 돌이 날아오면 어떻게 운전을 해야 할까, 나는 그게 궁금했거든요. 던지고, 또 던졌죠. 건너편 차선으로도 던졌어요. 차를 세우고 중앙분리대를 넘어서 쫓아올 놈은 없을 거니까. 그 자식이 핸들만 안 꺾었어도 사고는 안 나는 거였는데. 남들은 다 맞고 그대로 직진하는데 왜 제가 핸들을 꺾어? 미련하게? 난 도망가려고 가드레일을 잡고 뛰어넘었어요. 도망가는 거 쉬울 줄 알았어요. 근데 가드레일을 잡고 훌쩍 뛰었더니만 그 바깥이 낭떠러지였던 거잖아요. 언 땅에 떨어지니까 얼마나 아팠는지 몰라. 어깨가 깨지는 것 같았죠. 정신 차리고 일어나 보니까 사람들이 나를 내려다보고 있대요. 난 떨어질 때도 그랬지만, 사람들을 보면서 생각했죠. 왜 돌을 던졌냐고 물으면 뭐라고 말할까. 미치겠는 거예요. 답이 없잖아.

민우는 조서 작성이 끝나자 경찰서 유치장으로 들어갔다.

아녜스에게서 문자메시지가 왔다. 메신저로 대화하자는 내용이었다. 세키는 침대에 누워 답장을 하지 않았다. 너, 아직 안 뛰어내렸구나. 23층은 뛰어내리기에 너무 높지. 그는 이불을 둘러쓰고 잠을 청했다. 밤에 문자메시지가 다시 왔다. 세키는 깜짝 놀랐다. 그 아이가 집으로 온 것이었다. 메시지 내용은 짤막했다. '문 열어 줘!' 세키는 옷을 챙겨 입고 현관문을 열었다. 아무도 없었다. 잠시 후 아녜스에게서 문자메시지가 다시 왔다. '맹학교 운동장이야.' 세키는 창문으로 운동장을 내려다보았다. 레지나가 거닐었던 운동장에서 아녜스가 스쿠터를 타고 뱅글뱅글 돌고 있었다. 세키는 레지나를 보고 싶었다. 방학이 되면서 기숙사는 완전히 텅 비었다. 레지나의 집은 어디일까. 가족은 어떤 사람들일까.

세키는 코트를 입고 모자를 썼다. 기분이 좋았다. 이상한 일이었다. 현관을 나서기 전에 거울을 한 번 더 보았다.

바깥 날씨가 추웠다. 아녜스가 먼저 물었다.

"아저씨. 왜…… 무슨 일 있어?"

—왜?

"좀 그래 보여. 채팅하자는 말에 답도 안 해 주고."

세키는 대답을 입력하려다가 손을 비볐다. 뭐라고 해야 좋을지 망설여졌다. 아녜스가 말했다.

"춥다. 아저씨, 손 시릴 텐데, 집에 들어가서 얘기할래?"

—집?

"응. 아저씨네 집."

—넌 겁도 없니?

"왜, 날 어떻게 하시려고? 아저씨가?"

아녜스는 말을 끝낸 다음 집 쪽으로 스쿠터를 몰았다. 세키는 아녜스의 뒷모습을 보았다. 민우가 돌아오려면 지나간 14일보다 앞으로 더 긴 시간이 지나야 할 것이었다. 구치소로 이송되어 재판을 받아야 한다고 했다.

이야기를 하기 위해 들어와 놓고 두 사람은 집을 치웠다. 세키는 아녜스가 가끔씩 허공이나 가구 뒤쪽 빈자리를 멍하니 바라본다는 것을 눈치챘다. 텅 빈 허공이나 아주 작은 틈에서 민우가 불쑥 나타날지 모른다고 여기는 것 같았다. 그 애는 언제나 민우 생각뿐이었다.

아녜스가 방에 어질러져 있던 책을 책꽂이에 올려 단정하게 세우는 동안 세키는 부엌에서 외투를 입은 채로 그릇을 씻었다. 외투를 벗으면 반소매 티셔츠였다. 아녜스 앞이라 팔에 난 흉터를 드러내기 싫었다. 두 사람은 말없이 서로를 틈틈이 바라보았다. 걸레를 하나씩 들고 방바닥을 닦자 청소가 끝났다.

아녜스는 뭘 더 해야 좋을지 눈으로 살폈다. 세키는 아녜스의 발을 내려다보았다. 예쁜 양말에 발은 작았다. 세키는 의자에 앉으라는 뜻으로 아녜스에게 손짓을 했다. 아녜스가 의자에 앉았다. 세키의 의자였다. 세키는 민우 의자에 앉았다. 어쩔 수 없는 일이었다. 세키는 민우와 대화하던 때처럼 컴퓨터를 켰다. 아녜스에게 키보드를 내밀었다. 아녜스는 자기가 되고, 자기는 민우가 되었다. 세키의 상상 속에서 대화를 나누는 사람은 아녜스와 민우이거나 자기와 민우였다. 없는 민우가 대화의 주인공이었다. 세키가 말을 입력했다.

—너희 선생님 찾았어.

아녜스가 키보드에서 손을 떼고 민우를 바라보면서 입으로 말했다.

"어머, 정말? 어디 있는데?"

—경찰서.

"왜?"

—교통사고를 냈대.

"교통사고가 났으면 병원에 있어야지, 왜 경찰서에 있어?"

—돌을 던졌대. 고속도로에서.

"그래 가지고?"

—스물다섯 대가 부서졌는데, 재판을 받아야 한대.

"선생님은 괜찮고?"

—응.

"미쳤다 정말. 돌을 왜 던져, 남의 차에?"

—그러게. 왜 그랬을까?

세키는 칼라빈카를 떠올렸다. 어떤 여자와 우연히 만나서 같이 자고 호텔에서 함께 지냈다는 말을 전하자니 이간질하는 기분이 들었다. 사실이었음에도 불구하고, 그 사실을 이야기하자니 비열하고 비굴하다는 생각이 들었다. 세키는 이렇게 답했다.

—형사가 물어보는데도 말을 안 하더라고. 말 못하는 척하더라.

"정말? 대체 왜?"

—너랑은 혹시 무슨 일이 있었니?

아녜스는 세키의 물음을 듣고 키보드에 손을 올렸다. 세키는 가슴이 뛰었다. 말로 전하지 못할 충격적인 내용은 글자로 입력하는 것이 편했다. 아녜스가 키보드를 쏠었다. 무슨 말을 하면 좋을지, 시작을 어떻게 해야 좋을지 망설이는 것 같았다. 세키는 대답을 기다렸다. 결국 아녜스가 대답을 입력했다.

— 말 안 하고 기도원에 간 것밖에 없었어.

— 기도원엔 왜?

— 그냥. 답답해서.

— 지난번하고 말이 다르네?

— 뭐가?

— 담임한테는 말 안 하고 민우 선생님한테 말하고 다녀왔다고 했잖아.

세키는 아녜스의 눈을 바라보았다. 눈물이 고인 듯했다.

— 그때는 그때고. 선생님한테 말한 다음 갔다 오고 싶었는데 못했어.

— 왜?

— 몰라. 나중에 다 얘기해 줄게, 아저씨.

세키는 가만히 고개를 끄덕였다. 잠시 후 아녜스가 툭툭 키보드를 두드렸다.

— 우리 선생님 진짜 웃긴다. 돌을 왜 던져? 미쳤나 봐.

아녜스와 몸이 자꾸 붙는 것 같아 세키는 의자 간격을 멀찍이 띄웠다. 너희 연애했니? 예전에 말했던 강간 어쩌고는 무슨 소리야?

세키는 묻고 싶었다. 하지만 묻기 두려웠다. 연인 사이였다는 대답을 듣게 되면 할 수 있는 일이 아무것도 없는 셈이었다. 자전거를 타는 것도, 채팅을 하는 것도, 가끔 만나는 것도. 세키는 말을 돌렸다. 연예인, 축구, 야구 이야기를 늘어놓았다. 아녜스가 재미있는 동영상을 검색해서 재생시켰다. 그러는 사이 새벽 세 시가 넘어갔다. 와서는 안 된다고 생각했던 졸음이 찾아왔다. 밤이 아녜스를 여자로 만들었다. 메일로 보내 놓은 민우의 진술서를 보여 줘 버리고 아파트로 돌려보내야 할 것 같았다. 세키가 말했다.

— 집에 안 가도 돼?

— 새벽이잖아. 자고 내일 생각해 볼래.

— 자고 간다고?

— 응. 나 건드리면 안 된다, 아저씨.

아녜스가 침대로 가서 누웠다.

이튿날이었다. 형사에게서 문자메시지가 왔다. 피해자 대표들을 만나 줄 수 있겠느냐는 물음이었다. 세키는 민우가 구치소로 이송됐는지 물었다. 형사가 답장을 보냈다. '예.' 세키는 아녜스에게 휴대전화를 넘겨주며 형사와 통화를 해 보라고 했다. 곁에 민우가 없다면 아녜스와 형사의 통화는 문제 될 게 없었다. 아녜스가 전화를 걸었다.

세키는 옆에서 통화를 들었다. 피해자 대표들이 모였는데 그들이 보호자 참석을 요구한다고 했다. 아녜스는 회의장 주소를 수첩에 받아 적었다. 세키는 가슴이 뛰었다. 민우 때문에 무언가를, 공개적인 무언가를 해야 하는 상황이 되었다는 것이 끔찍했다.

세키는 아녜스에게 함께 가자고 했다. 아녜스는 할 일도 없는데 잘됐다면서 따라나섰다. 세키는 내비게이션에 회의장 주소를 입력했다. 아녜스는 세키의 스키복을 쓰다듬으면서 "덥겠다." 하고 말했다. 세키는 긴장을 풀기 위해 고글을 벗었다.

빌딩 로비에 도착했다. 세키는 아녜스에게 휴대전화 화면을 보였다.

─넌 여기서 기다릴래?

아녜스가 손으로 세키 등을 두드렸다.

"응. 혹시 내가 필요하면 전화해. 신호로 알아듣고 바로 뛰어갈게."

세키는 스키복 차림 그대로 대책 회의장에 들어갔다. 사람들은 둘씩 셋씩 이야기를 나누고 있었다. 세키가 들어서자 그들은 각자 자리에 앉았다. 한 남자가 그에게 다가왔다.

"말씀을 못하신다고 들었는데 맞나요?"

세키는 고개를 끄덕였다.

"여기 서명 좀 하시죠."

남자가 서류와 볼펜을 내밀었다. 세키는 볼펜을 받아들고 서류를 읽었다. 대책 회의에 배석했음을 확인하는 문구와 보호자로서 의무를 다하겠다는 문구가 적혀 있었다. 세키는 서명을 하지 않고 볼펜을 놓았다.

"왜 서명을 안 하시는 거죠?"

세키는 회화 수첩을 꺼내 볼펜으로 적었다.

─지금까진 그 친구가 내 보호자였어요. 내가 누굴 보호할 수

있는 사람처럼 보입니까?

남자는 주위를 둘러보면서 한 발짝 물러났다. 다시 서명하라는 요구는 하지 않았다. 세키는 무서웠다. 그들은 장애인 연금도 차압해 갈 사람들로 보였다. 은행 잔고는 없었고, 신용카드 대출 서비스도 한도가 다 차 있었다. 전셋집, 김일면에게서 돌아온 돈, 앞으로 민우가 받게 될 퇴직금이 전 재산이었다. 일이 이렇게 됐으니 민우는 당분간 직장을 잡지 못할 것 같았다. 전세금은 민우가 만들었지만 명의는 같이 하자고 민우가 말했다. 회의에 배석했음은 확인해 줄 수 있지만 보호자로서의 의무를 다하지는 못하겠다는 뜻으로 세키는 서명을 거부했다.

돌을 맞고 스쳐 갔던 차들이 새로 나타나는 상황이어서 아직 피해 총액을 집계할 수 없다고 했다. 대책 회의에서 사람들은 폭행에 관한 진정 내용을 확정하는 데에 중점을 맞추기로 한 모양이었다. 그들은 보상액을 피해자 기준 N분의 1로 할 것인지 피해 차량 기준 N분의 1로 할 것인지 오래 이야기했다. 보험회사 관계자는 약관대로 진행할 것이라 했다. 보상이 흡족하게 이루어지지 않는다면 회사 차원에서 민사 소송을 걸고, 고객들에게는 최대한의 보상을 하겠다고 했다. 민우가 피해자들에게 합의하겠다고 한 것 같았다. 합의는 폭행죄와 관련한 것 한 가지였다. 차량 손실이나 신체 손실은 보험회사에서 계산한다고 했지만 폭행은 개인 대 개인의 문제였다. 피해 당사자들은 병원에 있었다. 회의에 참석한 사람들은 위임장을 받았다고 했다.

형사에게 들을 때는 설마 하는 마음이 강했는데 일이 그렇게 흘러갔다. 도로교통법은 사고 배상을 하는 것으로 끝나는 것이었다. 민우는 교통방해와 폭행으로 형사재판을 받아야 했다. 참석자들은 민우를 폭행죄로 감옥에 넣고 싶은 마음이 없다는 것으로 의견의 일치를 보았다. 그들이 원하는 것은 합의금이었다. 한 남자가 말했다.

"합의를 개인적으로 하고 싶은 사람은 어떻게 합니까?"

"공동으로 하자고 뜻을 모았잖습니까. 그래서 모인 거 아닙니까."

"보호자가 저분 말고는 없나요?"

"알아본 바에 의하면 어머니는 행불이고, 아버지는 돌아가셨네요. 형제는 없고. 동거인은 저 친구 한 분이고. 재산상으로 부채가 5000만 원, 8000만 원짜리 전셋집이 공동 명의입니다."

"그런데 뭘로 합의를 한다는 겁니까?"

"그 사람이 어떻게 보상할지는 우리가 관여할 문제가 아닙니다."

세키는 생각했다. 병원에 있는 피해자들은 얼마나 다쳤을까. 장애 판정을 받게 될 사람은 없을까. 한 남자가 세키에게 물었다.

"저기. 보호자는 무슨 돈으로 합의금을 만들 수 있을 것 같나요?"

세키가 고개를 저었다. 회의 진행자가 말했다.

"무슨 수로 돈을 마련할지, 어떻게 그것까지 우리가 관여합니까. 흐음. 일단 진정서 초안을 읽어 드리도록 하겠습니다. 진정인은 우리 중 대표자를 정해 넣기로 하고, 피진정인, 이름 강민우. 상기명 피진정인은 00년 00월 00일 00시 고속도로 상에서 돌을 던져 25중 추돌사고의 원인을 제공했습니다. 이 사고로 피해자들은 신체, 정신, 재산상의 피해를 입었으니 형법 제25장 상해와 폭행의 죄, 제26장 과실치사상의 죄, 그리고 폭력 행위 등 처벌에 관한 법률에 의거 본 진정인은 상기명 피진정인을 강력히 처벌해 줄 것을 요청합니다."

세키는 보상금을 계산해 보았다. 스물다섯 대가 망가졌으니까 최소 스물다섯 명과 합의를 해야 했다. 100만 원씩을 준다면 2500만 원이었다. 의외로 적은 금액이었다. 그 돈은 김일면이 봉투에 넣어 던진 것이었다. 하지만 그런 부스러기 돈을 바라고 대책 회의를 연 것은 아닐 것이었다. 세키는 차에 세 명씩 탔을 경우를 생각했다. 앞의 돈에 3을 곱하면 7500만 원이었다. 그 정도면 전세금으로 해결을 볼 수 있었다. 그것은 세키가 생각하는 최소한이었다. 그리고 세키가 해결할 수 있는 최대한이었다. 하지만 1인당 그 정도의 돈을 요구하지 말라는 법은 없었다.

세키는 자기도 모르게 수첩에 "강민우 씨 진짜 보호자는 J국 D시에 계십니다."라고 적어서 옆 사내에게 내밀었다. 사내가 진행자에게 다가가서 세키의 말을 전했다. 진행자가 그 말을 공표하자 회의장에 활기가 생겼다. 세키는 야설 사이트 성인 인증 창을 통해 종종 민우 어머니의 생사를 확인했다. 주민등록번호와 이름을 입력하면 존재 여부가 증명됐다. 산 사람은 부드럽게 인증이 되었고, 죽은 사람은 새로 뜨는 팝업창이 존재하지 않는 번호임을 알려 줬다. 아버지와 어머니의 생사 여부도 거기를 통해 확인했다. 어떤 남자가 세키에게 민우 어머니가 D시 어디에 사는지 아느냐고 물었다. 세키는 이름과 주민등록번호를 적어 주었다. 다국적 보험사 직원인 듯한 사람이 말했다.

"주민등록번호와 이름은 저희에게도 있습니다. D시에 계시다니 저희 회사 그쪽 지부에 의뢰해 수소문해 보도록 하겠습니다. 자료가 있으면 찾을 수 있겠네요."

세키는 손에서 땀이 나는 걸 느꼈다. 한 방에 해결되는 것이었다. 보험회사는 유능한 곳이었다. 세키는 뜻밖의 행운이 찾아올 것 같아 마음이 들떴다. 아들 소식을 들으면 어머니는 반드시 한국으로 올 것이다. 세키는 쑥스러웠다. 어떻게 이런 상황에서 민우 어머니를 떠올린 것인지. 그는 나직하게 주문을 외고 싶었다. 남묘호렌게쿄.

나무묘법연화경.(南無妙法蓮華經) '나무'는 '돌아간다'는 뜻이었다. 묘법연화경은 법화경의 원래 이름이었다. 나무 묘법연화경, 법화경으로 돌아간다는 주문을 반드시 남묘호렌게쿄라고, 그 종교를 탄생시킨 나라의 말로 외야 한다고 해서 한때 식민지였던 땅에서는 해방 이후에 표교 금지 조치를 내렸다. 염전을 못 가진 동네에 신자들이 많았다. 염전 동네에서도 염전 없는 사람들이 많이 믿었다. 세키는 아버지를 떠올렸다. 아버지는 새벽마다 정동을 향해 무릎을 꿇고 앉아 남녀호랑개교 남녀호랑개교 끝없이 외었다. 세키의 귀에는 호랑이 망령을 부르는 소리로 들렸다. 어디선가 호랑이가 와서 잡아갈 것 같았다. 그 소리에 깨서 마당으로 나가 보면 민우 아버지는 발가벗고 샘가에서 놀고 있었다. 얕은 담을 두고, 민우네와는 이웃이었다. 민우 아버지는 아담처럼 토란 잎이나 오동나무 잎

으로 팬티를 만들어 입었다. 세키는 민우가 가여웠다. 민우 아버지
는 그것들로 성기를 가린 것이 아니라 거기에 성기를 부비며 성행위
를 하는 것처럼 보였다.

민우 아버지는 트럭에 돌을 던졌다. 어머니가 외국 여행 중 행방
불명되기 전에는 형주 아저씨가 소금을 실으러 트럭을 타고 와 민
우네 집에서 묵었다. 민우 어머니가 그렇게 되자 형주 아저씨는 다
른 집에서 묵었다. 민우 아버지는 형주 아저씨 트럭에다 불을 질렀
다. 형주 아저씨는 급하게 불을 끈 다음 민우 아버지를 두들겨 팼
다. 마을에서는 아픈 사람을 때리는 짓은 저질 중의 저질이라 했다.
형주 아저씨는 소중한 트럭에 붙으려는 불을 끄기 위해 물을 끼얹
었던 기세로, 민우 아버지를 전속력으로 두들겨 팼다. 민우는 아버
지가 맞는 것을 바라보았다. 세키가 그만 보자고 잡아끌었지만 우
뚝 선 다리에 힘을 풀지 않았다. 그 뒤로 민우 아버지는 소금 트럭
이 마을에 들어서면 멀리서 돌을 던졌다. 형주 아저씨 트럭을 향해
서만이 아니었다. 문득 세키는 민우가 돌을 던진 게 대물림처럼 여
겨졌다. 가엾고 불쌍했다. 왜 돌을 던진단 말인가. 그때 형주 아저
씨를 둘이서 함께 죽여 버렸어야 했던가.

아녜스가 물었다.

"아저씨, 뭐래? 선생님을 어떻게 하겠대?"

세키는 휴대전화를 꺼내 대답했다.

— 돈이 필요한 거야. 그 사람들은.

"얼마나?"

"위으잉."

세키는 자기도 모르게 뇌성마비 장애인처럼 목을 내빼면서 말로 대답했다. 엉겁결에 실시간 대화가 이루어질 뻔했다. 세키는 필담에 익숙해진 다음부터는 그런 입소리를 내는 것을 끊었다. 낯선 자리에 들어서면 무심결에 목에서 소리가 나올 것 같아 숨도 끊어 쉬었다. 세키는 아네스 앞에서 벽이 허물어지는 기쁨을 느꼈다. 아네스가 말했다.

"아저씨. 내가 집에 가서 밥해 줄까?"

"어어엉."

"좋다는 뜻이죠? 근데. 아저씨."

"엉?"

"선생님 왜 그랬대?"

"이이입이 어……."

"집에 가면 말해 줄래? 컴퓨터로 하면 아저씨 말 잘하잖아."

둘은 지난밤에 그랬던 것처럼 청소를 먼저 했다. 하루도 지나지 않았는데 먼지가 또 쌓여 있었다. 세키는 청소를 끝내고 밥을 지었다.

"아저씨, 내가 해 준다고 했잖아."

아네스가 세키의 손을 잡았다. 세키는 아네스의 손을 바라보았다. 감촉이 아주 좋았다. 세키는 고개를 작게 저었다. 아네스에게 좁은 싱크대와 구색 없는 그릇들을 보여 주기 싫었다.

밥을 먹고 그들은 텔레비전을 보았다. 영화 채널과 스포츠 채널을 바꿔 가면서 시간을 보냈다. 세키는 마음속으로 수많은 야설 주인공들을 맞이했다. 아녜스가 스르르 팔에 안겨 와 키스를 했다. 상상만으로도 흥분되었다. 그런 순간이 다가오기를 기다리다 잠이 들었다.

세키는 어렴풋하게 잠에서 깼다. 아녜스와 한방에서 잠들었다는 사실이 민망했다. 손 한번 잡아 보았으면. 실눈을 뜨고 침대를 바라보았다. 아녜스가 없었다. 그는 바닥에서 일어났다. 욕실에서 구역질하는 소리가 들려왔다. 욕실로 갔다. 문을 여는 것이 주저되었다. 노크를 했다.

똑딱. 아녜스가 자물쇠를 눌러 잠그는 소리가 들렸다. 구토는 계속 이어졌다. 시계를 보았다. 새벽 네 시 무렵이었다.

아녜스가 세수를 하고 나왔다. 눈의 핏발이 아주 붉었다.

"아저씨, 나, 이럴 때 뛰어내리고 싶어."

"……."

"배 속에서 바람이 불어. 자꾸 토할 것 같단 말야."

3

"아저씨랑 선생님이랑은 왜 같이 살아?"

―몰라, 오래돼서 더 기억 안 나.

"언제부터 살았는데?"

―열다섯 살 때부터.

"와……."

세키는 많은 말을 전해야 하는 것이 귀찮았다. 표정을 지을 수 있다면, 한 번의 웃음으로 시원스럽게 과거 전부를 알려 줄 수 있었 겠지만 표정을 짓지 못했기에 말을 많이 해야 했다. 과거는 떠올리 는 것 자체만으로도 피곤했다. 세키가 답변을 얼버무리자 아녜스는 그런 이유가 어디 있냐고, 뭔가 같이 살게 된 특별한 계기가 있지 않았느냐고 되물었다. 14년이라는 햇수에 네 해를 더하면 그 아이 나이였다. 그렇게 오래 살았으면 시작에도 특별한 이유가 있었을 거 라는 게 아녜스의 생각이었다.

어른은 어른 세계에서 살았다. 아이는 아이 세계에서 살았다. 두 세계 사이에는 강 같은 같은 것이 있어서 그 흐름을 타면 아이가 어른 세계로 들어가는 것이었다. 어른도 흐름을 거슬러 돌아가면 아이 세계에서 살 수 있었다. 천만에. 그런 건 불가능했다. 두 세계 는 차례대로 이어진 연속이 아니었다. 둘은 어느 순간을 기점으로 완벽하게 흑과 백으로 나뉘었다. 창문 방충망에 붙은 매미가 방에 들어갈 수 없는 것처럼 어른은 아이 세계로 들어갈 수 없었다. 아이 역시 수인(囚人)처럼 아이 세계에서 놓여날 수 없었다. 그들은 형기 가 만료되거나 탈옥을 감행해야 어른 세계로 진입할 수 있었다. 세 키와 민우가 어른이 된 건 일종의 탈옥이었다. 그들은 방충망을 찢 고 남의 방에 들어갔고, 옥을 부수고 도망쳐서 어른이 됐다. 세키가 보기에 아녜스는 아이 세계에서 탈옥하는 중이었다. 무슨 죄를 저 질렀을까. 어떤 불행을 겪었을까. 배 속에서 무슨 바람이 불기에 새 벽이 되면 구역질을 느끼는 걸까. 뭐기에 베란다에서 뛰어내려 죽고 싶게 만드는 걸까.

들려줄까 말까.

민우 아버지가 걸렸던 병에 대해 사람들은 여러 가지로 얘기했 다. 정신병은 많은 시간이 쌓여서 만들어지는 것이라 했다. 민우 아 버지 장례식이 끝나자 아까운 사람이 갔다고들 떠들던 마을 어른 들. 민우 아버지는 해군 장교 출신이었다.

그는 배를 타는 게 싫어서 전역을 했고 마을로 들어와 염전을 운영했다. 원래는 타지 사람이었다. 그는 군함을 싫어했지만 작은 배는 좋아했다. 그는 염전을 염부들에게 맡기고 모터보트로 연안을 드라이브하면서 가끔씩 다이빙을 즐겼다. 고깃배 스크류가 그물에 걸리면 선주들은 그에게 전화했다. 그는 모터보트를 타고 날아가 그물을 풀어 주고 돈을 받았다. 어느 날 그는 그물을 풀어 주려고 내려갔다가 배 밑바닥에 노인이 붙어 있는 것을 보았다. 배 밑바닥은 판판했다. 위로 뜨려고 하는 시체의 부력을 배의 중력이 눌렀다. 배는 노인을 달고 바다를 달렸던 것이었다. 어떻게 해서 노인이 배 밑으로 들어갔는지는 알 수 없었다. 죽은 채로 그랬던 것인지 살아서 그랬던 것인지도 불분명했다. 얽힐 만한 노끈이며 해초 따위에 감겨 있지 않았음에도 앙상한 그 몸은 전복처럼 배 밑바닥에 찰싹 달라붙어서 떨어지지 않았다. 해안 경비 대원들이 노인을 배 밑에서 꺼냈다. 그 시체가 누구 몸이었는지는 밝혀지지 않았다. 선주는 굿을 한 다음 배를 팔았다. 민우 아버지는 무병(巫病)에 걸린 사람처럼 숲과 해안을 헤매었다. 굿을 해도 정신이 돌아오지 않았다.

사람들은 노인의 시체를 보기 전부터도 병 기운이 있었다고 했다. 군대 시절에 당했던 고문 후유증 때문에 그렇게 됐다는 이야기도 있었다. 해상 국경에서 군함이 대포를 맞고 뒤집어지는 경험을 한 뒤로 정신이 오락가락하기 시작했다고도 했다. 안방 벽에는 해군 장교 전역증이 액자에 들어 있었다. 사진은 한 장도 없었다. 민우 어머니는 병 수발을 참지 못하고 도망을 갔다고 했다. 민우 아버지는 군인 시절, 육지에서 바람피우는 민우 어머니를 감시하기 위해 탈영을 했다는 말도 떠돌았고, 민우 어머니가 D시에서 사라진 것은 실종이 아니라 의도적인 가출이라는 소문도 있었다. 어른들이 하는 말이었다. 맞고 틀리고가 없었다. 세키는 민우 아버지의 과거가 멋있었다. 미쳤다는 말을 듣는 현재는 끔찍했으나.

민우 어머니가 여행에서 돌아오지 않았던 것은 우연이었다. 계원들과 떠났던 해외여행이었다. 함께 갔던 사람들은 민우 어머니가 숙소에 들어오지 않았던 밤에 대해 이야기하지 않으려 했다. 말을 많이 할수록 자신들이 져야 할 책임이 커지는 것이었다. 어머니가 집을 비운 동안 민우에게 밥을 지어 주기로 했던 재 넘어 마을의 너머 할머니는 아래채에서 살림을 꾸렸다. 민우도, 아버지도, 너머 할머니도 어머니를 기다렸다. 이상한 일이었다. 민우 아버지가 관여했던 조합 회계에 말썽이 생겼다. 장부에 누군가 잠깐 돌려 쓰기로 해서 기입을 미뤄 두었던 공란이 있었다. 그 금액은 민우 아버지가 쓴 것이 되었다. 세키는 민우에게서 이런 말을 들었다. "아버지가 죽지 않고 사는 게 쪽팔려." 하지만 세키는 자기처럼 민우 역시 옛날의 아버지는 멋있었다고 믿는다는 것을 알았다. 그는 아마도 아버지가 돌아오길 기다렸을 것이다.

민우는 아버지한테 자주 맞았다. 매질을 견디다 힘들면 바닷가로 뛰어가 절벽 위에서 돌을 던졌다. 세키는 민우 옆으로 가서 함께 돌을 던졌다. 돌은 절벽 밑으로 떨어지면서 사라졌다. 절벽은 높았다.

그런 밤에 민우와 세키는 한방에서 잤다. 둘은 드러누운 채로 미래를 이야기했다.

—우리 어른 되면 집 지어서 같이 살자.

민우는 아버지 장례식을 치른 후 시무룩해졌다. 아버지는 돌아올 수 없는 곳으로 갔다. 민우는 곧 큰아버지가 계시는 도시로 간다고 했다. 세키는 그가 시작하게 될 도시에서의 삶이 부러웠다. 민우 큰아버지가 세키의 아버지를 자주 만나러 왔다. 민우와 세키는 민우의 큰아버지가 세키 아버지에게 민우 아버지가 갖고 있던 염전을 사라고 말하는 것을 함께 들었다. 세키는 민우에게 미안했다. 아버지가 민우에게서 그것을 빼앗으려 하는 것 같았다. 어쨌든 결국 아버지는 민우네 염전을 샀다. 민우는 아버지 없는 집에서 너머 할머니와 살았다.

사회 수업 시간이었다. 세키는 문득 궁금했다. 미친 사람은 왜 감옥에 안 갈까? 미친 사람들을 한 데 모아 놓는 감옥을 만들면 될 텐데. 사람들이 감옥 가기 싫어서 미친 척하면 그걸 다 어떻게 감당하려고. 죄 짓고 미친 척하기가 유행이 되면 어쩌려고. 그런데 미친 사람이라고 말하면 민우가 자존심 상해할 것 같았다. 세키는 광인이라는 말이 떠올라서 뿌듯했다. 그는 선생님에게 물었다.

"선생님. 광인은 감옥에 왜 안 가요?"

세키가 말을 마치자 아이들이 책상을 치고 발을 구르며 웃어 댔다.

"광인? 미친놈?"

세키 등에서 땀이 흘렀다. 말할 때는 몰랐지만 광인은 미친 사람보다 더 포악한 말이었다. 세키는 민우를 바라보았다. 민우는 머리를 숙였다. 아마도 선생님은 웃었을 것이다. 그리고 뭐라 대답했을 것이다. 교화의 가능성과 수용에 드는 비용에 관한 얘기였겠지. 그 순간에는 머리가 하얗게 비었고 민우가 느꼈을 수치와 분노만이 크기를 알 수 없게 자라나서 세키의 마음을 졸아 들게 만들었다. 그 뒤 아이들은 웃기는 일이 생길 때마다 "야, 이 광인아." 하며 크게 웃었다. 그게 재미있었는지 다른 반 아이들도 따라 하기 시작했다. 그 말이 들려올 때마다 세키는 민우가 깊이 숙였던 고개가 떠올랐고 심하게 목이 말랐다.

저녁이 어둑해져 갔다. 바람은 바닥으로 가라앉았다. 국기 게양대 끝에는 국기가 축 늘어져 있었다. 세키는 줄을 당겨서 국기를 내린 다음 그것을 접어서 보관함에 넣었다. 그 일을 해 주면 이장 아저씨가 과자를 사 주었다. 초등학교 5학년 때였다. 남자애들이 여자애 누군가의 가슴을 만졌다고 자랑했고, 여자애들은 브래지어를 차기 시작하면서 은근히 발육을 과시하던 때였다.

세키는 마을 회관에서 나와 집으로 돌아갔다. 수요 예배를 알리는 교회 종소리가 맑게 울렸다. 제방에서 민우를 만났다. 민우는 그 일 다음부터 부쩍 멀어지는 것 같더니 이젠 세키의 집에 놀러 오지도 않았다. 세키는 오랜만에 단둘이 만난 것 같아 반가웠다. 민우는 과자를 먹었다. 세키가 말했다.

"집에 가?"

민우가 말했다.

"과자 줄까?"

세키가 대답했다.

"그래. 고맙다."

세키는 두 손으로 손 바가지를 만들어 내밀었다. 민우가 과자를 부었다. 돈부라는, 초콜릿으로 겉을 감싼 땅콩 모양 과자였다. 민우의 손이 떨렸다. 세키는 답답했다. 민우의 동작이 느렸다. 손을 떨다가 한꺼번에 와락 쏟아 버려서 과자를 떨어뜨릴 것 같았다. 세키는 자기도 모르게 말했다.

"그때는 미안했어."

민우가 고개를 들었다. 그리고 물었다.

"뭐?"

세키는 사과하는 뜻으로 다정하고 낮은 음성으로 말했다.

"사회 시간에."

민우가 웃었다.

세키는 과자를 먹기 위해 고개를 숙이고 손 바가지에 입을 댔다. 민우가 호주머니에서 다른 과자를 꺼내는 것 같았다. 세키는 민우를 보았다. 사과를 받아 주고 새 과자를 함께 먹자고 말하려는 거라 생각했다. 그런데 머리통으로 민우의 손이 날아왔다. 쩡하고 귀가 울렸다. 단단한 돌멩이 느낌이었다. 과자 봉지에 돌멩이를 넣어 온 것이었다. 쩡한 귀울림이 채 사라지기 전에 그 느낌이 다시 찾아왔다. 이번에는 관자놀이 쪽이었다. 세키는 비틀거리며 민우를 쏘아보았다. 민우는 제정신이 아니었다. 돌멩이로 다시 갈겼다. 왜 이러는 거야? 하고 소리 지를 사이도 없었다. 민우는 돌멩이로 갈기며 고함을 질렀다.

"죽어. 이 개새끼야!"

피할 수도 도망갈 수도 없었다. 세키는 민우 말을 들으며 쓰러졌다. 쓰러졌는데도 민우가 계속해서 돌멩이로 쳤다. 멀리에서 사람들이 사라졌다. 수요 예배를 보러 가던 아낙들이었다.

세키는 피 냄새를 떠올렸다. 계속해서 머리를 가격해 오던 민우의 돌맹이가 떠올랐다. 레지나를 강당에서 안았을 때, 그녀가 강하게 저항하자 세키는 민우에게 달려가 돌맹이로 머리를 치고 싶었다. 아네스와 함께 있으니 허망하게 당했던 그날 일이 부끄럽고 소름 끼쳤다.

칠흑 같은 어둠 속이었다. 저승 같은 어둠 속이었다. 눈을 뜨니 창고였다. 소금 짠 내가 가득했다. 다리가 저렸다. 세키는 다리를 펴고 싶었다. 그런데 굽은 다리가 펴지지 않았다. 눈을 크게 떴다. 소금막 문이 보였다. 문틈으로 하늘이 보였다. 밤이었다. 몸 전체가 소금에 묻힌 것 같았다. 그는 민우를 불렀다.

"민우야, 왜 이래?"

민우는 없었다. 소금이 무거웠다. 가 버린 건가. 설마 아니겠지. 세키는 속으로 말하면서 주위를 둘러보았다. 고개가 잘 돌아가지 않았다. 뒤를 보고 싶었다. 뒤에서 소리가 났다. 소리가 그를 안심하게 만들었다. 그는 애원조나 명령조를 섞어 애매한 말투로 말했다.

"대답 안 해? 빨리 대답 좀 해 봐."

대답은 없었다. 세키는 곧 뒤에서 들려왔던, 발자국 소리 같았던 그 소리는 소금이 무너지는 소리였음을 알게 되었다. 그는 소리쳤다.

"야, 말 좀 해. 왜 이러는지 말하란 말이야. 야, 민우야! 얌마! 엄마! 엄마!"

눈물이 났다. 스아악, 하는 소리가 들려왔다. 파도 소리였다. 세키는 외쳤다. 눈에 어둠이 잡혔다.

"민우야! 민우야!"

파도 소리가 가깝게 들려왔다. 거기는 마을 회관 방송이 잘 안 들리는 외진 곳이었다. 그는 살려 달라는 말을 계속 외쳤다.

지쳐 기진할 때쯤 버석거리는 소금 위로 몸을 꼬물거리면서 무언가 다가왔다. 세키는 눈을 가늘게 뜨고 다가오는 동아줄 같은 것을 바라보았다. 뱀이었다. 뱀이 혀를 날름거렸다. 뱀의 몸은 야광 물감을 칠한 것처럼 번들거렸다. 그것이 눈앞으로 다가왔다. 세키의 눈앞에서 스르륵 스르륵 움직였다. 눈물이 자꾸만 흘렀다. 그는 차츰 눈물을 흘리는 것이 무서워졌다. 뱀이 혀로 눈물을 핥을 것 같았다. 그는 입을 다물어야 하는지 악을 써야 하는지 종잡을 수 없었다. 그는 입을 다물었다. 눈을 감았고, 숨도 참았다. 뱀이 지나가기만 기다렸다. 제발. 뱀이 다가와 목을 스르르 감았다. 세키는 다시 정신이 달아나는 것 같았다. 엉겁결에 소리를 질렀다.

"민우야. 미안하다. 정말 미안하다. 뱀이 왔어. 미안하다! 개새끼야."

뱀이 움직였다.

"민우야! 민우야!"

뱀은 구멍을 좋아한다고 했다. 세키는 입술을 다물었다. 살아야겠다는 생각에 몸이 바짝 긴장되었다. 어쩔 수 없었다. 뱀을 향해 침을 뱉었다. 그러다가 입을 다물었다. 침을 뱉으려고 입을 벌리면 뱀이 목구멍으로 들어올 것 같았다. 입안에서는 침이 말랐다. 눈을 감았다. 눈을 뜨면 뱀이 눈알에다 혀를 내밀 것 같았다. 자꾸만 눈물이 났다. 눈물이 볼을 타고 턱과 목으로 흘렀다. 뱀이 목에서 움직였다. 기둥인 줄 알고 감았던 세키 목이 눈물로 미끌미끌해지자 스르르 몸을 푸는 것 같았다. 뱀은 세키의 목에서 바닥으로 내려가 느린 동작으로 어슬렁거리며 소금막 구석으로 갔다.

어깨를 꿈틀거리면 팔이 움직일 것이었다. 팔을 흔들어 한쪽 손을 꺼내 그 손으로 소금을 헤쳐 다른 손을 꺼내고, 그다음엔 두 손으로 소금을 헤치고 나갈 생각이었다. 구덩이에서 나가 민우의 목줄을 끊어 놓고 싶었다. 세키는 이를 악물고 턱으로 소금을 헤쳤다. 어깨가 나타났다. 하지만 움직여 주질 않았다. 어깨는 좌우로도, 앞뒤로도 움직이지 않았다. 곧 머리도 무거워졌다. 그는 고개를 젖힌 자세로 쉬면서 힘이 쌓이기를 기다렸다. 짤막한 휴식이었다. 쉬기 시작하자 정신이 아득히 멀어져 갔다. 검은색 위로 흰색이 쏟아졌다.

다시 정신이 들었다. 빗소리가 들렸다. 새벽이 온 것 같았다. 비야. 더 세게 내려라. 제발 여기를 물바다로 만들어 버려라.

슬레이트 지붕이 시끌벅적했지만 비는 창고 안으로 들어오지 않았다. 세키는 몸을 움직이고 싶었다.

민우가 아니었으면 그대로 죽었을 것이다.

민우가 와서 머리카락을 쓸어 주었다.

세키는 민우를 보자 무서우면서도 반가워서 말을 할 수 없었다. 슬쩍 졸음이 왔다. 다시 정신을 잃었다. 민우가 빠른 속도로 소금을 헤쳐 주었다. 세키는 눈을 떴다. 민우가 말했다.

"일어나."

세키는 손으로 바닥을 짚고 다리에 힘을 주었다. 일어나지지 않왔다. 말도 나오지 않았다. 민우가 몸을 일으켜 주었다. 세키는 민우의 뺨을 때렸다. 잠시 후 민우는 세키를 등에 업었다.

아버지는 해감을 하듯 세키의 몸을 미지근한 물에 오래 담갔다. 약은 따로 없었다. 염전의 노인들은 종아리가 가늘었다. 세키는 말이 나오지 않아 답답했다. 잠깐만 안 나오는 것인 줄 알았는데 그 뒤로 영영 나오지 않았다. 어느 날 민우는 J시로 갔다.

중학교 2학년 때였다. 세키는 무작정 집이 싫었다. 3학년에 올라가면 그 이후에는 고등학교에 올라가야 했다. 다니던 중학교는 시골에 있었다. 학생 수가 적었다. 고등학교에 간다는 것은 도시로 나가 살아야 한다는 뜻이었다. 마을 형들은 도시로 나가 자취를 하면서 학교에 다녔다. 세키는 몸을 생각했다. 고등학교에 갈 자신이 없었다. 장애인 학교에 가는 것은 죽기보다 더 싫었다. 아버지가 말했다.

"몸이 그럴수록 더 많이 배워야 한다. 남들보다 더 좋게 입고, 성적도 남들보다 더 좋아야 하고, 밥도 남들보다 더 좋은 것을 먹어야 한다. 그래야 사람들이 무시 안 한다."

세키는 남들만큼만 해서는 옳게 살 수 없다는 아버지의 말이 싫었다. 아버지는 공부 시간을 정해 놓고 세키를 방에 가두었다. 세키는 문 밖에서 감시하는 아버지에게서 벗어나고 싶었다. 주머니칼을 샀다. 그것으로 책상을 긁었다. 칼을 몸에 지니자 자신이 생겼다. 그는 민우를 찾아 나섰다.

민우는 예전처럼 다정했다. 이상하게도 그가 밉지 않았다. 너머 할머니와 함께 있을 줄 알았는데 그는 혼자였다. 그의 방에 들어서

자 마음이 이상한 방향으로 움직였다.

세키는 민우가 학교에 가고 없는 사이 편지를 썼다. 편지는 짧을수록 좋을 것 같았다. '가출했으니까 며칠만 봐 줘.' 민우가 어떻게 반응할지 궁금했다. 민우는 학교에서 돌아와 편지를 읽고 고개를 끄덕였다.

세키는 방을 청소했다. 밥을 하고, 민우에게 도시락을 싸서 내밀었다. 민우는 학교가 끝나면 과일을 사 들고 집으로 왔다. 민우의 얼굴에 생기가 돌았다. 세키는 기분이 좋았다. 간간이 아버지가 찾아왔다. 세키는 돌아가지 않겠다고 버텼다. 늦둥이나 낳으시라는 문장을 적어 아버지에게 내밀었다. 아버지는 진짜로 어머니에게 늦둥이를 보자고 졸랐다. 세키는 별 감흥 없이 그 모습을 엿보곤 했다. 마치 그것 때문에 가출했다는 것처럼 세키는 당당했다. 아버지는 끔, 하고 기침을 하면서 돌아섰다.

돈이 필요할 때만 가끔씩 어머니를 만나러 갔다. 고등학교에 올라가야 하는 나이가 되자 민우는 S시로 옮긴다고 했다. 세키는 그를 따랐다.

어른이 되었다. 장애는 더 이상 게으름 피울 수 있는 핑계가 될 수 없었다. 무엇이든 해야 했다. 그러나 무엇을? 사회생활에 대해 생각하면 절망적이었다. 세키는 민우에게 아내가 되어 주기로 했다. 그러자 몹시 평화로워졌다. 아내 역할이라면 자신 있었다.

하필 왜 이런 동네에 집을 얻자고 했을까. 맹학교 근처로 이사한 뒤 세키는 민우의 의중을 읽으려고 노력했다. 새로 살 집은 그 동네

여야 한다고 민우는 고집했다. 세키는 민우와 어깨동무를 한 채 창가에서 학교를 내려다보곤 했다. 장애인 아이들은 뜻밖으로 활기차게 학교에 다녔다. 수업 시간 차임벨이 울리면 세키는 교실 유리창을 올려다보았다. 유치부에서 고등학생부까지, 아주 어린아이에서부터 레지나처럼 나이 든 학생까지 다니는 학교였다.

이사 초기에는 모두 다 검은 세상에서 살아가는 줄 알았기 때문에 야외 농구장이 있는 게 우스워 보였다. 그런데 짐작했던 것과 달랐다. 농구 골대를 겨냥해 공을 던지는 아이가 있었다. 골을 성공시키는 아이도 있었다. 학생들 시력은 천차만별이었다. 어떤 아이는 자전거를 탔다. 세키는 가만가만 그 눈들을 지켜보았다. 자전거가 브랜드와 디자인에 따라 여러 급수로 나뉘는 것처럼 시각 장애인의 눈에도 짐작할 수 없이 많은 종류가 있다는 것을 알게 되었다. 누군가는 빛을 느꼈고, 누군가는 간판을 읽었고, 누군가는 땅속에서 살았다. 장애 급수도 시력에 따라 달랐다.

조금 볼 줄 아는 아이는 아예 못 보는 친구를 안내했다. 누군가와 부딪칠 것 같다고 느끼면 아이들은 휘파람이나 손뼉으로 경적을 울렸다. 아이들은 2인용 자전거를 탔다. 조금이라도 볼 줄 아는 아이가 핸들을 잡았다. 아주 못 보는 아이는 뒤에 앉아 페달을 밟았다. 학교는 천국이었다. 아이들은 천진하고 명랑하게 지냈다. 노란색이 새삼스레 아름다웠다. 요철이 있는 시각 장애인 유도 블록, 통학 버스, 유치원 복. 그런 것이 노란색이었다. 맹학교에는 계단이 없었다. 계단 자리에 자전거 도로 같은 경사로가 있었다. 허리 높이에는 은색 철책이 있었다. 학생들은 다급할 때만 그것을 잡았다.

세키는 생각했다. 민우가 지겨워하는구나. 변화를 원하는구나. 나도 저렇게 살기를 원하는구나. 그는 차임벨에 맞춰 밥을 먹었고, 책을 읽었다. 그러던 어느 날 레지나를 발견했고 갑자기 수화를 배우고 싶어졌다. 수화를 배우겠다는 욕심은 작았고 학교에 다니고 싶다는 마음이 컸다. 동급 인생들과 아기자기하게 놀고 싶었다. 세키는 농학교를 알아봤다. 국공립학교는 입학 절차가 까다롭고 번거로워 보였다. 사립학교는 문이 넓었다. 대신 수업료가 비쌌다. 그는 장애인 복지 재단 홈페이지를 출입하다가 점자 시계에 대해 알게 되었다. 욕망은 용과 같았다. 용은 물에서 태어나지만 천지처럼 커지기도 하고 자벌레처럼 작아지기도 한다고 했다. 욕망 때문에 마음이 들떴던 그는 안면 마비 장애인 인터넷 클럽을 알아보았다. 안면 마비라는 키워드로 검색된 클럽은 부지기수로 많았다. 하지만 대부분 병원에서 환자 유치를 위해 홍보용으로 운영하는 클럽이어서 가입해 봐야 의미가 없을 듯했다.

세키는 안면 마비와 언어장애를 동시에 겪는 사람들 모임을 찾아 헤맸다.

그러다 적당한 모임을 찾아내는 데 성공했다. 그는 정회원 자격을 얻기 위해 장애 등급 확인서를 스캔해서 운영자에게 메일로 보냈다. 그런 다음 장애가 생겨난 과정을 공개했다. 그래야 등급이 업그레이드된다고 했다. 그는 장난스럽게 글을 썼다. 무겁고 심각한 글은 싫었다.

게시판에 올릴 용도로 글을 쓰고 있으려니 민우가 와서 소금을 헤치고 꺼내 주던 때가 고스란히 머릿속에서 재현되었다.

세키는 자꾸만 과장하고 싶어지는 마음이 커지는 것을 스스로도 이해할 수 없었다. 사실대로 쓰는 것은 미련하고 고리타분해 보였다. 글은 경험에서 시작되지만 근본적으로 변형욕구와 과장욕구에 지배를 받는 것이었다. 세키는 민우 이야기를 송두리째 빼 버렸다. 그리고 장난 삼아 스스로 소금 구덩이에 들어갔노라고 거짓말을 적었다. 세키는 목을 감았던 뱀이 스르르 물러났다고 썼다가 지웠다. 그는 뱀을 쫓아내기 위해 입을 벌리고 고함을 지르자 뱀이 입안으로 들어왔다고 썼다. 입안에서 꺼끌꺼끌한 비늘이 느껴졌다는 문장으로 사실감을 부풀렸다. 그런 다음 뱀 목을 앞니로 끊었다고 썼다. 그 순간 세키는 자신에게 악마의 힘이 도사리고 있다고 여겼다. 악마의 힘으로, 입을 앙다물고 쓰린 상처를 참아 가면서 턱을 호미 삼아 소금을 헤쳤다고 썼다. 실어는 뱀 독이 혀 신경을 마비시켜서 만들어진 장애라고 썼다.

그는 글을 올려 놓고 반응을 기다렸다. 왠지 흐뭇했다. 민우와는 전혀 별개인 삶을 살아온 것 같은 기분이었다. 그는 처음 야설을 올려 놓고 클릭 수를 궁금해하며 사이트에 접속하던 때처럼 클럽에 매달려 댓글과 조회 수를 응시했다. 정식 회원들의 반응은 기대했던 것과 달랐다.

—그럴 수가 없죠. 피해의식이 만들어 낸 상상 아네요, 님?

누군가 댓글을 달고 사람들은 그 글에 대응하는 댓글을 이어서 붙였다. 어떤 사람은 글 내용이 너무 비현실적이라고 비판했다. 소설을 쓸 거면 다른 데 가서 쓰라고 하는 사람도 있었다. 세키는 쑥스러웠다. 세상에는 정직을 판단하는 눈들이 많았다. 기분이 아득했다. 말이 어떤 길을 거쳐 몸에서 빠져나가 영원히 돌아오지 않게 된 것인지 알 수 없었다. 민우가 아버지를 찾아와 하던 말이 생각났다. "삼촌, 그냥, 장난으로 그런 거였어요……." 그때는 누구나 이웃집 아저씨를 삼촌이라 불렀다. 세키는 미지근한 물속에 누워 민우를 바라보았다. 민우가 울었다. 세키는 개새끼야, 하고 말하고 싶었다. 그러나 말이 나오지 않았다. 그때만 해도 말이 영영 돌아오지 않을 거라는 것은 상상조차 하지 못했는데.

4

면회는 하루에 한 번이었다. 하루에 한 번이라는 횟수는 면회자 쪽이 아니라 수감자 쪽을 기준으로 정해진 제한이었다. 세키는 그 것을 몰랐을 때 보고 싶으면 언제든 찾아가 하루에 한 번 만날 수 있다는 뜻인 줄 알았다. 피해자 쪽 대표가 먼저 찾아가 면회를 해 버린 날은 허탕이었다.

세키가 면회 간다고 말하면 아녜스는 그를 따라나섰다. 그 애는 접견실까지 함께 갔다가 문 앞에서 걸음을 멈췄다. 면회 신청자 명 단에 이름을 올려 달라는 말도 안 했다. 그 애는 면회 끝나길 기다 렸다가 "나도 선생님 보고 싶은데." 하고 말했다. 민우가 오라고 하 면 가겠지만 만나고 싶다는 말을 듣기 전에 먼저 다가갈 수는 없다 고 생각하는 것 같았다. 세키는 그 아이의 다정함, 순종적인 태도 에 매료되었다.

민우에게는 아녜스와 함께 지낸다는 것을 굳이 말할 필요 없다고 생각했다. 마음을 복잡하게 만들고 싶지 않았다. 민우 역시 아녜스의 안부를 물은 적이 없었다. 아녜스에 대해서뿐만 아니었다. 민우는 학교와 관련된 이야기를 일체 꺼내지 않았다.

아녜스는 아파트로 돌아가지 않았다. 세키는 아녜스에게 자기가 민우인 것처럼 행동하고 싶었다. 해서는 안 되는 일이라 생각하면서도 기분이 그렇게 끌리는 이유를 알 수 없었다. 한 달 후면 재판이 열릴 것이고, 재판 결과에 따라 민우는 형무소로 가거나 집으로 돌아올 것이었다.

접견실 교도관은 필담 내용을 체크하기 위해 세키의 수첩을 확인하곤 했다. 민우는 구치소에서 산 편지지와 볼펜으로 이야기했다. 면회 도중 할 말이 떨어졌을 때 세키는 김일면이 찾아왔었다고 말했다. 모처럼 둘의 대화에 속도가 붙었다.

─그 자식이 돈을 돌려주더라.

─언제?

─너, 가출했던 첫날.

─얼마를?

─2000만 원 좀 넘던데. 내가 카드로 잃은 것.

─그랬구나.

민우는 별로 흥을 내지 않았다. 떨떠름한 표정이었다.

몇 차례 면회를 거쳐 세키는 민우에게 무슨 일이 있었는지 갈피를 잡았다. 민우는 어떤 학교 면접에 갔다가 떨어졌다고 했다. 김일면이 돈을 돌려줬다고 한다면 그것은 자기가 취직하려고 그에게 썼던 돈일 가능성이 크다고 했다. 세키는 민우의 눈빛에서 절망을 읽었다. 쿵! 쿵! 쿵! 환청이 울렸다. 학교 옮기려고 돈을 쓰고, 김일면에게 붙었다는 것. 돈벌이는 그렇게 무릎을 꿇으면서도 아닌 척하고웃어야 하는 일이었다. 면회 시간이 짧아서 대화가 감질났다. 세키는 질문을 계속 하고 싶었다. 레지나는? 강간은? 아녜스는? 진술서속 여자는? 진술서 속 여자가 그중 만만했다. 그 여자한테서 돈을받았다는 문장이 기억났다. 세키가 물었다.

―너, 몸 팔았냐?

―그러기야 했겠니.

―그럼 뭐냐.

―세키야.

―왜.

―아니다. 다음에 얘기하자.

세키는 민우를 바라보았다.

―야설은 잘 돼?

―네가 이 지경인데 잘 될 일이 뭐 있겠니.

―그래도 잘해야지.

―네가 나오면 새로 계약할 데가 있어.

―잘나가나 보다. 네가 계약해.

―아냐. 너 나오면 그때.

민우가 '레지나'라고 썼던 글자를 볼펜으로 휘갈겨 지웠다. 세키는 그의 마음을 읽었다. 하지만 모르는 체해 주었다. 아는 체하면민우가 필담에 서툰 자신의 상황에 체념할 것 같았다. 한번 나와 버리면 필담은 취소할 수가 없었다. 세키는 생각을 많이 한 다음에만

펜을 들었다. 민우는 필담 생활을 시작한 지 얼마 안 되어 서툴렀기 때문에 마음을 들킨 것이었다. 세키는 민우가 레지나 때문에 미안했다고 말하려는 줄 알았다.

세키가 업로드했던 야설 연재물은 장례식장 섹스에서 정지였다. 정신 놓고 울던 여인들이 섹스로 위로받고, 술 취해 비틀거리는 남자들이 친척한테 아랫도리를 들이댔다. 영안실이었다. 대자리 위에서 검은 미니스커트 입은 여자들이 엉덩이를 높이 들고 절을 했다. 스토리가 끝나면서 그들은 개나 말에게 먹혔다. 국방부 장관, 대통령, 간첩도 등장했다. 클릭 수는 영안실 장면에서 갑자기 높아졌다. 연재 사이트에서 다음 작품을 계약하자는 메일이 왔다. 클릭 1회당 100원을 쳐줄 테니 플롯을 보내 달라고 했다. 원고료가 클릭 수당 30원 뛰었다. 민우가 없어서 세키는 계약을 미뤘다. 아녜스가 있어서 야설을 쓸 수 없었다. 나, 이런 글 쓰는데 봐 줄래? 말할 수 없었다. 아녜스와 있자면 집이 무척 좁았다.

세키는 볼펜 잉크에 덮인 레지나 이름을 보며 민우의 사과를 받아들였다. 민우가 레지나와 알고 지냈다는 건 돌이켜 보면 아무것도 아닌 일이었다. 처음 알게 됐던 때에는 왜 그렇게 화가 났던지. 세키는 이제 레지나보다, 아녜스와의 관계에서 민우가 무슨 일을 했는지가 더 궁금했다.

민우는 화제를 공판 쪽으로 돌렸다. 그는 집행유예를 예상한다고 말했다. 집행유예라고 한다면 곧 돌아온다는 뜻을 의미했다. 세키는 축하한다고 적어 보인 뒤 입술을 비죽거렸다.

집으로 돌아오는 차 안에서 세키는 수첩에 적어 둔 글을 아녜스에게 건넸다.

─너희 집에 가. 나, 너 때문에 불편해.

아녜스가 물었다.

"뭐가 불편한데?"

세키는 휴대전화로 대답했다.

─불편하다면 불편한 거야. 내가 네 보호자도 아니고.

"난 싫어. 집에 가면 혼자란 말야."

─너에게 내가 대체 뭔데 이러니?

"몰라, 나도. 그냥 아저씨랑 있으면 마음이 편해. 내가 가서 혼자 죽었으면 좋겠어?"

아녜스가 목청을 돋우었다. 세키는 아녜스를 바라보았다. 민우가 공판을 받으면 곧 돌아올 테니까 그 전에 관계를 정리하자는 말이 나오지 않았다. 정리해야 될 건 뭔가. 처음 상태로 돌아가면 되는 일인데. 세키는 솔직히 민우가 돌아오기 전날까지만이라도 그 애와 함께 있고 싶었다. 집행유예는 민우의 바람에서 그칠 수 있었다. 세키는 민우가 실형을 받고 더 먼 곳으로 이송될 가능성도 생각했다. 큰돈이 드는 합의를 성사시키기는 만만치 않아 보였다.

어느덧 2월이었다. 해가 바뀌었다는 게 실감나지 않았다. 세키와 아녜스는 밥을 같이 먹었다. 세키는 책을 읽거나 야설을 구상했다. 아녜스는 아파트로 가서 도구를 가져와 세키 옆에서 퀼트를 했다. 큼지막한 러그를 만들 것이라 했다. 산책하고 싶어지면 둘은 차를 타고 S고등학교 앞으로 드라이브를 나갔다. 길이 얼어서 자전거와 스쿠터는 둘 다 위험했다. 방학인데도 학교에 가는 아이들이 더러 보였다. 아녜스가 말했다.

"내가 아저씨 언제 처음 본 줄 알아?"

"……."

"민우 선생님이랑 아저씨가 자전거를 타고 가더라. 맹학교 앞에서. 획 눈앞에서 스쳐 갔는데 난 민우 선생님을 알아봤지. 아저씨가 머리가 기니까 꼭 부부 같아 보이던걸? 몸매도 가냘프잖아, 아저씨. 남자들끼리 그렇게 다정해도 되는 건가? 부럽더라. 그런 친구가 있었으면 좋겠다고 생각했어."

세키가 휴대전화에 대답을 입력했다.

—사는 게 뭐 이상한 거지. 이상하게 의리가 생기고, 함께 살게 되고, 그래.

"언제까지?"

—응?

"선생님이랑은 언제까지…… 같이 살 생각?"

—인생이 확 달라지는 날이 오겠지. 근데 내가 이 모양 이 꼴이라.

"아저씨가 뭐 어때서."

—그렇게 아무렇지도 않다는 듯이 대하려고 노력 안 해도 돼.

"어쩔 때 난 아저씨 부러워. 민우 선생님처럼 좋은 친구가 있으니까."

—너도 괜찮아 보여. 그런 선생님을 가지고 있으니까.

"그러네. 그래서 우린 둘 다 선생님을 기다리는 건가 봐."

세키는 아녜스를 끌어안고 싶어 죽을 지경이었다.

공판 날짜가 다가오자 민우가 느끼는 초조함이 세키에게도 전달되어 왔다. 민우는 세키에게 어떻게든 해결을 할 테니 피해자들이 찾아오면 무조건 합의하겠다고 말하라 했다. 세키는 물었다. 어떻게 해결할 건데? 민우는 대답하지 않았다. 큰돈이 필요했다. 세키는 자기가 고향에 가서 아버지에게 돈을 빌리기를 민우가 원하는 것으로 받아들였다. 하고 싶지 않았다. 민우 큰아버지를 찾아갈 수도 없었다. 민우는 큰아버지와 인연을 완전히 끊었다.

세키는 집주인을 찾아가 전세금을 빼 달라고 말했다. 집주인은 중개료를 부담할 것을 요구했다. 세키는 고개를 끄덕였다. 주인은 민우의 동의하에 진행되는 일임을 확인할 수 있는 문서를 추가로 요구했다. 전세 계약이 공동 명의기 때문이었다. 세키는 면회를 가서 민우의 사인을 받았다. 중개업자가 사람들을 데리고 왔다. 새 학기를 준비하기 위해 맹학교 근처로 집을 옮기려는 사람들이 많은 것 같았다. 일이 생각보다 빠르게 풀렸다. 세입자가 나타났다. 세키는 별다른 계획 없이 아녜스를 바라볼 뿐이었다. 아녜스는 당연히 그래야 한다는 듯이 세키에게 아파트로 함께 가자고 했다. 세키는 짐들을 이삿짐 보관소에 맡겼다. 컴퓨터와 옷가지와 자전거를 챙겨서 아녜스의 아파트로 갔다.

아녜스가 말했다.

"언니 돌아올 때까지는 괜찮아. 언니가 오면 그때 다시 생각하기로 하고 우선 안방에서 지내. 괜찮지?"

아녜스에게 언니가 있다는 것은 처음 듣는 이야기였다. 세키는 문자를 입력했다.

　— 언니가 있었니?

"응. 저기 사진 있지? 봐. 우리 언니 예뻐."

세키는 액자 앞으로 다가갔다. 도끼처럼 무겁고 날카로운 것이 어깨를 찍어 내리는 느낌이었다. 레지나가 거기에 있었다. 피아노 콩쿠르에서 상을 받는 장면이었다. 합창단 유니폼을 입고 찍은 사진도 있었다. 눈언저리가 주저앉기 전의 얼굴이 참 예뻤다. 세키는 아녜스를 바라보았다. 레지나가 네 언니라고? 세키는 아파트가 곧 폭발할 가스통 같다고 생각했다.

기분을 돌리기 위해 베란다를 바라보았다. 난간 앞에 의자가 놓여 있었다. 팔걸이 없는 식탁 의자였다. 뛰어내리려고 의자를 갖다 놨다는 말이 거짓이 아니었다. 등받이가 난간에 기대어 있었다. 튼튼해 보였다. 밟고 올라서서 한 걸음만 걸으면 허공이었다. 난간 위에는 방범창도, 방충망도 없었다. 자기를 강간한 남자와 사는 여자가 있겠느냐고 묻던 아녜스의 표정이 떠올랐다. 세키는 욕실로 들어갔다. 찬물에 얼굴을 씻었다. 거울을 보았다. 여전히 변화가 나타나지 않는 표정. 얼굴 뒤로 벽걸이 수건 찬장이 보였다. 세키는 몸을 돌렸다. 찬장에서 수건을 꺼내려고 손을 뻗었다. 눈에 여성 용품이 들어왔다. 비닐이 뜯어진 생리대였다. 세키는 갑자기 몸이 뜨거워지는 것을 느꼈다.

　두 사람은 청소를 했다. 세키는 커다란 자물쇠가 채워진 방을 쳐다보았다. 아녜스는 그 방이 언니 방이라고 말했다. 세키는 베란다에서 의자를 가져와 식탁 앞 빈자리에 채워 넣었다. 아녜스가 말했다.

"이제 뛰어내리고 싶어지면 아저씨가 막아 줘. 알았지?"

세키는 난간 너머를 바라보았다. 강이 보였다. 원래 그 자리에 있었는데 의자 때문에 시선을 멀리로 보내지 못해 미처 발견 못했던 강이었다. 세키는 베란다로 나가 난간을 잡고 서서 아래를 내려다보았다. 정원수 끝이 창처럼 날카로워서 떨어지면 몸이 거기에 꽂힐 것 같았다. 봄이 되면 잎이 돋을 것이다. 바람이 찼다. 공판 날짜까지는 10여 일 남았다. 검찰 구형이 자꾸 미뤄진다며 민우는 불안해했다. 검사가 어떤 벌을 구형하고, 판사가 어떤 판결을 내릴지, 기다리는 것 외에는 할 수 있는 일이 없었다. 그런데 레지나는 어디에 있을까.

세키는 컴퓨터 설치를 마치고 아녜스의 몸을 끌어당겨 모니터를 보도록 한 뒤 빠르게 글을 입력했다.

— 왜 혼자라고 그랬니? 언니가 있으면서.

아녜스는 소리내어 대답하는 대신 아주 느린 속도로 글자를 입력했다.

— 아저씬 왜 엄마 아빠 없다고 했어?

세키는 묵묵히 아녜스를 바라보았다.

— 언닌 어디 있어?

— 여행 갔어.

— 멀리 갔니?

— 글쎄. 그건 언니 맘이지.

아녜스는 그 대답을 끝으로 방에서 나갔다.

여자와 단둘이 있을 때 가장 약한 동물이 되는 것이 남자라고, 아녜스는 아빠에게 들은 이야기를 불쑥 꺼냈다. "단둘이 남았을 때 남자가 하는 말은 믿으면 안 되는 거야, 알았지?" 아녜스가 물었다. "그럼 어떡하라고?" 아빠가 말했다. "남자가 고백을 하면, 나중에 다른 사람이 있는 자리에서 다시 그 고백을 끌어내야 하는 거야. 단둘이 있을 때보다 더 진실되게 말하면 그때는 사랑해도 좋은 거야. 항아리도 가마 안에서 귀 터지는 자리가 정해져 있거든. 불길은 항아리를 확확 휘감다가 흙이 덜 야무지게 붙은 자리가 보이면 바로 파고들어. 남잔 말야, 약한 동물이 되었을 때 살아남으려고 거짓말을 한단다."

아빠는, 남자를 만나게 되면 그를 약하게 하고 싶을 때만 단둘이 있는 자리를 만들라고 했다. 남자가 먼저 원하면 절대로 둘만 함께 있지 말라고 했다. "비열한 남자만 여자와 단둘이 있을 때 더 강해진단다. 그런 남자와 만나선 안 돼." 아녜스는 아빠에게 말했다. "남자 친구 생기면 제일 먼저 아빠한테 데리고 올게. 품질 체크 해 줘야 해, 알았지?" 아빠가 맥주잔을 부딪쳤다. "당연하지. 아빠가 제일 먼저 봐야지. 파이팅!" 아빠는 맥주를 250밀리리터까지 마셔도 된다고 했다. 고등학교에 올라가면 500밀리리터까지 늘려 주겠다고 했다. 그때 아녜스는 중학교 2학년이었다. 그 아빠가 교통사고로 날아가 버렸다. 작업실에서 단둘이 대화했는데. 마음이 가장 약해졌을 때 아빠를 찾아갔는데…….

아빠 없이 세 해째였다. 여름방학 중 경아와 학교에서 만나기로 했다. 학기 중에 채웠어야 할 의상 디자인 실습 시간이 남아 있었던 것이다. 얼른 의무 시간을 채우고 나서 방학을 신나게 보낼 생각이었다.

실습실은 에어컨이 나오지 않아 후텁지근했다. 사흘만 고생하면 끝이었지만 한 시간 한 시간이 지겨웠다. 경아와 아네스는 옷감을 재단하면서 띄엄띄엄 대화를 나눴다.

"대학에 들어가지 않으면 뭘 할까."

"맥도날드나 피자헛 같은 데서 허드렛일 하면 비참해. 사무실 경리는 지겹고."

"그럼 텔레마케터가 되는 건?"

"입이 피곤할 거야."

"그럼 어떡하지?"

"자격증 따야지 뭐."

"어떤 자격증?"

고등학교 2학년. 슬슬 진로를 결정해야 했다. 하지만 경아와 아네스는 공부도 싫었고 자격증 학원에 다니는 것도 싫었다. 친구들과 학원에 다니는 것 자체는 할 만했지만 답 외우고 시험 보는 것은 질색이었다. 경아가 말했다.

"난 사실 뭘 해야 좋을지 모르겠어."

아네스는 가위를 들어 보이며 말했다.

"난 이런 거 했으면 좋겠어. 퀼트 마스터가 돼서 가게 열면 좋을 것 같아."

"실습 점수 잘 나오겠다 너."

"그럼 좋고."

"요즘 들어서 하는 생각인데 엄마가 차라리 아빠하고 이혼을 했으면 좋겠어. 엄마가 돈을 버니까 아빠 맨날 취미로 시간을 죽이는 거야. 낚시 가고 등산 가고 기원 가고. 근데 있잖아, 웃겨, 아침저녁으로 새 밥을 안 지으면 엄마를 구박하는 거 있지. 당장 일 그만두라면서 소리를 지르는 거야."

"술도 많이 드시고?"

"아니. 술은 안 마셔."

"그럼 좀 낫네. 이거, 마저 하고 놀자."

둘은 마네킹 치수에 맞게 천을 재단했다. 10여 분 열중했을까, 경아가 아녜스의 어깨를 툭 쳤다.

"야."

"응. 왜?"

"나, 집 나오고 싶은데, 너랑 같이 살면 어떨까?"

"우리 집?"

"응. 너 혼자잖아."

"안 돼. 가끔 언니가 주말에 오기도 해서……."

"그렇구나."

"집을 나오면 뭐할 건데?"

"그냥 나오는 거지 뭐. 답답해 죽겠어, 아주."

아녜스는 경아가 부러웠다. 가출은 부모님한테 반항하려고 하는 것이었다. 부모님이 없으면 집 안에서 살아도 하루하루가 가출이었다.

"심심한데, 진실 게임이나 하자."

"경아, 너 먼저 해."

"내가 하자고 했으니 네가 먼저 해야지."

"그런게 어딨냐?"

"시작한다. 너, 우리 담임 어떻게 생각해?"

"그 얘기 하려고 진실 게임이네 뭐네 한 거구나."

"너무 멋지지 않니?"

"너, 가져라."

"언제 술 한번 사 달라고 하고 싶어……. 완전 가슴 뛰어."

"어머……."

아녜스는 웃었다. 비밀이 겨우 그런 거니? 이루지 못할 사랑?

아녜스는 경아를 보며 계속 웃었다. 담임 선생님을 먼저 찜했다고 우기는 것이 우스웠다. 담임 선생님은 괜찮은 사람이었다. 새 학기가 시작되어 일대일 상담을 하면서 아녜스는 언니에 대해 말했다. 점자 도서관 사서가 되고 싶다는 꿈도 얘기했다. 선생님은 언니의 장애를 진지하게 대했다. 맹학교 사정과 기숙사 생활에 대해 차분하게 물었다. 아녜스는 오랫동안 도우미로 일해 준 분이 언니가 기숙사에 입실한 후 요양원 조리실 쪽으로 옮겨 가 근무하게 된 이야기며, 보호자인 이모는 수녀라서 자신을 잘 보살펴 줄 수 없다는 넋두리를 두서없이 늘어놓았다. 선생님이 말했다.

"그럼, 대학에 들어가야겠구나. 문헌 정보학과를 나와야 사서가 될 수 있어."

"점자 읽을 줄 알면 되는 거 아니에요?"

"영어 할 줄 안다고 외교관 되니?"

재치 있는 대답이었다. 아녜스는 그 뒤로 담임 선생님이 좋았다.

사서가 되고 싶었지만 공부는 싫었다. 공부 안 하고 대학생이 되고 싶다는 이야기와 다를 것이 없었다. 아녜스는 혼자 집에서 퀼트를 하다가 가끔 선생님의 교무실 의자를 떠올렸다. 퀼트로 예쁜 방석을 만들어 그 위에 두고 싶었다. 퀼트 마스터가 되어서 가게를 여는 게 도서관 사서 되는 것보다 더 산뜻할 것 같았다. 아녜스는 언니에게도 가르쳐서 함께 하고 싶었다. 언니가 상상으로 색감을 선택해서 말을 하면 자기는 천을 골라 언니 손에 쥐여 준 다음 바느질을 하게 하고 싶었다. 색깔은 못 봐도 질감은 최고로 잘 선택할 언니였다. 아침이면 조명 대신 환한 햇빛이 들어오는 1층, 꽃집 옆 퀼트 가게를 상상하면 기분이 들떴다.

경아의 수다를 들으면서 아녜스는 불현듯 강민우라는 이름을 떠올렸다. 무언가 비밀스런 눈짓을 보내는 남자였다. 이상한 일이었다. 담임 선생님은 그냥 선생님이었는데 그에게서는 남자가 느껴졌다. 그는 젊어서인지 아이들을 다루는 데에 서툴렀다. 툭 치면 탁 넘어올 것 같은 사람.

실습은 여전히 지겨웠다. 경아가 말했다.

"우리, 담임 뜯어먹을까? 더워 죽겠어."

아녜스에게도 여름 날씨는 뜨거웠다. 그녀는 쉽게 고개를 끄덕였다. 에어컨이 시원한 식당에서 선생님이 사 주는 것을 먹으면 신날 것 같았다. 둘은 담임 선생님을 찾아갔다. 교무실도 후텁지근했다. 경아의 음성은 명랑했다. 아녜스는 그 애의 목소리에서 흥분을 느꼈다.

"선생님, 우리, 아이스크림 사 주세요."

"아이스크림? 아예 밥 먹으러 갈까?"

"와, 좋아요."

아녜스는 선생님을 보면서 씨익 웃었다. 선생님은 스테이크를 사 주겠다고 했다.

선생님 차를 타고 스테이크 하우스로 갔다. 선생님은 아녜스에게 "레지나가 언니라며?" 하고서는 맹학교에 자원봉사 나갔다가 언니를 만난 얘기를 길게 했다. 아녜스는 선생님이 부담스러웠다. 언니 이야기여서가 아니라 경아 눈빛을 읽지 못하는 선생님 때문에 마음이 덜컹거렸다. 경아는 옆에서 치맛단을 자꾸만 쓸어내렸다. 예쁘게 다려 입었던 옷이었다.

밥을 먹으면서 선생님이 말을 시키자 경아는 기분을 회복했다. 선생님은 후식을 먹고 약속이 있다면서 먼저 자리에서 일어났다. 아녜스와 경아는 자리에 남아서 어디로 갈지 의논했다. 경아가 말했다.

"너희 언니 기숙사에 있다면서. 너희 집 가자."

"안 돼. 청소 안 해서 지저분해."

"뭐 어떠니, 난데."

"그래도 오늘은 안 돼. 언니가 방학이라 언제 올지 몰라. 수능 시험 준비한다고 기숙사에서 지내는데, 네가 와 있으면 좀 그렇잖아. 언니 허락도 없이. 언제 시간 봐서 초대할게."

"그럼 남자애들이나 뜯어먹으러 갈까?"

"어디?"

"클럽."

경아가 아네스 손을 잡으면서 웃었다.

클럽은 학교에서 멀었고 아네스의 집에서 가까웠다. 시끌벅적한 지하 클럽에서 경아는 술값 내 줄 남자들을 기다렸다. 남자 네 명이 다가왔다. 경아와 아네스는 그들과 맥주를 마셨다.

남자들이 2차로 옮기자고 제안했다. 아네스와 경아는 그들을 따라나섰다. 클럽 바깥에서 보니 고등학생 티가 많이 났다. 아네스는 당장 집으로 가고 싶었다. 어린 남자들은 싫었다.

남자애들이 술집으로 들어가려다가 퇴짜를 맞았다. 경아는 술을 사서 강변 공원에 가자고 했다. 아네스는 싫다고 했다. 누가 보아도 고등학생인 아이들하고 어울려 강변에서 술을 마시면 불량해 보일 게 빤했다. 선생님과 함께라면 낭만적으로 보이겠지만. 경아가 아네스를 보며 말했다.

"너희 집에 갈까?"

아네스는 경아에게 그런 식의 말은 참아 달라고 눈치를 보냈다. 경아는 자꾸만 같은 말을 반복했다. "아무도 없는데 뭐 어때……." 하지 않으면 좋을 말을 덧붙였다. 남자애 하나가 아네스에게 혼자 사느냐고 물었다. 아네스는 부모님이 없다는 사실을 들키기 싫었다.

"엄마 아빠가 출장 가셨어요."

한 남자애가 대화를 끊으며 말했다.

"내가 아는 술집 있는데, 거기로 옮기죠. 그냥 들여보내 주니까."

경아가 말했다.

"뭐예요. 아까도 그래 놓고."

그들은 갈 곳이 마땅치 않았다. 아녜스는 답답했다. 경아를 데리고 집으로 갈까, 경아를 떼어 놓고 혼자라도 돌아갈까 고민되었다. 경아가 갑자기 모텔에 가자고 말했다. 상상도 못했던 말이었다. 그곳에 가서 술을 마시다니. 술집을 못 찾아서 그런 데에 들어가다니. 아녜스는 싫다고 했다.

경아가 아녜스를 가로수 밑으로 끌었다. "가서 술만 마시고 나오면 되는 건데 뭐 어때? 네가 안 가면 나 혼자란 말야, 난 혼자라도 갈 거야, 이대로는 집에 못 가. 더 놀고 싶어. 쟤들이랑."

아녜스는 경아 말을 듣기만 했다. 경아를 돌려세우려면 "알았어, 우리 집에 가자." 하고 말해야 할 것이었다. 집으로 가는 것은 싫었다. 그렇다고 너 혼자 모텔에 가, 할 수도 없었다. 굳이 둘 중에서 한 곳을 택해야 한다면 모텔이 더 나았다. 모텔은 두려웠지만 사람 수가 많으니 안전할 것 같았다. 한 시간만 더 마시기로 했다. 이상하게도 남자들에게서 느껴지던 역겨움은 사라지고 어떤 기대감이 몸을 움직이게 했다.

모텔 방을 얻는 것도 술집을 찾는 것 만큼 어려웠다. 아녜스는 남자애가 방 두 개 값을 치르는 것을 보았다. 그 돈에 혼숙이 허락된 것이었다. 경아는 한 남자애와 편의점에 담배를 사러 나갔다가 들어오지 않았다. 아녜스는 남자 세 명과 맥주를 마셨다. 가슴이 뛰었다. 그들은 맥주에 위스키를 섞어 흔들었다. 편의점에서 사온 것이었다. 아녜스는 가슴이 오그라들었다. 옆 객실에 사람 들어가는 소리가 들려왔다. 하이힐 소리가 선명했다. 아이들이 모두 숨을 죽였다. 빗장을 거는 소리, 구두가 쓰러지는 소리가 들렸다. 변기물 내리는 소리가 벽을 타고 넘어왔다. 텔레비전 소리도 들려왔다. 변을 보거나 텔레비전을 틀거나. 모텔에 들어서면 그런 일부터 하는 것인가. 한 남자애가 머쓱하게 리모컨을 들고 텔레비전을 켰다. 성인 방송 채널이 열려 있었다. 남자애가 채널을 넘겼다. 다른 성인 방송이 나왔다. 어? 아이들이 웃었다.

아녜스는 남자애들을 바라보았다. 남자애들도 아녜스를 바라보았다. 텔레비전에서 신음 소리가 들려왔다. 아녜스는 텔레비전 앞으로 갔다. 버튼을 눌러 껐다. 경아에게 전화를 걸었다. 경아는 전화를 받지 않았다. 남자애들은 종이컵에 위스키와 맥주를 부었다. 각자 잔을 만들어 마시면서 그들은 서로를 보았다. 말이 없었다. 아녜스가 자리에서 일어났다. 한 남자애가 말했다.

"있잖아. 너 처음이야?"

"뭐가?"

"처음 아니지?"

"뭘 말하는 거야. 난 그런 애 아니야."

"있잖아……, 우리……."

아녜스는 남자애들이 이성을 잃어 가는 것을 보았다. 말을 받아준 것이 괜한 짓이었다. 대답하지 않고 바로 뛰어나왔어야 했었다.

남자애가 말했다.

"한번 보여 주기만 하면 안 돼?"

아녜스는 휴대전화를 쥔 손에 힘을 줬다. 눈물이 핑 돌았다.

시작은 늘 그렇다고 했다. 남자들은 보여 달라고 했다가 만져 보자고 했다가 술을 더 마시자고 했다가 결국은 취한 상태에서 몸을 붙여 온다고 했다. 클럽에서 만나 술에 취했다가 처음에 들어갔던 남자가 아닌 다른 남자와 잠에서 깼다는 친구들이 한둘 아니었다. 설마 했는데. 아녜스는 자기가 그 상황에 빠졌다는 것이 두려웠다. 그런데 무작정 싫지만도 않은 것이 이상했다. 아빠 얼굴이 생각났다. 아빠 생각이 나서 죽을 것만 같았다. 너희 우리 아빠한테 말해서……. 하지만 아빠는 없었다. 아녜스는 문을 열고 튀어 나가는 자신을 상상하면서 대범하게 말했다.

"너희들, 나랑 하고 싶어서 그런 거지?"

남자애들이 동시에 담배에 불을 붙였다.

"난 한 번에 한 사람하고만 해야 해."

아녜스는 눈을 마주치지 않으려고 하는 남자애를 손으로 가리켰다. 다른 애들은 술을 마셨다. 아녜스는 더 취하지 않으려고 했다. 그런데 자기도 모르게 위스키를 단숨에 마셨다. 그녀는 위스키를 마셨던 속도로 빠르게 말했다.

"너희 둘은 우선 나가."

두 아이가 미적거리며 나갔다.

혼자가 된 남자애는 초라했다. 양말 바닥이 지저분했다. 아녜스는 남자아이가 어른이었으면 좋겠다고 생각했다. 아녜스는 목소리에 힘을 빼고 말했다.

"나도 너랑 하고 싶은데…… 다음에 혼자 나오면 그때 해 줄게. 지금 하면 넌 죄를 짓는 거야. 친구들이 기다릴 거잖아. 날 또 망가뜨리려고 할 거잖아."

그 애는 온순했다. 대학을 포기했으니 당장 할 게 없고, 졸업 후에는 가게를 차릴지 자격증 공부를 할지 고민된다고 말하던 아이였다. 아녜스는 남자애의 눈을 보면서 말했다.

"내가 112에 전화한 걸로 하자. 친구들이 물어보면 내가 경찰에 신고를 해서 도망친 거라고 말해. 다음에 꼭 자기로 약속할게."

남자애는 가슴을 한 번만 보여 주면 그렇게 하겠다고 말했다. 아녜스는 눈을 감으며 망설였다. 남자애가 떨면서 말했다.

"정말이야. 꼭."

아녜스는 가슴의 버튼을 하나 풀었다. 남자애는 손바닥을 바짓단에 닦았다. 아녜스는 그의 휴대전화를 빼앗아 전화번호를 입력해 주었다. 남자아이는 아녜스 전화기에 자기 전화번호를 입력했다. 남자아이가 말했다.

"내일 만날래?"

아녜스가 고개를 끄덕였다. 문 바깥에서 먼저 내보냈던 아이들 목소리가 들려오는 것 같았다. 아녜스는 남자애의 눈을 똑바로 보면서 말했다.

"그때는 다른 애들 데리고 오면 안 돼. 알았지?"

아녜스는 남자애를 일으켜 세웠다. 남자애는 술에 취해 비틀거렸다. 비틀거리며 일어나더니 아녜스를 안으려 했다. 아녜스는 그의 손을 가슴에 붙이면서 문으로 끌고 갔다. 가슴을 만지는 것에서 흥분을 느낀 남자애는 그 흥분을 놓치지 않으려고 아녜스를 따라 문으로 걸었다. 아녜스는 문을 열고 남자애를 바깥으로 밀어낸 뒤 신발을 던져 주었다. 그리고 문을 잠갔다. 갑자기 눈물이 쏟아졌다. 경아를 죽이고 싶었다. 그러나 연락할 데가 없었다. 경찰서에 전화를 걸면 학교에 알려질 것이었다. 부모님이 없는 아이들의 사고는 무조건 학교로 연락이 먼저 갔다. 경찰은 성당에 있는 이모에게 연락할 수도 있었다. 문밖에서 남자애들이 진을 치고 있을 것 같았다. 다시 경아에게 전화를 걸었다. 경아는 전화를 받지 않았다. 어쩔 수 없었다. 아빠와 엄마가 없다는 것이 서럽고 분했다. 선생님에게 전화를 걸었다. 선생님이 달려왔다.

"죄송해요. 선생님. 부를 사람이 선생님밖에 없었어요."

"괜찮아. 그런데 별일은 없었지?"

아녜스는 클럽에서부터의 일을 이야기했다. 선생님이 한숨을 쉬면서 말했다.

"잘했어. 그런 새끼들 조심해야 해."

남자애가 계속해서 연락을 해 왔다. 아녜스는 아버지가 없다는 것이 편했다. 아버지가 있었으면 통화를 감추느라 숨어서 전화를 받아야 할 상황이었다. 혼자라는 건 사람을 약하게 만들다가도 극단적으로 강하게 만들었다. 아녜스는 남자애에게 자꾸 귀찮게 하면 신고를 하겠다고 말했다.

남자애가 헬스클럽 앞에서 진을 치고 기다렸다. 아녜스는 스쿠

터를 타고 도망쳤고 남자애는 택시를 타고 쫓아왔다. 계속 달리면
집 위치를 노출시킬 것 같아 아녜스는 스쿠터를 세웠다. 남자애가
뛰어왔다. 입에서 술 냄새가 났다.

"왜 이래 정말. 너! 학교에 신고할 거야!"

"학교? 그래 보시지?"

남자애는 아녜스를 비웃었다. 그는 자지 않아도 되니까 술을 함
께 마시자고 말했다. 아녜스는 커피를 마시자고 했다. 둘은 커피숍
으로 들어갔다. 남자애가 말했다.

"미안해. 그런데 자꾸만 네 생각이 나. 아무것도 못하겠는 거야."

"뭘 해야 하는데?"

"공부도 해야 하고, 자격증 학원도 다녀야 하고……."

"그런 거 안 한다고 했잖아."

"모르겠어. 그냥 해야 한다니까, 다들."

남자애는 자꾸만 손을 뻗어 아녜스의 몸을 잡으려 했다. 아녜스
가 말했다.

"너희 엄마 아빠도 네가 이러는 거 알까?"

이 말을 한 순간 아녜스는 마음에서 탁 소리를 내며 무엇인가 부
러지는 충격을 받았다. 왜 나는 이런 상황에서 유치하게도 엄마 아
빠를 이야기한 걸까. 아녜스는 휴지를 꺼내 얼굴을 닦고는 남자애
를 바라보았다. 그는 시무룩했다. 방금 전까지 막무가내로 손을 뻗
던 행동에 비하면 한없이 유순해진 상태였다. 엄마 아빠라는 말에
기가 죽은 것이었다. 아녜스는 남자아이가 부러웠다. 술을 마시고
싶었다. 하지만 술을 마시자고 말한다는 건 자기를 함부로 해도 좋

다고 허락한다는 뜻임을 잘 알았다. 남자애는 술 자리를 빨리 끝내고 모텔로 끌고 가려 할 것이었다. 그는 말이 없었다. 아녜스가 물었다.

"부모님은 뭐하셔?"

"아빠 그냥 회사 다녀. 엄마는 집에 있고."

"동생이나 형은?"

"없어. 나 혼자야."

남자애가 머리를 뒤흔들었다. 집에 사연이 많은 아이인 것 같았다. 남자애는 휴대전화만 매만지면서 말을 하지 못했다. 아녜스는 커피를 마시면서 부모님이 있다는 것은 그런 것이라고 생각했다. 그냥 그렇고 그런, 평범한 집에서 살면서, 남자애는 부모님 모르게 몸이 원하는 걸 채워 보고 싶었던 것일 뿐이었다. 아녜스는 조용히 말했다.

"싫다고 했잖아. 마음이 바뀌었다고……. 자꾸 그러면 너희 집에 연락하겠어. 학교보다 집이 더 무서운 거지, 넌?"

"유치하게……."

남자애가 말하면서 일어섰다. 아녜스는 그에게서 튼튼한 벽을 느꼈다. 그 아이의 마음속 집은 아주 견고했다. 청바지에 운동화를 신은 차림새가 역겨웠다. 다음부터 자기를 만나고 싶으면 정장에 구두를 신고 나오라고 이죽거려 주고 싶었다. 풀이 죽은 남자애에게서 느껴지는 건 비열함이었다. 아녜스는 속으로 말했다. 네 부모님은 네게 그렇게 관심이 많은 거구나. 더러운 놈.

커피숍에서 나왔다. 아녜스는 맥주를 마시고 싶었다. 선생님에게 전화를 걸었다.

외로움이 거짓말을 지어냈다.

"선생님, 그 애들이 자꾸만 괴롭히려고 해요."

"뭐야? 그때 그 녀석들이야?"

선생님이 버럭 소리를 질렀다. 아녜스는 선생님이 더 크게 소리 질러 주기를 바랐다.

"선생님, 나더러 밤길 조심하라고 그래요, 걔들이."

"너 어디니?"

"커피숍에 피해 있어요."

"거기 그대로 있어. 꼼짝 말고."

아녜스는 선생님을 기다리기 위해 커피숍으로 다시 들어갔다. 거짓으로 했던 말이 몸을 움츠러들게 했다. 누군가 겁탈을 하겠다고 협박을 해 오는 듯한 느낌이었다. 아녜스는 선생님이 무슨 옷을 입고 올지 생각했다. 선생님은 차를 타고 금방 왔다. 운동복 차림이었다. 선생님은 용건만 해결하려고 했다.

"집에 바래다줄게."

"집 앞에도 있으면 어떡해요."

"그래. 일단 여기 좀 앉자."

"고마워요 선생님."

아녜스는 맥주를 마시고 싶었다. 남자애의 어깨를 맥없이 늘어뜨리게 했던 말, 엄마 아빠. 아녜스는 믿을 만한 어른이 어디론가 업어 가 주길 바랐다. 그리고 영원히 함께 길을 걷고 싶었다. 선생님과 마주앉자 할 말이 없었다. 아녜스는 선생님에게 거실에 있는 태항아리를 보여 주겠다고 했다. 선생님이 흥미를 보였다.

"태항아리?"

"옛날 왕실에서 쓰던 거예요. 아이 낳으면 산모한테서 태반이 나오는데, 요즘엔 병원에서 버리지만, 왕족들은 그것까지 장례 지내 줬대요. 아빠가 그런 거 복원했거든요."

"신기하네. 발굴한 거야?"

"아뇨. 복원한 거예요. 도자기로."

선생님이 일어나자고 했다.

아녜스는 맥주를 마시고 싶다고 말했다.

선생님은 아파트 상가에서 캔 맥주를 사자고 했다.

아녜스는 현관에 들어서면서 아빠 신발 곁에 선생님 신발을 놓았다. 선생님은 거실로 들어갔다. 선생님이 아빠 신발을 보고 놀라지 않는 것이 서운했다. 선생님은 거실에서 태항아리를 관심 있게 들여다보더니 구경이 끝나자 돌아가겠다고 말했다. 맥주 사 온 것을 잊어버린 것 같았다. 아녜스는 서운하면서도 선생님이 믿음직스러웠다. 그녀는 선생님이 돌아간 다음 캔 맥주를 하나 마셨다. 맥주를 마시자 자꾸만 선생님을 부르고 싶었다. 그녀는 신발장에서 구둣솔을 꺼내 아빠 신발에서 먼지를 털었다.

그날 이후 아녜스는 술이 마시고 싶어지면 선생님에게 전화를 걸었다. 선생님은 통화가 연결될 때마다 흔쾌히 달려와 주었다. 만날 수 없다고 말했던 날이 거의 없었다. 그들은 집 가까운 맥줏집에서 만났다. 술을 마신 다음 선생님은 대리운전 기사를 불러 차를 타고 돌아갔다.

방학이 너무 짧았다. 쉬엄쉬엄 개학이 다가왔다. 대학교처럼 방학이 길면 좋을 텐데. 아녜스는 개학이 다가오는 것이 싫었다. 방학이 끝나면 선생님과 맥주를 마실 수 없을 것이었다. 다시는 선생님과 맥주를 마실 수 없을 것 같다는 생각이 들었을 때, 그녀는 선생님 앞에서 취했다. 선생님은 다정히 어깨동무를 해 주었다. 그리고 집으로 바래다줬다. 아녜스는 그 길로 영원히 선생님과 함께 걸어가고 싶었다. 선생님은 아파트 상가에서 캔 맥주를 샀다.

선생님은 취하고 싶다면서 맥주를 꺼냈다. 아녜스는 식탁에 마주 앉아 선생님 캔을 따 주었다. 딸깍. 마음이 젖혀지는 소리가 들렸다. 소파에 놓아둔 쿠션이 눈에 들어왔다. 두 개였다. 바늘로 한 땀 한 땀 떠서 붙여 만든 것이었다. 쿠션을 가져와 선생님 등 뒤에 넣어 주었다. 그리고 자신은 쿠션을 품고 앉아 고개를 숙였다. 식탁 유리가 볼에 닿았다. 서늘한 것이 기분 좋았다. 아녜스는 눈을 끔벅거리며 선생님 얼굴을 올려다보았다. 선생님이 민망하다는 듯이 손가락을 뻗어 아녜스 이마를 콕콕 찍었다. 두 사람은 거실 바닥에 누웠다.

아침이 왔다. 아녜스는 선생님이 일어날 때까지 눈을 뜨고 기다렸다. 이제 영원히 함께 갈 수 있게 됐다는 생각이었다. 선생님이 아녜스를 포옥 껴안았다. 아녜스가 선생님 목을 간질였다. 선생님이 말했다.

"이건 우리만 아는 비밀이다."

아녜스는 선생님 가슴에 이마를 부볐다. "괜한 걱정 안 하셔도 돼요." 아녜스는 가볍게 권투 선수 흉내를 내며 훅을 때렸다. 선생님은 아녜스의 엉덩이를 꼬집었다. 그리고 이어서 말했다.

"내가 처음은 아니지?"

갑자기 가슴이 꽉 막혔다. 눈물이 쏟아졌다. 이게 뭐야……. 아녜스는 터질 듯한 울음을 겨우겨우 입속으로 우겨 넣었다. 계속 그렇게 말하면 칼로 찌를 수도 있겠다고 생각했다. 내가 처음은 아니지? ……그게 무슨 뜻이란 말인가.

선생님이 보고 싶었다. 선생님은 부를 때마다 모든 일 젖혀 두고 상상했던 것보다 빠르게 달려왔다.

선생님은 아녜스 쪽에서 부르기 전엔 연락이 없었다.

선생님은 사랑한다고 말해 주지 않았다. 첫 경험이 언제였는지를 계속해서 물었다.

어쩌면 그럴 수 있을까. 당신이…….

아녜스는 손톱으로 선생님 가슴을 쓰다듬었다. 밉고 원망스럽고 그러나 사랑스러웠다. 개학이 내일모레였다. 아녜스는 손톱을 살결 깊이 넣었다. 선생님은 자기 감각에 열중했다. 모르는 것 같았다. 아녜스는 선생님 가슴을 움켜쥐었다. 손톱 밑에 살이 끼이는 느낌이 좋았다. 당신이 멈추면 나도 여기에서 멈추겠어, 속으로 말했다. 그런데 난 선생님이 멈추면 멈출 수 있을까. 아녜스는 격렬하게 가슴을 긁었다.

선생님은 샤워를 하면서, 그제야 상처를 발견한 것 같았다. 그가 맨 몸으로 다가와서 가슴을 내밀었을 때 아녜스는 상처의 붉음에 감탄했다. 자기가 선물한 것이어서 예뻐 보였다. 선생님이 말했다.

"아녜스, 너……."

아녜스는 골려 주고 싶었다.

"왜? 들키면 곤란할 부인이라도 계셔?"

"인마……. 그래도."

"나한테도 하나 만들어 줘. 난 그런 거 가지고 싶더라."

"외출할까?"

선생님이 옷을 입으며 말했다.

아녜스는 어른 티가 많이 나는 옷을 입었다.

선생님은 어디로 간다는 말 없이 차를 운전했다. 그가 차를 세운 곳은 애완동물 점포 거리였다. 선생님은 이리저리 구경하듯 걷다가 한 가게로 들어갔다. 아녜스는 진열창에 있는 귀여운 고양이를 마음속으로 골랐다. 선생님에게 물었다.

"고양이 좋아해요?"

선생님은 손가락으로 자기 가슴을 툭툭 쳤다. 아녜스는 그 제스처의 의미를 이해하기 힘들었다. 선생님은 값을 치르고 아녜스가 점찍은 고양이를 샀다. 선생님은 캐리어에 고양이를 넣으면서 말했다.

"당분간 이 녀석 신세 좀 져야겠다."

"어떻게요?"

"이걸로 긁으면 이렇게 될걸? 손톱 발톱 좀 봐."

아녜스는 다리에서 힘이 풀렸다. 자기에게 선물하려는 줄 알았는데. 선생님이 손가락으로 가슴을 툭툭 쳤던 건 셔츠 속 상처를 가리키려는 의도였음을 아녜스는 뒤늦게 깨달았다. 그는 고양이 발톱에 긁혔다는 핑계를 대서 상처를 위장해야 하는 누군가가 있는 것이었다. 혹시 동거하는 여자가 있을까? 아녜스는 선생님이 의심스러웠다. 사랑의 표시였던 상처를. 만약 그로부터 고양이를 선물받았더라면 아녜스는 아마도 가을이 시작되기 전에 목을 졸라 죽였을 것이다.

부르지 않으면 오지 않았다.

내연의 동거녀가 있건 말건 아녜스는 선생님을 이제 부르지 않으려 했다. 잊으려면 충분히 쉽게 잊을 수 있었다. 그런데 언니에게서 김일면 선생님이 어떤 사람이냐고 묻는 전화가 자주 왔다. 아녜스는 지저분한 사람이라고 대답해 주고 싶었다. 하지만…… 방법이 없었다. 어떤 식으로 지저분한지 말해야 할 것을 생각하자 가슴이 시큰거렸다. 아녜스는 언니 때문에 선생님을 다시 불렀다.

선생님은 언니 이야기를 못하게 하면서 옷을 벗겼다. 문득 선생님이 의심스러웠다. 선생님 혹시 언니를 만나는 걸까? 그러나 물을 수 없었다. 확인된다면…. 아녜스는 기도했다. 성모님. 제발 언니를 보살펴 달라고 주님께 기도해 주세요. 아녜스는 마음속의 기도를 상기하면서 선생님에게 말했다. "선생님, 언니한테 너무 잘해 주면 나중에 우리 위험해요. 나, 언니 무섭거든. 제발 적당히만 친절하게 대해 줘요. 알았죠, 선생님."

어느새 선생님은 부르지 않아도 아파트로 왔다. 자기 마음대로였다. 문을 안 열어 줬으면 됐을 텐데 초인종 소리는 아네스로 하여금 최대한 빠른 속도로 걸쇠를 풀게 만들었다. 아네스는 누군가를 거절하는 것보다 베란다 밖으로 걷는 게 더 쉬울 거라 생각했다.

신체검사 날이었다. 경아가 실내화를 빌려 달라고 했다. 아네스는 체육복으로 갈아입으려고 벗어 둔 실내화를 가리켰다. 경아가 화장실 물기를 신발에 묻혀 왔을 때 아네스는 선생님의 축축한 손길이 떠올라 견딜 수 없었다. 그래서 경아를 한 번만 때리려고 했다. 모든 게 경아와 실습을 같이 했던 날 시작되었다. 아네스는 경아 멱살을 잡았다. 경아 입에서 "왜 이래?" 하는 소리가 나왔다. 왜냐고? 아네스는 속으로 고함을 질렀다. 경아를 쓰러뜨렸다. 경아 이마 곁에 의자가 있었다. 아네스는 다시 속으로 왜냐고? 하고 외쳤다. 의자를 잡았다. 손에 저절로 힘이 들어갔다. 한참을 때리고 있을 때 민우 선생님이 손목을 잡고서 말했다.

"이제 그만해. 그 정도 했으면 됐어."

아네스는 울음이 터질 것 같아 의자를 아무 데에나 던졌다. 그 뒤 민우 선생님의 말이 자꾸만 떠올랐다. 모든 걸 알고 있는 듯하다고 여기게 했던, 그래서, 마음이 푹푹 주저않게 만들던 처음의 몇 마디.

아네스가 거실 진열장 앞에서 태항아리에 대해 설명했다. 세키는 항아리 표면을 쓰다듬었다. 그는 진열장이 장독대 같다고 여겼다. 독을 들어낸 장독대에 독이 놓였던 흔적이 남았듯이 진열장 한 곳에는 받침 자국이 선명한 빈자리가 있었다. 최근에 들어낸 자리일 것이다. 아네스가 경비실에 전화를 걸었다. 그 애는 세키의 차종을 말하면서 당분간 함께 지낼 손님 차니까 문제 생기면 연락을 달라고 말했다.

5

기다리던 공판 날이 되었다. 세키와 아네스는 법원으로 갔다. 둘은 게시판에서 공판 일정을 확인한 후 호실을 찾아 들어갔다.

법정은 영화에서 보던 것처럼 세련된 공간이 아니었다. 변호사도 없었다. 검사도 없고 증인도 없었다. 부산스럽고 초라하기 그지없었다. 관람자는 아네스와 세키 두 사람이 전부였다.

진행자가 아네스와 세키를 보며 판사가 들어올 테니 의자에서 일어나라고 했다. 둘은 미적거리며 몸을 세웠다. 병풍 같은 벽 뒤에서 판사가 서류철을 들고 나왔다. 판사가 앉자 진행자가 "착석하십시오."라고 외쳤다. 세키와 아네스는 자리에 앉았다.

관람석 첫 줄에 불구속으로 기소되었다가 판결을 들으러 온 피고인이 다섯 명 있었다. 진행자가 사건 번호를 불렀다. 해당 피고인이 판사와 마주 볼 수 있는 자리로 가서 섰다. 판사는 판결문을 낭독했다. 미리 작성해 온 것이었다. 세키는 판사의 말을 통해 남자의 죄를 알았다. 남자는 유해 물질이 들어 있는 폐수를 하수구에 그대로 부었다. 판사가 피고인에게 다음과 같이 물었다. 피고인은 제1차 00월 00일 00시, 제2차 00월 00일 00시, 제3차 00월 00일 00시에 특정 유해 물질이 들어 있는 폐수를 정화 처리 하지 않고 하수구로 흘려보냈는데 맞습니까?

피고인이 대답했다. 목소리가 크고 우렁찼다.

"예, 맞습니다!"

판사의 질문과 피고인의 대답이 계속되었다.

"그 물질이 섞인 오수를 정화 없이 하수구에 부으면 죄가 성립된다는 사실을 알았죠?"

"예."

"그 물질이 인체와 자연환경에 유해한 영향을 미친다는 사실도 알았죠?"

"예."

세키에게는 그 남자가 바보처럼 보였다. 몰랐다고 하면 정상참작 혜택이 주어질 텐데. 무지가 사람을 노예로 만들고 있었다. 그 남자는 주인 앞에서 굽실거리는 머슴처럼 판사를 향해 고개와 허리를 숙였다. 잠시 후 세키는 아주 큰 냄비로 머리를 맞은 기분이 되어 정신이 멍멍했다. 판사가 말했다.

"이번이 처음이 아니죠?"

남자가 대답했다.

"예."

세키는 팔짱을 끼고 판사와 피고인을 바라보았다. 세상은 호락호

락한 곳이 아니었다. 남자가 불결해 보였다. 걸려서 처벌을 받아 놓고도 같은 짓을 반복했다니 믿기지 않았다. 남자는 그래서 대답을 그렇게 크게 했던 것이었다. 판사는 벌금 5000만 원 형을 언도했다.

민우도 벌금형을 받게 될까. 벌금형을 받으면 돈을 어디에서 만들까. 아녜스한테서 사고 처리비 일부를 꾼 것도 낮이 서지 않아 힘들었는데……. 이제 민우 차례였다. 세키는 아녜스의 손을 잡고 민우가 나타나길 기다렸다.

민우가 인도인과 함께 나타났다. 갈색 미결수복 차림이었다. 세키는 아녜스를 바라보았다. 아녜스의 눈에서는 반가움과 당혹스러움이 함께 배어 나왔다. 아녜스가 세키와 잡고 있던 손을 눈가로 가져가 눈물을 닦았다.

판사가 말했다.

"피고인 성명 강민우. 맞습니까?"

민우는 대답하지 않았다. 판사가 돋보기안경을 코언저리에 걸친 채 눈을 치켜뜨면서 민우를 내려다보았다. 민우는 묵묵부답이었다. 판사가 다시 물었다.

"맞습니까?"

침묵이 길게 이어졌다. 아녜스가 소리쳤다.

"저기요. 우리 선생님이 당분간 말을 못해서요……."

아녜스의 목소리는 명랑했다. 세키는 아녜스의 돌출 행동에 어안이 벙벙해서 정면을 가만히 바라보았다. 아녜스의 목소리가 민우의 몸을 돌려세웠다. 판사와 마주 보고 섰던 그가 관람석 쪽으로 몸을 돌린 후 얼굴을 들었다. 세키는 웃고 싶었는데 표정을 지을 수 없었다. 간단히 손을 들어 인사했다. 민우가 다시 판사를 향해 몸을 돌렸다. 세키는 얼굴이 유난히 뻑뻑했다. 판사가 말했다.

"예. 본 판사도 아는 사항입니다. 피고인 강민우 씨. 앞으로 맞으면 맞다고 고개를 크게 끄떡이시기 바랍니다. 이제 본 질문에 들어가겠습니다. 피고인의 진술에 나와 있는 대로 단독 범행이 맞지요?"

민우는 고개를 끄덕였다. 말을 못하게 되니까 대답이 쉬웠다. 민우는 판사가 물을 때마다 고개를 끄떡거렸다.

"진술 내용 외에 더 얘기하거나 밝혀야 할 사실관계는 없는 거 맞죠?"

끄덕.

"본 재판 이후에 민사상의 책임이 따른다는 것 알고 계시죠?"

끄덕.

"앞으로 또 그런 대책 없는 범행은 하지 않겠다고 약속할 수 있겠습니까?"

끄덕.

"좋습니다. 판결을 내리겠습니다."

민우는 고개를 숙이고 한숨을 쉬었다.

"피고인 성명 강민우. 고속도로에서 돌을 던져 25중 추돌사고의 원인을 제공한 범죄. 이 사건에 대하여 본 재판부는 피고인 강민우의 진술에 의거하여 그가 불우한 가정환경에도 불구하고 양심적으로 살려고 애써 왔으며 지금까지 유사 범행을 발생시킨 적이 없다는 점, 공모자 없는 단독 범행이라는 점, 고속도로에서 돌을 던진 행위에는 고의성이 있다고 할 수 있겠으나 그것이 특정한 대상을 목적으로 한 계획범죄가 아니라는 점, 범행 결과 사망자나 극심한 중상자가 발생하지 아니하였다는 점에서 정상의 참작이 가능하고, 자신이 우발적 행동을 취함으로써 실어라는 예상치 못했던 치명적 장애를 습득하게 되었으므로 그 고의성의 취지가 미흡하다고 판단하였고, 이와 같은 가치관의 훼손에 의한 우발적 사고에는 국가와 사회의 책임이 일부분 있다고 인정되며 피고인 본인이 다시는 그런 우발적 범죄를 하지 않겠다고 재판정에서 엄숙히 약속하였으므로 형법 제185조에서 191조, 교통방해의 죄에 관한 규정에 의거 징역 6개월에 형 집행유예 1년을 선고하는 바입니다. 다음 사건! 크흠."

판사는 목을 풀고는 서류를 넘겼다. 민우는 인도인을 따라 다시 처음에 나왔던 곳으로 들어가 사라졌다. 아녜스와 세키는 복도로 나왔다. 아녜스가 물었다.

"아저씨. 그러니까 나온다는 거야, 어쩐다는 거야?"

세키가 휴대전화를 꺼내 대답했다.

—판사님한테 묻지 그러니? 아까 너 용감하던데.

"장난치지 말고, 빨리."

—집행유예니까 나온다는 얘기지.

"다행이다. 내가 파티해 줄게. 근데. 아저씨. 선생님네 집 가난했어?"

—무슨 말이니 그게?

"판사가 그랬잖아. 불우한 가정환경을 딛고, 뭐라 그랬더라. 아무튼 꼭 자수성가한 사람 칭찬할 때 쓰는 그런 말을 하는 것 같던데?"

세키와 아녜스는 구치소 앞으로 마중을 나갔다. 민우는 학교에 출근할 때 입고 나갔던 옷을 그대로 입고 나왔다. 그는 나오자마자 아녜스를 끌어안았다. 세키는 고개를 돌렸다. 만감이 교차했다. 한 번만이라도 그렇게 안아 보고 싶었던 몸이었다. 아녜스가 울었다. 세키는 민우가 얌체 같아 보였다.

세키는 운전석으로 가서 시동을 걸었다. 민우는 어디로 앉을까 하다가 뒷자리에 앉고는 문을 거칠게 닫았다. 아녜스가 뒷문 고리를 잡은 채 망설였다. 민우가 고개를 돌렸다. 함께 앉기 싫다는 뜻인 것 같았다. 아녜스는 조수석 문을 열고 들어와 앉았다. 묘한 자리 배치였다. 아녜스는 시선을 앞쪽에 고정한 채 뒷자리의 민우를 향해 조심스럽게 물었다.

"선생님, 진짜 말 못해요?"

"......"

민우는 말이 없었다.

세키가 아파트 주차장에 차를 댔다. 민우는 특별한 반응을 보이지 않았다. 아녜스가 말했다.

"세키 아저씨가 선생님 풀려나면 그때 직접 얘기하라고 그랬어요. 우리 함께 살아요."

이번에도 민우는 반응을 보이지 않았다. 이미 알고 있었다는 듯이 복도로 들어가 엘리베이터 버튼을 눌렀다. 세키는 그때까지 동거 사실은 물론 아녜스를 만났다는 얘기도 하지 않은 상태였다. 법정에서의 마주침이 처음이었다.

세키는 안방으로 들어가 컴퓨터 앞에 민우를 앉히고는 모니터에 글자를 띄웠다.

— 아녜스하고 나하고 섹스하는 관계 아니다. 어쩌다 보니 이렇게 됐어.

민우는 세키의 머리를 치더니 컴퓨터 앞에서 물러났다.

민우는 대화를 피하려고 했다. 안방 샤워실에서 몸을 오래 씻고 나왔다. 그의 얼굴은 여전히 딱딱했다. 아녜스는 두부를 차렸다고 말하면서 식탁으로 민우와 세키를 불렀다.

아녜스는 매일 영화를 빌려 왔다. 영화를 보면서 말을 시켜서 민우 혀를 풀어 주려고 하는 것이었다. 세키는 그것이 귀여웠다. 세키는 생각했다. 아녜스, 그럴 게 아니라, 너하고 한 번 자면 말이 돌아올걸? 그런 것이 진정한 야설이었다. 세키가 쓴 야설에서는 섹스가 모든 걸 치료했다. 메시지가 정해져 있어서 그런지 스토리 만들기는 아주 쉬웠다. 체위 묘사로 원고를 채우고 상상 가능한 체위가 바닥나면 새로운, 뉴 페니스를 내세우면 되는 것이었다. 스토리 전략은 주로 누가 더 잘하는가 비교하는 경쟁주의 이데올로기에서 나왔다. 뭐든 경쟁만 시켜 놓으면 저절로 굴러갔다. 누가 더 상대 성기를 잘 찢는지, 누가 더 더티한지, 누가 더 아이스크림 트럭 냉동고 안에서 오래 발기한 채로 서 있을 수 있는지⋯⋯. 왜라는 것은 필요 없었다. 그냥 무작정 달려가면 되는 것이었다.

간혹 아녜스는 레지나의 전화를 받았다. 그런 날에 아녜스는 시무룩해져서 밥을 굶었다. 그러면서 시간이 흘렀다.

어느 날이었다. 아녜스가 세키와 민우를 호출했다. 아녜스는 열아홉 살이 됐음을 자랑하기 위해 두 사람을 서른 살이라는 나이로 불렀다.

"이봐요. 두 서른 살, 집합!"

민우와 세키는 거실 소파로 나가 앉았다. 아녜스가 들뜬 목소리로 말했다.

"언니한테서 전화 왔어요. 함께 면회 와도 좋대. 진짜 좋은 일이지?"

세키와 민우는 아녜스 얼굴에서 눈을 떼지 않았다. 세키의 표정에는 변화가 없었다. 민우는 어이없다는 표정이었다. 민우가 방으로 다시 들어가려 했다. 아녜스가 그의 걸음을 막았다.

"선생님. 언니가 퇴원할지도 모른단 말야. 집을 빌렸으면 빌렸다고 말을 해야지. 안 그래?"

세키가 아녜스에게 휴대전화 액정을 보였다.

—꼭 그래야 되겠니?

아녜스가 고개를 끄덕였다. 세키는 브로치에 찔렸던 자리를 어루만졌다. 민우가 길을 비키라는 뜻으로 아녜스의 어깨를 잡고 밀었다. 그는 방으로 들어가 문을 닫았다. 아녜스가 닫힌 문에 대고 물었다.

"선생님. 왜 싫어?"

방에서는 큼큼거리는 헛기침 소리만 들려 왔다. 세키는 방으로 들어갔다. 방 안에서 둘은 필담을 나눴다. 이제 떠나야 한다. 마지막 말은 이것이었다. 그래, 떠나자. 갈 곳은 아직 없었지만 레지나가 돌아오기 전에 떠나야 한다는 것만은 분명했다. 아녜스와 함께 면회를 가야 할 필요는 없었다. 거실에서 아녜스가 소리쳤다.

"언니가 오라고 했단 말야. 보고 싶다고들."

잠시 후 민우는 PC방에 간다는 말을 남기고 아파트에서 나갔다.

아녜스는 함께 가지 않는다면 자기도 가지 않겠다고 으름장을 놓았다. 일주일 후 세 사람은 요양원으로 향했다. 아녜스는 이틀 동안 도시락을 준비했다. 언니가 초밥과 생강 초절임을 좋아한다고 했다. 민우는 운전만 해 주겠다고 했다. 세키는 아무 말도 하지 않았다. 먼발치에서 마지막으로 레지나를 보고 싶었다. 아녜스는 어떻게든 함께 출발하면 되는 거라고 기뻐했다. 요양원은 세키와 민우가 여름 여행을 갔던 탄광 마을 길목에 있었다.

요양원 입구 비석 앞에서 민우가 속도를 줄였다. 비석에 이런 글귀가 새겨져 있었다. '이곳에 오는 모든 이들에게 평화를.' 민우는 비석을 쳐다본 다음 요양원 들어가는 경사로로 차를 운전했다. 아녜스가 말했다.

"안쪽으로 계속 가요. 조금 더 들어가야 돼요."

경사로가 구불구불했다. 내정(內庭) 입구에서부터는 길가에 군데군데 눈 더미가 있었다. 비질 자국이 정갈했다. 세키는 외투 호주머니에 손을 넣었다. 레지나에게 줄 선물이 손에 들어왔다. 철점으로 숫자가 표시된 시각 장애인용 화이트 큐브였다. 장애인 복지 센터에서 시계와 함께 주문하던 때가 떠올랐다. 레지나가 시계를 받으면 그다음 순서로 그것을 내밀려 했다. 요양원에서 레지나를 본 다음 아녜스를 통해 전해 주면 좋을 것 같았다.

민우가 방문객 휴게실로 세키와 아녜스를 따라 들어갔다. 운전만

해 주겠다더니 마음을 바꾼 모양이었다. 세 사람은 원탁에 앉아 레지나를 기다렸다. 도우미 선생님과 레지나가 방문객 휴게실로 들어왔다. 아녜스가 반갑게 인사했다.

"언니⋯⋯."

"어, 아녜스."

"컨디션 좋아 보이네. 불러 줘서 고마워."

"아냐, 내가 고맙지."

자매는 손을 마주 잡고 이야기했다. 레지나는 아녜스에게 아파트 경비 아저씨가 자기를 찾지 않더냐고 물었다. 아녜스는 그런 적 없다고 대답했다. 세키는 레지나를 보면서 생각했다. 경비와 친하게 지냈구나. 앞이 안 보이니까 친하게 지내면 좋겠지. 저절로 친해졌겠지. 혼자 산책할 때 경비 도움을 받았겠지. 레지나는 아녜스에게 이웃집 소식도 물었다. 아녜스는 별일 없이 원래 살던 사람들이 산다고 대답했다. 아녜스가 도시락을 풀었다. 레지나가 말했다.

"근데, 아녜스. 정칠기 씨랑 강 선생님이랑 같이 온다더니, 두 분이랑 함께 온 거 맞아?"

"왜, 언니?"

"너무 말들이 없으시잖아. 칠기 씨는 그렇다 쳐도."

아녜스가 세키와 민우를 보았다. 민우는 아녜스에게 사실을 말해도 좋다는 눈빛을 보냈다. 세키는 레지나를 바라보았다. 레지나가 칠기 씨라고 친근하게 말하는 게 좋았다. 앞으로 삶은 어떻게 될까. 세키라는 이름은 야설을 쓰기 시작하면서 스스로 지은 필명이었다. 인생에서 소중한 요목을 일곱 개의 키워드로 축약하면 괜찮겠다 싶었다. 사랑, 우정, 맹세 따위. 순수, 우연. 또 무엇이 소중할까. 아름다운 거절도 소중하다. 아녜스가 레지나에게 웃으면서 말했다.

"언니. 이 아저씨는 꿈에서만 말을 하고, 우리 선생님은 이를 몽땅 뽑아서 말을 할 수가 없어 지금. 치과 치료 끝나기 전까지는 언어장애자야."

"응? 정말? 어. 거기 계시네? 아니, 강민우 선생님. 어쩌다가 그러셨어요?"

민우가 엉겁결에 입을 뗐다.

"어어엉어."

세키는 기적이 일어나는 줄 알았다. 그러나 민우의 말문이 트인 것은 아니었다. 민우는 심하게 얼굴을 일그러뜨렸다. 민우는 말이 안 되는 입소리를 집어넣고 레지나에게 다가가 손을 잡았다. 레지나가 손바닥을 폈다. 민우는 그 위에 손가락으로 글씨를 썼다. 세키는 민우가 적는 글자를 바라보았다.

─사고가 약간 있었어.

레지나가 웃으면서 물었다.

"어떤 사고?"

민우는 그녀의 손을 꼭 쥐었다. 레지나가 대답을 재촉했다. 민우가 손바닥에 썼다.

─말할 정도로 대단한 건 아냐.

세키는 질투가 났다. 도우미 선생님이 말했다.

"전 돌아가 있을게요. 필요한 거 있으면 콜하세요."

아녜스가 그녀에게서 호출기를 받았다. 민우는 레지나의 손을 놓았다.

레지나는 초밥을 반가워했다. 아녜스는 도시락 통에서 초밥을 하나씩 꺼내 앞접시 위에 놓아 주었다. 레지나는 밥을 먹으면서 요양원에서 지내는 일과를 얘기했다. 그리고 아녜스에게 생일을 챙겨 주지 못해 미안하다고 말했다. 아녜스가 이름을 딴 성녀 아녜스의 축일은 1월이었다. 세키는 1월에 아녜스의 생일이 있었다는 것을 뒤늦게 알고 미안했다. 레지나가 밥을 다 먹어 간다 싶었을 때였다. 아녜스가 물었다.

"언니, 요즘 기도 제목은 뭐야?"

기도라는 말이 레지나의 감정을 건드린 것 같았다. 레지나가 먹기를 멈추었다. 레지나는 입안에 든 것을 씹으면서 초밥을 손으로 뭉갰다. 아녜스가 울먹거리며 말했다.

"언니, 왜……."

레지나의 목소리가 날아올랐다.

"너 지금 기도라고 했니? 네가 어떻게 그럴 수 있어? 네가 지금 날 얼마나 비참하게 만드는 줄 알아? 넌 강민우가 네 옆에 있다 이거지? 그래서 자랑하러 온 거야? 남자한테 차이고 요양원에 와 있는 나 놀려먹으려고? 죽고 싶어? 내가 죽어야겠어? 비참하게 자살을 하면 시원하겠냐고! 이것들 다 뭐야! 야, 네가 정수기 물을 그렇게 하더니 이젠 날 죽이려고?"

그것이 레지나의 발작이었다. 아녜스는 그것을 가벼운 수준의 히스테리라고 말한 적이 있었다. 세키는 레지나를 바라보았다. 레지나가 금방이라도 공격할 듯한 자세로 포크를 잡고 일어났다. 민우가 벌떡 자리에서 일어났다. 민우는 레지나의 손목을 잡고 포크를 빼앗았다. 그는 노련했다. 세키는 민우가 과거에 아버지를 제압하던 장면을 떠올렸다. 아버지가 정신을 잃었을 때마다 민우는 발을 걸고 아버지를 넘어뜨려 발작이 멈출 때까지 유도 선수처럼 아버지를 내리눌렀다. 말은 필요 없었다. 민우는 이해할 수 없을 만큼 극단적으로 행동했다. 평소 아버지가 때릴 때는 묵묵히 매를 맞았다. 그런데 어느 날은 정반대로 아버지를 넘어뜨려서 꼼짝 못 하게 했다. 맞을 것이냐, 넘어뜨릴 것이냐, 그것은 어린 민우가 아버지 눈빛을 보면서 판단했다. 세키는 레지나의 눈빛이 어떤 의미인지 파악하기 힘들었다. 아녜스는 도우미 선생님이 필요하면 부르라고 주고 간 호출기를 손에 꼭 쥐었다. 민우가 레지나의 팔목을 잡고 의자에 앉히려 했다. 레지나가 민우를 향해 말했다.

"이거 놔, 개새끼!"

민우가 손을 놓았다. 레지나는 지팡이로 앞길을 거세게 더듬었다. 세키와 아녜스가 뒤로 주춤 물러났다. 아녜스는 호출기로 도우미 선생님을 불렀다. 레지나가 돌아보며 소리쳤다.

"너희들, 내 방 들어갔지? 아녜스, 네가 문을 부순 거 아냐? 너희들 내 방에서 같이 자는 거 아니냐고!"

도우미 선생님이 뛰어와 레지나를 부축하고 입원실로 갔다. 세키는 표정을 짓지 못한다는 것이 다행스러웠다. 레지나가 '너, 내 브로치 잘 가지고 있어?' 할 것 같아 당황스러웠다. 표정이 갑자기 변한다면 아녜스가, 민우가 왜 그러느냐고 물을 것이었다. 그날 강당

에서 겁탈했더라면 그녀에게 죽임을 당했을 수도 있었을 거라 세키
는 생각했다. 레지나에게서 아주 난폭한 힘이 느껴졌다.

도우미 선생님이 휴게실로 와서 진정이 되었다는 것을 알려 주었
다. 그녀가 말했다.

"요즘 좀 들쭉날쭉해요. 벌써 봄이 오는 걸 걱정하나 봐. 계절이
바뀌면 여기 입원해 있는 자매님들 모두 심란해해요. 레지나는 약
을 잘 먹는 편이니까 금방 괜찮아질 거예요."

아녜스는 레지나가 퇴원할 때 입을 겨울옷 한 벌, 봄옷 한 벌과
신발 두 켤레, 그리고 브래지어, 화장품 등을 탁자 위에 올렸다. 레
지나가 겨울이 끝나기 전에 퇴원을 하면 겨울옷을 입을 것이고 계
절이 바뀌면 봄옷을 입고 퇴원할 것이었다. 세키는 큐브를 내려놓
았다. 민우는 가방에서 책을 꺼냈다. 도우미 선생님이 말했다.

"여긴 선물이 되는 게 있고 안 되는 게 있는데……. 강 선생님,
무슨 책이죠?"

민우가 휴대전화 액정에 대답을 입력했다.

─그냥, 마음을 안정시키는 글이에요.

아녜스가 책을 당기면서 말했다.

"선생님. 무슨 내용이야? 미안하지만 내가 좀 읽어 보고 줘도 돼?"

민우는 입술을 깨물었다. 아녜스가 말했다.

"선생님은 마음대로 하고 싶을지 몰라도, 피해가 되는 건 참아
줬으면 해."

민우가 휴대전화에 말을 입력해서 내밀었다.

—그걸 네가 판단할 수 있니?

"난 언니를 가장 잘 아는 사람이야. 엄마 아빠가 안 계시니까."

—판단은 언니가 하는 거야.

"선생님도 그런 적 있다며. 선생님네 아버지도……. 그러면서 날
이해 못 해?"

민우는 세키가 말했니? 하는 눈빛으로 아네스를 보았다. 아네스
는 점자 책을 가방에 넣고 지퍼를 닫았다. 세키는 두 사람 사이에서
빠져나왔다. 민우가 운전석에 앉기 전에 선수를 치고 싶었다. 운전
이라도 해야 마음이 편할 것 같았다.

아네스가 나왔다. 민우가 천천히 걸어 나왔다. 아네스가 조수석
에 올라탔다. 민우는 뒷좌석에 올라타서 문을 거세게 닫았다. 기온
이 몹시 낮은 날이었다. 세키는 차를 출발시켰다. 민우는 집에 도착
할 때까지 창문을 내린 채로 바람을 맞았다. 아네스는 줄곧 눈을
감고 있었다.

6

세키가 자전거를 타고 나갔다 돌아왔을 때 아녜스가 민우의 옷가지들을 쓰레기봉지에 마구 구겨 넣고 있었다. 세키는 심한 모욕을 느꼈다. 아녜스가 자기를 그렇게 구겨 넣는 것처럼 여겨졌다. 세키는 말을 입력한 후 가만히 다가가 아녜스에게 휴대전화 액정을 내밀었다.

―아녜스. 너 왜 이래? 민우한테 왜 이러는 거야?

아녜스가 민우의 옷을 손에 든 채 말했다.

"선생님이 가 버렸어."

―어디로?

"몰라."

세키는 민우에게 전화를 걸었다. 신호가 길게 갔다. 민우는 전화를 받지 않았다. 세키는 문자를 보내려 했다. 그런데 할 말이 없었다. 뭐라 물어야 할 것인가. 거기 어디냐 따위의 말밖에 떠오르지 않았다. 세키는 휴대전화를 닫았다. 아녜스가 시무룩하게 말했다.

"아저씨……."

"……."

"세상은 왜 이런 걸까?"

"……."

"나더러 확 뛰어내려 버리라고 이러는 걸까?"

세키는 아녜스에게 쏘아붙이고 싶었다. 제발, 그렇게 협박하지 좀 마. 아녜스를 바라보는 세키의 눈이 흔들렸다. 아녜스가 눈길을 피해 방으로 들어가더니 잠시 후 책을 가지고 나왔다.

"이거 읽어 봐. 우린 도대체 뭘까?"

아녜스가 책을 내밀었다. 세키는 그것이 무엇인지 잘 알았다. 요양원에서 민우가 레지나에게 주고 싶어 했던 책이었다. 세키는 방으로 들어갔다.

세키는 점자 일람표를 놓고 점자 책을 첫 문장부터 천천히 번역했다. 전문 점역사를 찾아가 점역해서 만들어 달라고 했던 것인지 타이핑이 아주 정교했다. 번역을 하는 동안 세키의 눈은 붉게 충혈되었다.

새벽이었다. 점자를 번역하는 데에 많은 시간이 걸렸다. 세키는 점자를 만져 보았다. 그 속에는 그가 알지 못했던 사실 몇 가지가 들어 있었다. 그리고 아연하게 아녜스의 심기가 의심스러웠다. 그 글은 민우가 진심을 다해 레지나에게 고백하는 편지였다.

레지나. 점자로 편지를 쓴다. 너하고 헤어진 다음 당분간 말을 못하게 됐다는 사실만 우선 알리고 싶다. 고소해하지는 마. 처음엔 나도 내가 말하기가 싫어서 말이 안 나오는 것인 줄 알았다. 난 지금 세키와 네 아파트 안방에 있다. 난 매일 아침 네가 내게 줬던 네 방 열쇠를 손에 들고 망설인다. 가끔 문고리를 비틀어 보곤 하지만 자물쇠를 풀 용기는 없다. 미안하다. 난 아직 네 방을 치워 줄 용기가 없다. 아파트에 온 것은 돈 문제 때문이었는데, 자세한 얘긴 아녜스한테 듣도록 해.

나 감옥에 갔다 왔단다. 믿어지니? 넌 요양원, 난 구치소. 청소조에 배당돼서 청소를 하고, 하루 세 차례 밥을 먹고, 30분 동안 운동을 하고, 텔레비전을 보고, 그리고…… 정말 지루하더라. 그래서 수감자들은 수다를 떨었다. 난 들을 수는 있으니까 그 사람들 말을 듣기만 했어. 28번 아저씨가 버스 자동 안내 방송기처럼 나 대신 내 얘기를 해 줬다. 고속도로에서 돌을 던져 가지고 25중 추돌사고를 냈다고. 인생이 허무해서 그랬다고. 죽은 사람은 없다고. 그러고 나면 내 소개는 끝이었다. 허무와 죽음 이상의 말은 필요 없는 거야. 허무해서 던졌는데 죽은 사람이 없다. 난 내가 뭐에 화가 났는지 지금도 알 수가 없다.

한 달 정도였어. 그동안 막힌 벽 속에서 사람들의 벽을 보았다. 방 식구들은 나한테 돌팔매질은 유치하다고 했다. 나는 더 유치해지려고 돌을 던진 게 아니라 바둑돌을 던진 거였다고 했다. 내가 만들고 싶었던 것은 상징이었나 보다는 생각이 가끔 든다. 바리새인들이 예수를 놀리면서 예수에게 물었다. 모세의 율법에서는 간음의 현장에서 잡은 여인을 돌로 치라고 돼 있는데 당신은 어떻게 할겁니까? 레지나. 난 그게 재미있더라. 여인은 현장에서 잡혔기 때문에 죄인이 된 것이다. 현장에서 잡히지 않았더라면 돌을 맞지 않아도 된다는 게 그 시대의 율법이었다. 예수는 사내들에게 말했다. 너희 중에 죄 없는 자가 먼저 돌로 치라. 그리고 예수는 땅에다 뭐라말을 적었다고 성경에서는 말한다. 그 말을 읽고, 사람들이 어른에서 아이까지 하나씩 하나씩 물러갔다. 그곳에는 여인과 예수만 남게 되었다. 예수는 땅에다 무슨 말을 적었을까? 레지나. 난 궁금하더라. 현장에서 잡혔는데 왜 남자는 그 자리에 없었는지. 왜 남자는벌을 받지 않는지.

아침마다 108배를 했다. 철심으로 막힌 작은 창 쪽 벽에 부처를모시기도 했고 십자가를 세우기도 했다. 마음으로 세우는 거였으니까 가끔은 너도 거기에 있었어. 기분이 울적하면 너도 해 봐. 심리치료에 도움이 될 것 같아.

담요를 방석만 하게 접어 바닥에 깔고 시작한다. 방석은 무릎이닿는 자리에만 필요하다. 합장한 자세에서 무릎을 구부린 다음 무릎을 바닥에 닿게 한다. 그다음 엉덩이, 손, 머리를 차례로 내려 앉힌다. 일어날 때는 손을 쓰지 않고 허리 힘으로 상체를 일으키고, 무릎 힘으로 온몸을 일으켜 세운다. 그러면 복식 호흡이 두 번이 된다. 다이어트에도 효과가 좋다.

처음엔 허벅다리 앞쪽 근육이 꽁꽁 얼어붙는다. 튀긴 통닭의 다리 살처럼 찢으면 결 곱게 떨어져 나올 것 같은 느낌. 거기서 가장 먹고 싶었던 건 튀긴 통닭이었다. 절을 끝내고 나면 몸의 좌우에 균형이 오는 게 느껴진다. 몸에 균형이 오면 마음엔 균열이 찾아온다. 어디로 똑바로 걸어가면 좋을 것인지 갈피가 잡히지 않는 것이다. 팔을 뻗으면 벽이 다가올 것 같아 심장이 움찔거린다.

수감 번호 뒷자리 두 개가 28인 아저씨가 딱, 딱, 죽비를 치듯이 볼펜으로 신호를 보냈다. 그러면 07번 아저씨가 하나, 둘 세어 줬다. 백여덟까지 세는 소리를 들으면서 난 마음이 아팠다. 집중이 안 되니까 죽이고 싶어졌다. 07번을 죽이고 싶다고 생각했을 때 12번 청년이 나의 뒤를 이었다. 이틀 뒤에는 34번 청년도 따라 했다. 왜 절을 하냐고 묻기에 내가 편지지에다 대답을 적어 줬다. 정력이 좋아집니다. 그건 사실이다. 절에는 괄약근이 조절되는 효과가 있다. 몸이 나약해질 때가 되면 몸에서 전체적으로 조이는 힘이 약해진다. 방귀도 의지대로 참아지지 않고, 똥도, 오줌도, 사정도 그렇게 된다. 오줌이 자주 마려워지면 전립선을 의심해야 한다. 전립선이 의심되면 먼 길 여행을 갈 때 늘 불안에 시달릴 것이다. 그럴 땐 소변을 미리미리 봐 둬야 한다. 나는 법당에서 절하는 여자의, 적나라하게 드러나는 엉덩이의 윤곽을 떠올리곤 했다.

백여덟 번의 절을 하고 나면 땀이 주욱 났다. 허리도 뻐근해졌다.

그때 떠오르는 웃음을 우린 즐겼다. 섹스를 하고 난 다음의 그 기분 비슷하다는 말에 모두가 "예스."라고 했다. 내 곁에서 동료들은(공범이 아니었는데도 난 동료라는 말을 쓰네. 이상하지?) 대화를 나눴다. "뭘 빌었어요?" 그러면 제각각 소망을 얘기했다. 말은 제각각이었다. 그러나 모아 보면 이 말이었다. '빨리 지나갔으면 좋겠다.' 건강을 위해 절을 하는 거였는데, 절을 하니까 빌어야 되는 것처럼 생각이 되는 거였다. 난 생각해 보았다. 평화를 위하여. 더러운 새끼들의 몰살을 위하여. 너를 위하여. 아녜스를 위하여. 세키를 위하여. 나를 위하여.

이혼한 남자가 있었다. 28번 아저씨. 아이가 보고 싶어서 접근했다가 잡혀 온 거였다. 아이를 못 보게 하는 전 아내를 때렸다는 거였지. 술을 마시고. 그렇지만 거기서 나는 배웠다. 사람의 말을 믿는다는 것의 어리석음을. 오래 얘기하다가 우린 그가 전 아내에게 돈을 꾸러 갔다는 걸 알게 됐다. 술은 핑계였을 뿐이었다. 그는 돈을 안 빌려 주겠다고 버티는, 이젠 남이 된 여인을 폭행했다.

28번한텐 핑계였던 술이 07번한테는 치명적인 원인이 되었다. 07번은 야간작업을 하고 집에 가다가 깜빡 졸았는데 중앙선을 넘어 달리고 있었더란다. 마주 오던 택시에 임부가 타고 있었다. 07번은 여자가 유산을 했다고 말했다. 슬프더라. 유산이라는 말을 들으니까. 죽었어, 뒤졌어, 쩔렀어, 조졌어, 이런 말들이 오가는 자리에 불쑥 유산이라는 고급스러운 말이 죄 지은 자의 입에서 나오니까 덜컥 슬퍼지더라. 거긴 남자에게 슬픔을 가르쳐 주는 곳이었다. 나는 임신한 여자들의 몸을 생각했다. 너의 몸도. 그 안에 머물렀던 한 영혼도. 이젠 좀 편안해졌으면 해.

07번, 그는 음주운전을 한 거였다. 그런데 음주 사실을 시인해 버리면 정말로 그렇게 되는 거니까 야간 작업을 한 뒤 졸린 몸으로 새벽에 운전대를 잡았다고 말하는 거였다. 07번은 진술서를 작성할 때 술 얘기는 뺐을 거다. 그렇게 하기로 피해자들과 합의를 보았을 것이다. 유산을 한 임부는 새벽에 어디로 가던 길이었을까.

데모에 나갔다가 공무집행방해죄로 들어왔다던 18번은 결국 음주 단속을 하는 경찰을 때려서 들어온 걸로 밝혀졌다.

슬픈 청년이 있었다. 스무 살 때의 울화를 못 견뎌 사람을 때리고 징역을 살았다. 2년. 그는 복역을 마치고, 면회 오지 않았던 애인의 집엘 찾아갔다. 그 집에는 다른 여자가 살고 있었다. 그런데 그만, 애인이 아닌 줄 알면서도 그냥 그러고 말았다는 거였다. 키는 180센티미터가 넘고 기골이 장대한 청년이었다. 가스 배달이 직업이었던 아이였다. 스물세 살이었다. 너보다 한 살 적었다. 걘 감옥에서 나가자마자 다시 잡혀 들어왔던 것이다. 난 너무 슬펐다. 내 여자가 아닌 줄 알지만, 내 여자인 줄 알고 그랬다는 마음의 알리바이를 만들어 놓은 다음 여자를 강간한 청년의 몸이 너무 슬펐다. 꾸밈없이 말해 버리고 마는…… 그 투명함의 무게가 나를 슬프게 만들었다. 그 청년 말이 가장 진실됐던 건 아닐까? 레지나.

의욕은 가장에 반영된다. 거짓말하는 사람들처럼 삶의 의욕이 강렬한 사람은 없을 거다. 나도 살고 싶었다.

59번은 법이 알아서 해 줄 거라 허풍을 떨던 얌체였다. 뭘 하다가 들어왔는지 물으면 불구속이어도 되는데 피해 있고 싶어서 구속을 스스로 청한 거라고 허세를 부렸다. 그런 버러지 같은 사람들은 어디에나 있다. 그에 대해서는 더 얘기하고 싶지 않다. 64번 아저씨는 시골길을 운전하다가 커브에서 속도를 냈다. 어떤 농부가 경운기의 속도를 짐작하며 천천히 길을 건너고 있었더란다. 경운기를 추월하던 승용차가 그 농부를 쳤지. 농부는 죽었다. 64번 아저씨의 입에서는 행복이라는 말이 나왔다. 그는 아이들을 태우고 여행을 하던 중이었다. 초등학교 다니는 아이들과 함께했던 여행이었다. 아이들이 현장을 보지 않았으면 그는 뺑소니를 쳤을 것이다. 그는 스스로 경찰서에 전화를 걸었다. 그는 삶의 의지를 키우지만 마음을 약하게 하는 게 자식이라고 했다. 행복도 마약이더라는 말이 감동적이었다.

밤이 오면 무척 추웠다. 산이 내뱉는 냉기가 우리를 얼게 했다. 실형을 받은 사람들과 작별하고 나오면서 나는 그네들과 덮었던 담요를 오래 기억하기로 했다. 우리의 방식은 각자의 모포를 각자가 덮는 게 아니었다. 세 사람이 한 조가 돼서 세 장은 깔고 세 장은 덮었다. 그러면 세 배의 효과를 보는 것이었다. 고통을 나눈다는 게 어떤 건지. 나는 너에 대해 말을 하고 싶어 안달이 났다. 그러나 하지 못했다. 나는 아무래도 잘한 게 없는 것이다.

네가 경찰차를 타고 갔던 자리 근처에서 돌을 던졌지 뭐니. 사고가 났고 난 잡혀갔던 거잖아. 이 대목에서 네가 웃었으면 좋겠다. 네 웃음을 본 게 대체 언제니.

미안하지만 아녜스 얘길 좀 할게. 세키가 면회 오길 기다리면서 나는 그 애를 기다렸다. 오면 힘이 날 것 같았다. 그런데 아녜스는 집행유예 판결을 받던 재판소 방청석에서 처음 얼굴을 나타냈다. 세키와 함께. 이 녀석들이 도대체 언제부터 함께 살기로 했던 걸까. 물어보면 될 인데 물을 수가 없는 거 있지……. 진심을 들으려면 나부터 너와 내가 보냈던 몇 년을 털어 놓아야 될 것 같아서 말야. 너는 물을 수 있을까? 난 지금도 못 묻고 있어.

아녜스의 말이 생각난다. 재판정에서 판사가 나한테 대답을 하라고 하니까 아녜스가 "저기요, 우리 선생님이 당분간 말을 못하거든요." 하면서 내 상태를 알려 줬다. 그 애의 입에서 나오던 선생님이라는 말, 당분간이라는 말, 두 단어가 눈물 나게 했다. 나를 위한 도덕의 핵을 만나는 것 같았다. 그래, 난 걔의 선생이었지만 당분간이었다. 당분간 말을 못하게 됐다고 생각하는 아녜스의 생기발랄한 목소리가 문득 내가 가지고 싶은 보물처럼 여겨졌다. 미안하다. 난 아녜스를 사랑했던 걸까? 내게 간단히 말한 적 있었지. 그런데…… 레지나……. 네가 옷장에서 꺼내 입었다던 아녜스의 옷. 그건 임부복이었어. 아녜스가 혼자 샀던. 왜 이러는지 자꾸 눈물이 나려 하네. 네가 내 마음을 알아줬으면 해서……. 네가 아녜스 앞에서 아닌 척하려면 내 말이 필요할 것 같아서…… 그 옷.

　나는 만약을 위해서 판사에게 편지를 썼다. 바깥에서 탄원서도 넣고 진정서도 넣는다는 말을 들었다. 난, 호소문을 썼다. 판사는 읽지도 않았을 것이다. 검사의 구형은 징역 6개월이었다. 나는 무죄가 되길 바랐다. 그래서 세키 얘기도, 네 얘기도, 아네스 얘기도 다 했다. 그걸 돌려받을 수 있다면 이 편지 끝에다 붙이고 싶은데 원본도 없고 사본도 없네. 나는 제발이라는 말을 썼지. 가슴이 떨려서 참을 수가 없었거든. 내가 살아오면서 제발이라는 말을 썼던 건 그때가 처음이었지 싶다. 나는 적나라하게 말했다. 제발 도와주세요.

　너의 연인. 김일면. 벤츠를 빌려 타고 달리지 않았으면 나는 그를 찌르러 갔을 거야. 나한테만 제안을 한 게 아니라 다른 누군가한테도 돈을 받고 사람의 생을 저울질했던 그의 태도에 울화가 치밀었다고 생각하니 그를 찌르는 게 나를 찌르는 것과 다르지 않다고 여겨졌지. 그런데 네가 곁에 있으니 그를 만나고 싶었다. 용서도 쉬웠다. 그에게 다가가 이제 내가 어떻게 살면 좋겠느냐고 묻고 싶었다. 그에게는 답이 있을 것 같았다. 넌 내게 네가 어떻게 살면 좋겠느냐고 자주 물었어. 넌 내가 아니라 그에게 물었어야 했다. 그런데, 그가 보이지 않는다. 그는 어디로 갔을까. 네가 먼저 만나게 되면 나의 안부를 전해 줘.

　그리고 이건 경찰서에서 썼던 내 진술서야. 언제가 되든 한번 읽어 줘.

세키는 손으로 턱을 쓸었다. 편지 뒤에 민우는 경찰서에서 썼던 진술서를 붙여 놓고 있었다. 세키는 민우가 추신으로 적어 놓은 마지막 문장을 오래도록 바라보았다. 이런 문장이었다. '이건 내가 상상했던 너와의 원나잇 스탠드다. 너는 최고로 아름답다.' 상상이라……. 그렇다면 진술서의 여자는 레지나였단 말인가. 여자는 레지나가 맞지만 섹스는 하지 않았다는 뜻인가. 김일면의 연인이라……. 세키는 비로소 김일면이 왜 카드 판에 나와서 자기를 벗겨 먹으려 했는지, 민우 얘기를 하면서 왜 그렇게 느물거렸는지 이해가 되었다. 민우야, 그런데, 섹스를 하지 않았다면 14일 동안 무엇을 했던 거니? 너희들이 함께 있긴 했던 거니? 레지나의 몸 속에 한 영혼이 잠깐 머물렀다는 말은 뭐니? 그녀가 수술을 받았다는 뜻이니? 그래서 자고 싶었다는 말이니? 세키는 요양원에 갔을 때 레지나가 자연스럽게 자신을 칠기 씨라고 이름으로 부르던 것이 생각났다. 세키는 민우의 진술서를 다시 읽었다. 형사 앞에서 읽었을 때와 다르게 문장이 아주 새롭게 읽혔다. 세키가 보기에 민우는 레지나의 몸을 진심으로 사랑했다. 세키는 묘하게 절망적이었다. 상상으로 만든 그런 동침 장면을 민우는 무엇하러 레지나에게 전하려 했던가. 아녜스가 읽으려 할 때 필사적으로 막지 않았던 이유는?

너희들, 내 방 들어갔지? 아녜스, 네가 문을 부순 거 아냐? 너희들 내 방에서 같이 자는 거 아니냐고! 그렇게 외치던 레지나의 목소리가 생각났다. 세키는 현관을 바라보았다. 자기 운동화와 아녜스의 부츠가 놓여 있었다. 그 곁에서 아빠의 구두가 반짝거리고 있었다. 신발장 위에 있던 공구함이 눈에 들어왔다. 세키는 다가가 공구함 덮개를 열었다. 장도리와 드라이버를 꺼냈다. 민우의 편지에 따르면 레지나는 방에 무언가를 숨기고 있는 것이었다. 그것을 그녀는 민우에게 보여 주려 한 것이었을 것이다. 두 사람 사이에는 간절한 갈망으로 연결된 무엇인가가 있었다.

장도리를 잡은 손에서 땀이 났다. 세키는 자신이 볼품없었다. 무얼 위해? 내가 왜 문을 부숴야 하는가. 그는 민우의 편지를 떠올렸다. 민우는 레지나한테서 열쇠를 받았다고 했다. 세키는 안방으로 들어갔다. 민우가 영영 돌아오지 않을 사람처럼 생각되었다. 세키는 방 안을 뒤졌다. 레지나의 열쇠가 어디에선가 나와야 할 것 같았다. 세키는 민우의 흔적을 찾아 헤맸다. 민우가 자기에게 남긴 쪽지가 있을 것 같았다. 나, 어디로 갈게, 따라오려면 그곳으로 와, 그런 종류의 말이 남아 있어야 할 것 같았다.

열쇠도 없고 쪽지도 없었다. 세키는 민우가 아무것도 남기지 않고 가 버렸다는 사실에 화가 났다. 추측대로라면 그는 돌아오지 않을 것이었다. 지난번에 그랬던 것처럼 또 다시 마냥 기다리기만 해야 한단 말이냐. 너는 내 삶이 여기에서 정지되길 원한다는 말이냐. 세키는 장도리를 쥐고 거실을 가로질러 레지나의 방으로 갔다. 망설이지 않기로 했다. 세키는 걸쇠 틈에 장도리 끝을 넣었다. 새벽의 고요함이 장도리가 뽑아내는 못 소리를 키웠다. 장도리가 자꾸만 미끄러졌다. 쇳소리가 고막을 파고들었다. 세키는 문득 해머를 구해 와 문 자체를 부숴 버리고 싶었다.

아녜스가 나와서 소리를 질렀다.

"아저씨, 뭐하는 거야!"

세키는 장도리로 자물쇠를 가리켰다.

"안 돼. 안 된단 말야! 언니가 얼마나 싫어하는지 몰라서 그래? 말하는 거 들었잖아."

세키는 아녜스를 밀어서 방으로 돌려보냈다. 아녜스가 저항하면서 울었다.

"왜 이래 정말!"

삐그덕 삐그덕 못이 뽑혀 나왔다. 세키는 자기가 할 수 있는 일이 그것밖에 없다는 생각에 사로잡혔다. 그가 자물쇠를 따 내는 동안 아녜스는 무릎 사이에 머리를 넣고 울었다. 울다가 고개를 들고 주먹으로 가슴을 쳤다.

"아저씨, 왜 이래 정말……."

걸쇠가 헐렸다. 세키는 손잡이를 비틀었다. 문이 열렸다. 거실 불빛이 재빠르게 레지나의 방으로 들어갔다. 세키는 정면을 바라보았다. 블라인드가 걷힌 창이 눈에 들어왔다. 레지나의 방 앞에 서기만 하면 냉기가 싸늘하게 전달돼 오는 것 같았던 이유를 알 수 있을 것 같았다. 환기시키기 위해 열어 둔 창으로 바람이 드나들었을 것이다. 그 바람은 문틈을 비집고 들어와 거실에서 맴돌았을 것이다. 창으로 도시의 새벽하늘이 보였다.

세키는 벽을 더듬어 스위치를 찾았다. 불이 켜지자 아녜스가 다가와 세키 팔을 잡았다. 두 사람은 방바닥을 바라보았다. 고층 창문으로 들어온 겨울바람이 흩뜨렸는지, 분열증 환자의 괴력이 순간의 악력으로 모여들어 물건들이 그 손 안에서 깨부수어졌는지 분간이 되지 않았다. 책, 메트로놈, 벨벳 피아노 건반 덮개, 화장품, 오디오, 컴퓨터, 스피커, 시디 케이스, 점자 필기도구, 이불, 베개, 쓰러진 책꽂이.

남자 신발이 한 켤레 있었다. 걸어서 들어가려면 그것을 신어야 할 것 같았다. 신발 근처에서 진액이 스멀스멀 움직이는 것 같았다. 세키는 맨발을 내디뎠다. 진액은 움직이지 않았다. 바싹 말라 있었다. 세키는 발을 더 들이밀었다. 장판 위에서 어떤 물체가 꿈틀거렸다. 움직임이 묘했다. 불을 끄고 플래시를 비춰 그 물체만 관찰했으면 싶었다. 자세히 보니 그것은 얼마 안 있어 날개가 돋칠 정도로 성장한 유충이었다. 흰색이었고, 형광 물질이 있는 것 같았고, 크기는 볼링 핀 정도였다. 세키는 유충이 움직이는 방향을 따라 눈길을 옮겼다. 수십 개의 유충이 대열을 이루어 창틀을 넘어가고 있었다.

세키는 고개를 흔들고 방을 바라보았다. 어지럽게 널려 있는 물건들 사이에 물이 고여 있었다. 세키는 허리를 굽히고 물을 만져 보았다. 물기는 느껴지지 않았다. 그것은 바싹 마른 얼룩이었다. 자동으로 물이 공급되게 만들어 놓은 화분이 넘어지면서 물이 흘러나와 마른 것 같았다. 레지나의 목소리가 들려왔다. 허브는 가만 두면 별로야. 흔들어 줘야 향기가 나. 바람이 안 불면 손으로 흔들어 줘야 돼. 맹학교 기숙사 앞에서 어린 친구들에게 레지나가 벤치에서 했던 말이었다. 세키는 생각했다. 내가 레지나를 바라보기 시작했던 건 그 말을 몰래 엿들은 다음부터가 아니었을까. 몸이 흔들리게 움직여야겠다고 새롭게 마음먹었던 것 역시. 흔들어야 향기가 멀리 퍼진다.

온 방 가득 허브 화분이었다. 살랑살랑 창으로 들어온 바람이 잎과 줄기를 흔들었다. 어지럽게 널린 물건들 아래에 눌려 있는 화분도 있었다. 세키는 문득 슬프고 화가 났다. 얼굴은 언제나처럼 표정 변화가 없었다. 침대를 바라보았다. 브로치 열서너 개가 모서리에 매달려 있었다. 천으로 만든 장미 브로치였다. 세키는 브로치를 쓰다듬었다. 언젠가 레지나의 머리카락을 쓰다듬고 싶어 했던 손길이었다. 쓰러진 화분 하나를 들고 잎을 쓰다듬었다. 그리고 화분을 통째로 흔들어 보았다. 향기가 환하게 피어났다. 아녜스가 문에 기대어 울었다. 그리고 배를 부여잡고 울었다.

유충들은 마치 김일면의 몸에서 부화해 나온 것 같았다. 김일면은 방 안에서 몸부림치다 스스로 어딘가에 부딪쳐 죽은 것 같았다. 함께 죽으려 했던 걸까. 세키는 그의 머리 쪽에 놓인 큰 태항아리를 바라보았다. 원래는 거실 진열장에 놓여 있었던 것을 옮겨 놓은 것 같았다. 세키는 코를 큼큼거렸다. 놀랍도록 공기가 깔끔했다. 시취, 어디로 갔을까. 김일면의 몸에 들어 있었지만 세상에 공개되지 않았던 어떤 청결한 물질이 그 냄새를 가로막았을 거라 상상했다. 흔들리는 바람에 허브가 향기를 날렸을 것이다. 향기는 향기에 의해 덮인다. 그렇다 해도 신기한 몸이었다. 세키는 해야 할 일이 무엇인지 알 것 같았다. 그는 허리를 숙여 신발을 들었다. 그리고 태항아리 밑바닥에 깔았다. 그는 김일면을 바라보았다. 도대체 이 사람의 죄는 무엇인가. 세키는 스르르 손가락 끝으로 아녜스를 밀어냈다. 아녜스는 터벅거리며 거실로 나갔다. 세키는 문을 닫고 아녜스가 들어오지 못하도록 자물쇠를 잠갔다. 얼굴에는 언제나처럼 표정이 없었다.

　김일면을 바라보고 있으려니 옛일들이 스쳐 갔다. 민우 몰래 점자를 배워 편지를 쓰던 일. 레지나가 탄 콜택시를 자전거로 뒤쫓다 도중에 놓쳤던 일. 민우의 가출. 아녜스와의 첫만남. 아녜스는 세키가 점자를 읽을 줄 안다는 사실을 눈치채고 있었다. 세키는 생각했다. 아마도 그 편지를 보았던 거겠지. 레지나에 대한 세키의 마음을 그 아이는 알면서도 말하지 않았던 것이다. 왜 그랬을까. 세키는 수많은 질문을 가슴속에 누르며 그저 우두커니 서 있었다.

7

레지나에게 필요했던 것은 보호자였다. 접수 직원의 말을 듣고 레지나는 무릎에서 힘이 풀리는 것을 느꼈다. 강간을 당했어요. 어떻게 키우란 말예요! 수술 안 해 주면 죽겠다고 벼르기로 마음먹었는데 정작 자신에게 필요한 것은 의지가 아니라 보호자라는 걸 병원 접수계 직원을 통해 알았다. 병원에서는 수술받으려 하는 이유를 묻지 않았다. 레지나는 힘을 냈다. 최대한 경쾌한 목소리로 말했다.

"장애인이라서 그런 거죠?"

접수원이 말끝을 흐렸다.

"저…… 원장님께서……."

레지나는 눈을 감았다. 다른 병원으로 갈까. 해 달라는 대로 해 주는 병원이 있다던데. 흐릿하던 세상이 꽉 다문 입속처럼 검게 변했다. 누구에게 도와 달라고 할까. 레지나는 아랫입술을 깨물었다. 학교에 전화를 걸어 담임 선생님을 찾았다. 대학을 졸업하고 곧장 발령받은 초임 교사였다. 레지나와 동갑이었다. 미혼이라 민망했지만 어쩔 수 없었다.

담임 선생님이 병원에 도착했다. 선생님이 레지나에게 물었다.

"레지나, 웬일이니?"

"수술이 필요해서요. 보호자를 데리고 오라잖아요."

"무슨? 설마……."

"설마는 무슨 설마. 그런 거 있잖아요."

레지나는 갑자기 감정을 주체할 수 없었다. 눈물이 펑펑 쏟아졌다. 눈물을 막기 위해 그동안 속으로 연습했던 말을 선생님 앞에서 했다.

"강간을 당해서……. 아시……겠……죠?"

누군가에게 꼭 하고 싶었던 말이었다. 왠지 그래야 마음이 홀가분할 것 같았다.

담임 선생님이 레지나 손을 꼭 잡았다.

수술은 간단하게 끝났다.

담임 선생님이 물었다.

"어디로 갈 거니?"

"집으로요."

레지나는 자기 목소리에 놀랐다. 혼곤한 와중에 입에서 나왔던 집이라는 말이 너무나 자연스러웠다. 기숙사로 가겠다는 것은 생각조차 하지 않았다. 그런 몸으로는 갈 곳이 집밖에 없었다. 선생님이 택시를 잡아 주었다.

택시 안에서 레지나는 아녜스에게 전화했다.

"아네스."

눈물이 날 것 같았다. 레지나는 마음을 다독였다.

"왜 언니?"

"그냥 어떻게 지내나 궁금해서."

"언니. 나 기도원에 와 있어. 며칠 기도 좀 하고 가려고."

"응. 학교는?"

"선생님한테 얘기했어. 며칠 결석할 거라고."

"알았어. 잘 쉬었다가 와. 기도 열심히 하고."

레지나는 전화를 끊었다.

택시는 아파트 단지 안에서 멈췄다. 엘리베이터를 타고 올라갔다. 현관에 아빠 신발이 놓여 있었다. 레지나는 허리를 숙여 구두코와 끈을 매만졌다. 먼지가 느껴지지 않았다. 솔질을 잘해 놓은 아네스의 손길이 느껴졌다. 문이 잘 잠겼나 확인하고 방문 앞으로 걸어갔다. 방문 자물쇠를 푸는데 다시 눈물이 났다. 아네스에게 와 달라고 전화를 걸고 싶었다. 하지만 어린 동생에게 그런 몸을 보여 줄 수 없었다. 그녀는 침대에서 한참을 보냈다. 어쩔 수 없이 김일면에게 전화를 걸었다. 그럴 수밖에 없는 운명이 비참했다. 선택할 수 있는 폭이 사람 한 명 지나다닐 수 있는 좁은 길이었다. 길 아래는 천 길 낭떠러지였다. 좁고 깊은 협곡 바람이 몸을 훑고 지나가는 것처럼 냉기가 몸을 휘감았다. 레지나는 김일면에게 말했다.

"수술을 받았어요."

김일면은 아네스가 함께 있지 않느냐고 물었다. 레지나는 사실을 얘기했다.

김일면이 학교 일과를 마치고 아파트로 왔다. 밤이었다. 그가 레지나에게 물었다.

"왜 나랑 같이 가지 않고?"

목소리가 부드러웠다. 레지나는 생각했다. 당신이랑 가면 내가 강간당했다고 말할 대상이 없잖아……. 차라리 강간이었더라면 원이 없겠어……. 김일면이 다시 말했다.

"누구랑 갔었니?"

"담임 선생님이랑. 그 사람은 학교생활 오래 하려면 그런 것도 해봐야 하니까."

"나한테 전활 하지."

"배고파요. 먹을 것 좀 시켜 줄 수 있어요?"

김일면이 밖으로 나갔다. 레지나는 그가 돌아오지 않더라도 슬퍼하지 말자고 속으로 다짐했다. 시간이 지났다. 초인종이 울렸다. 레지나가 문을 열었다. 김일면은 해산물 죽을 종류별로 내밀었다. 레지나는 포장 용기를 매만지면서 죽의 종류를 물었다. 기분이 엉망이 되어 갔다. 몸이 원하는 음식이 뭔지를 고르려니 김일면 앞에서 발가벗고 몸을 부위별로 진열하는 듯한 느낌이 들었다. 레지나는 전복죽을 먹었다. 김일면이 말했다.

"아녜스가 기도원에 갔으면……. 그럼 넌 어떡할래?"

"오늘 밤만 지나면 괜찮을 거야. 기숙사로 돌아가야지. 오늘만 함께 있어 줘요."

"그래, 그러자."

김일면이 오디오를 켰다. 레지나는 볼륨을 줄여 달라고 했다.

레지나는 침대에서 잠이 들었다. 잠결에 현관문 열리는 소리를 들었다. 곁을 만졌다. 김일면이 잡혔다. 환청이었다. 레지나는 다시 잠이 들었다. 서랍을 여는 소리가 들렸다. 눈을 떴다. 방이 환해 보였다. 김일면이 샅을 만지는 느낌이 소리를 만들었는가 보았다. 레지나가 눈을 뜨자 김일면이 재빨리 손을 거뒀다. 레지나는 그가 치마 속을 들여다보려 한 것이라 여겼다. 레지나가 말했다.

"왜요? 수술한 거 확인하고 싶어서요? 눈으로는 알 수 없어요."

"아니야. 뭐가 흘러나오는 것 같아서. 닦아 주려고."

레지나는 손가락으로 생리대 주변을 만져 보았다. 분비물은 없었다. 혹시나 해서 잠자기 전 생리대를 바꿔 착용했다. 그것은 보송보송했다. 레지나는 김일면에게 안아 달라고 말했다. 김일면은 침대에 몸을 눕힌 다음 팔베개를 내주었다. 레지나는 김일면의 목을 만졌다. 눈물이 났다. 레지나는 눈을 감았다. 호흡을 가다듬으면서 김일면이 잠들길 기다렸다. 김일면은 금방 잠에 떨어졌다. 그가 잠드는 속도에 비례해서 레지나는 수치심이 폭발하는 것을 느꼈다. 그가 괴로워하면서 오랫동안 뒤척였다면 앞으로의 일을 상의해 볼 수 있었을 것이었다.

레지나가 침대에서 일어났다. 김일면은 깨지 않았다. 레지나는 거실로 나갔다. 진열장을 열고 아빠 유품 중에서 가장 큰 것을 골랐다. 문 여는 소리를 내지 않으려 조심조심 걸었다. 그녀는 태항아리를 방바닥에 놓았다. 김일면은 깨지 않았다. 레지나는 현관에서 그의 신발을 찾았다. 그것을 방으로 옮겼다. 이번에도 김일면은 깨지 않았다. 그의 평화는 아주 깊었다. 레지나는 김일면의 목을 짚었다. 부드러웠다. 김일면은 깨지 않았다. 레지나는 손가락에 힘을 주어 보았다. 김일면은 깨지 않았다. 그녀는 김일면의 목을 움켜쥐었다. 김일면이 귀찮다는 듯 고개를 돌렸다. 그녀는 손아귀에 힘을 가했다. 김일면이 깨어나 바둥거렸다. 레지나는 발버둥치는 김일면의 목을 오랫동안 내리눌렀다. 죽이지 못하면 죽임을 당하는 것이었다. 피가 얼굴로 몰려들었다. 레지나는 눈알이 튀어나갈 것 같은 느낌을 막기 위해 이를 악물고 눈을 감고 김일면의 목을 눌렀다. 감은 눈 속에서 세상의 모든 것들이 부딪쳤다. 굉장한 고성이 울렸다. 유리가 부딪치면서 깨어져 나갔다. 천이 갈라져 찢어졌다. 레지나는 부딪쳐 깨져 나가는 것들, 갈라져서 찢어지는 것들을 모아 붙이고 싶은 마음으로 힘을 주었다. 김일면의 목은 깨져 나간 것들이 다시 붙고 싶어 하는 접점이었다. 여기서 떨어지면 안 돼, 여기에 붙어라. 레지나는 힘을 가했다. 김일면이 놀라운 힘으로 레지나를 밀었다. 레지나는 더 놀라운 힘으로 그의 목을 잡고 매달렸다. 그가 처음 나무 아래에서 안아 주었을 때 그녀는 숨이 막혀 죽을 것 같은 기쁨을 느꼈다. 레지나의 눈에서 주르륵 눈물이 흘렀다. 눈에서 하염없이 눈물만 나왔다.

아침이 왔다. 전화벨이 울렸다. 레지나는 전화를 받았다. 아녜스였다. 레지나는 집에서 하룻밤 자고 기숙사로 돌아가는 길이라고 꾸며 말했다.

레지나는 욕실로 가서 몸을 씻었다. 비누와 수건, 칫솔, 치약 등이 원하는 자리에 놓여 있었다. 레지나는 더운 물에 몸을 오래 담갔다. 옷장에서 옷을 꺼내려면 방으로 들어가야 했다. 다시 들어가는 것이 싫었다. 레지나는 아녜스의 방문을 열었다. 누군가 있을지 모른다는 기대감이 무너졌다. 아녜스 방에는 아무도 없었다. 옷장 문을 열었다. 옷장에는 정장이 많았다. 정장을 젖히고 멜빵바지와 남방을 찾아 꺼내 입었다. 코트는 거실에 벗어 두었던 자기 것을 입었다. 레지나는 아녜스에게 전화를 걸었다.

"아녜스, 나 도우미 선생님한테 가 있을게."

"아직 방학 아니잖아, 언니."

"그냥 그러고 싶어. 너도 답답하다면서. 나중에 면회할 수 있게 되면 그때 전화할게."

"뭐 타고 갈 건데?"

"차 보내 달라고 해 놨어."

"응. 언니."

레지나는 전화를 끊었다. 눈물이 솟았다.

레지나는 민우에게 문자메시지를 보냈다. '오빠. 마음이 너무 답답한데, 운전 좀 시켜 줘.' 민우는 늘 그랬듯 메시지를 확인하고 전화를 걸어왔다. 그의 말은 레지나를 힘들게 했다.

"나, T시에 있어."

"왜?"

"그냥 답답해서."

"답답한 사람 참 많구나. 오빠. 그 사람이 내게 오줌을 누게 하고, 테스트를 했어. 변기로 나를 끌고 가서. 꼭 그렇게 해야 하는 거야?"

민우의 대답은 아주 더뎠다.

"네가 반칙을 하려고 하니까 그런 거야."

"내가 무슨 반칙을 한다고 그래?"

"모르겠어. 그런 것 같다. 난 너희들 일에서 좀 빠지고 싶네."

"만나자. 가슴이 터질 것 같아. 나 운전 좀 시켜 줘."

"그래. 그러자. 죽도록 달려가면 금방이겠지."

두 사람은 약속 장소를 S시 외곽으로 정했다.

민우는 벤츠를 타고 고속도로를 달렸다. 공개 채용 인사에서 떨어뜨린 걸 보복하기 위해 투서를 넣는 것은 유치한 짓이었다. 할 수 있는 반항이 투서밖에 없다는, 가련한 인생을 잠시라도 우아하게 만들어 주고 싶었다. 고급 차를 타고 달리면 기분이 좀 풀릴 것 같았다. 김일면이 돈을 돌려준다고 했으니 본전 손해는 아니었다. 그냥 잊기로 했다. Y맹학교 이사회에서 채용하기로 결정한 사람은 수능 시험문제 검토 위원으로 들어가서 자리를 오래 비웠던 P선생이었다. 김일면은 P가 저돌적으로 Y맹학교에 지원서를 넣었고, 아버지 눈에 들었다고 했다. 민우를 위해 애를 썼지만 아버지가 P를 선택했다고, 어쩔 수 없었던 일이라 했다. 민우는 P가 얼마를 냈느냐고 물었다. 김일면은 대답 대신 돈을 돌려주겠다는 말을 반복했다. 그가 있는, 그리고 P가 있는 학교로 출근할 것을 생각하자 소름이 끼쳤다. 경아한테서 당했던 모욕도 떠올랐다. 소문은 금방 퍼졌을 것이다. 경아는 친구들에게 말했을 것이다. '그 새끼가 나한테 어떤 선생이랑 몸 섞는 사이냐고 묻더라⋯⋯. 걘 학생을 창녀로 보니?' 민우는 하룻밤만 벤츠를 빌려 타고 질주를 한 뒤 돌아갈 생각이었다.

민우는 질리도록 운전을 했다. 레지나는 돌아가지 않으려 했다. 두 사람은 낮에는 잠을 잤고 밤에는 도로를 달렸다. 크리스마스가 발아래로 지나갔다. 연말연시의 흥분도 발아래로 지나갔다. 레지나는 몸으로 민우를 끌었다. 모텔에 들어가면 목욕 도구를 챙겨 달라고 했다. 민우는 레지나 손을 잡고 목욕 도구 위치를 짚어 준 다음 욕실에서 나갔다. 레지나는 민우가 돌아선다 싶은 느낌이 들었을 때 옷을 벗었다. 한없이 더러워지고 싶었다. 레지나는 문을 잠그지 않고 샤워를 했다. 살짝 문을 열어 놓고 샤워를 하기도 했다. 민우가 다가오는 발걸음 소리가 느껴졌다. 그런데 민우는 시선에서 잡힐 듯 말 듯한 거리를 두고 더 이상 다가오지 않았다. 레지나는 민우가 바지 속에 손을 집어넣고 몸을 움직이는 실루엣을 눈으로 잡았다. 레지나가 샤워를 마치고 나오면 민우는 재빨리 욕실로 들어갔다. 레지나는 머리를 말리면서 민우를 바라보았다. 민우는 언제나 문을 반쯤 열어 놓고 샤워를 했다. 레지나는 고개를 돌렸다. 민우가 욕실에서 무엇을 하는지 모르는 척했다.

날짜는 계속해서 바뀌었다. 그러나 민우가 서서 자위를 했던 거리와, 샤워를 하면서 열어 놓았던 문의 폭은 줄어들지 않았다. 이 남자에게는 견고한 성이 있는 것이었다. 그래서 그 안에서 평화를 누리려고 하는 것이었다. 레지나는 눈을 감을 때마다 온몸의 기운이 손으로 모여드는 것을 느꼈다. 쇠파이프도 순식간에 구부릴 수 있을 힘이 생겨나는 것 같았다. 타인들의 평화가 지긋지긋했다. 살려 낼 수 있다면 김일면 선생에게 돌아가 보살펴 달라고 애원하고 싶었다. 레지나가 돌아가자는 말을 먼저 꺼냈다. 민우가 대답했다.

"그래. 좀 지친다. 가서 좀 씻고 가벼운 마음으로 돌아가자."

민우가 모텔을 찾아 운전했다. 레지나는 돌아가자는 말이 민우에게 미련을 가지도록 했다고 믿었다. 두 사람은 모텔로 들어갔다. 레지나는 여태까지 해 왔던 방식으로 샤워를 했다. 실수인 듯이 문을 활짝 열어 놓고 머리를 감고 몸에 거품을 칠했다. 어렴풋하게 민우의 실루엣이 잡혔다. 민우가 바지를 벗었다. 레지나는 샤워기를 잠갔다. 민우가 슬그머니 뒷걸음질 쳤다. 레지나는 옷을 벗은 채로 욕실에서 나왔다. 민우는 레지나를 지나쳐 욕실로 들어갔다. 나 한 번만 해 줘. 이렇게 말하면 넘어올 남자였다. 하지만 말이 떨어지지 않았다. 레지나는 옷을 입고 모텔을 나섰다.

민우는 욕실에서 몸을 닦고 나왔다. 레지나가 보이지 않았다. 전화를 걸었다. 레지나는 전화를 받지 않았다. 민우는 모텔 밖으로 뛰어 나갔다.

레지나는 모텔 앞 도로에 있었다. 콜택시에 전화를 걸어 놓고 배차 안내 메시지를 기다릴 때 그랬던 것처럼 휴대전화를 손에 쥐고 있었다. 민우는 잠깐 그녀가 아녜스 같다고 생각했다. 레지나 앞으로 차를 댔다.

"타. 레지나."

"……."

"왜 그래?"

"……."

"집으로 갈 거지?"

"……"

"도우미 선생님께?"

민우가 요양원 얘기를 꺼내자 레지나는 차에 올랐다. 민우는 내비게이션에다 목적지를 입력했다. 도착할 때까지 소요될 예상 시간은 두 시간 30분이었다. 차가 출발하자 내비게이션이 음성 안내를 시작했다. 레지나가 말했다.

"저거 좀 꺼 줘. 난 어디로 가는지 모르고 싶어."

민우가 음소거 버튼을 눌렀다. 레지나가 말했다.

"다음부터 그러지 마."

"뭘?"

"내 앞에서 그러지 말라고."

"뭘?"

"꼭 말로 해야 해?"

"반칙은 네가 먼저 했어. 옷을 벗은 채로 나오면 어떡해!"

민우는 속도를 높였다. 레지나는 다정하게 민우의 팔뚝을 잡았다.

"이거, 내 방 열쇠인데, 필요하면 열어 봐도 돼. 오빠가 한번은 들어가 봐 줬으면 좋겠어. 아녜스랑……."

"내가 아녜스랑 그러는 거 싫으니?"

레지나는 울컥 솟는 울음을 참으면서 열쇠를 내밀었다. 민우는 열쇠를 받아서 호주머니에 넣었다. 레지나는 운전대를 잡은 민우 팔뚝을 만지다가 잠시 후 민우 손을 잡았다.

"처음에 운전시켜 달라고 했을 때, 오빠, 떨렸지?"

"그냥 그랬지 뭐."

"내가 확 꺾어 버릴지도 모른다는 생각은? 해 본 적 없어?"

"레지나, 너무 그러지 마. 넌 애인도 있잖아. 수술은 한 번뿐일 거야. 그 사람이 잘 도와줄 거야. 힘내."

"그래. 힘내서 살아야지. 내가 힘들게 살아 있어야 남들도 함께 힘들지."

레지나가 민우 손등을 쓸었다. 민우는 레지나 손이 샅으로 툭 떨어지는 것을 상상했다. 레지나가 겁탈해 줬으면 하는 바람이었다. 돌아가면 이제 그녀의 몸을 볼 날이 찾아오지 않을 것이었다. 아녜스 얼굴이 떠올랐다. 세키 얼굴이 떠올랐다. 앞으로 벌어질 일들을 상상하자 다시 또 돌아가기가 싫었다. 레지나를 침대에 재우고 바닥에서 잠자고 싶었다.

민우는 눈을 깜박거렸다. 눈을 깜박거릴수록 시야를 가리는 장막이 두터워졌다. 앞이 보이지 않았다. 레지나가 민우의 손등을 쓰다듬었다. 민우는 현실감을 회복했다. 방금 전 느낌은 상상이 만든 환시였다. 차들을 추월한 후 도로가 비게 되자 갑자기 환시가 생긴 것이었다. 앞서 가는 차를 만났다. 붉은 미등이 민우의 눈에서 환시를 걷어 주었다. 민우는 차선을 바꾸기 위해 점멸등을 켰다. 액셀을 밟으며 운전대를 움직였다. 레지나가 갑자기 운전대를 확 잡아당겼다. 민우는 반사적으로 운전대를 잡아 돌렸다. 속력이 높아진 차가 순식간에 출렁거리며 뒤집힐 것 같았다. 뒤차들이 급브레이크를 밟는 소리가 들려왔다. 경적 소리가 들려왔다. 그런 것이 죽음이었다. 아버지가 보았다는 노인 얼굴이 눈앞을 스쳐갔다. 아버지가 형주 아저씨한테 두들겨 맞던 장면이 스쳐갔다. 형주 아저씨가 세키로 변하고 자기가 아버지로 변했다. 정신이 아찔했다. 민우는 브레이크를 밟았다. 차가 바닥을 긁으면서 미끄러졌다. 뒤집힐 것 같았던 차가 바닥에 다시 붙어 있었다. 민우는 갓길에 차를 댔다. 핸드브레이크를 당기고 시동을 껐다. 레지나는 헉헉거리며 숨을 몰아쉬었다. 민우는 레지나의 뺨을 치려는 듯이 손을 올리면서 말했다.

"야, 이……."

민우는 그러나 욕을 할 수 없었다. 입술이 떨어지지 않았다. 울컥 화가 치밀었다. 민우는 키를 뽑은 후 차에서 내렸다. 바람이 쩡하게 불어왔다. 레지나는 차에 그대로 있었다. 차들이 바람처럼 의미 없이 지나갔다. 민우는 운전석으로 돌아갔다. 레지나가 말했다.

"난 죽고 싶어."

"내려. 난 안 죽고 싶어."

"넌 내 앞에서 자위했잖아. 잘난 척하지 마."

"그런 적 없어."

"난 오빠가 언제부터 그랬는지 알아."

"……."

"오빠 내가 왜 아녜스 옷을 입고 왔는지 궁금하지도 않아?"

"그건 반칙이야."

"뭐가?"

"내가 어떻게 그럴 수 있니! 너흰 자매야, 자매!"

"오빠 머리에는 온통 섹스밖에 없어? 섹스 아니면 자위? 날 보면 그것밖에 안 떠올라? 날 좀……."

레지나는 튕겨 나가듯 차에서 내렸다. 민우는 경아가 넌 제자를 창녀로 보니? 하는 눈빛으로 바라보았을 때 느꼈던 모욕감이 치밀어 올랐다. 김일면이 느물거리면서 임용에서 탈락했다는 내용을 전해 왔을 때 느꼈던 모욕감이 따라 올라왔다. 도대체 언제부터, 어떻게 네가 내 자위를 알았단 말이냐. 민우는 앞을 바라보았다. 레지나는 보호 철책에 손을 얹고 허청허청 걸어갔다. 민우는 경찰에게 전화를 걸었다. 시각 장애인이 갓길을 걷고 있으니 사고가 날 것 같다고 말했다.

조만간 경찰차가 나타나 레지나를 태우고 갔다.

민우는 렌터카 회사에 전화를 걸었다. 야간 당직 직원이 전화를 받았다. 민우는 지도를 보면서 위치를 설명했다. 일방적으로 말을 쏟아냈다. 직원이 당황하는 것 같았다. 민우는 목소리에 힘을 실었다.

"여기 놔둘 테니, 알아서 하세요."

그것이 그가 타인에게 던진 마지막 말이었을 것이다. 몇십 분 후에 그는 말을 잃었다.

렌터카 회사에서 전화가 다시 걸려올 것 같았는데 아무런 연락도 없었다. 민우는 보호 철책에 손을 얹고 흐느적거리며 걸었다. 레지나가 그랬던 것처럼 자기가 걷고 있다는 생각이 들자 몹시 쓸쓸했다. 돌아가면 무엇을 제일 먼저 해야 할까. 아녜스? 아이? 세키? 학교? 김일면? 아버지가 생각나서 그는 고개를 흔들었다. 성묘나 한번 갈까.

밤이 제법 깊었다. 그는 제자리에 서서 달을 가만히 바라보았다.

이상한 기분이 들었다. 달빛이 갈대처럼 천천히 휘어지는 것이 눈에 들어왔다. 그는 팔을 들고 손으로 원을 그렸다. 팔과 손이 풍차의 프로펠러가 된 것 같았다. 그는 두 팔을 원형으로 휘저었다. 새가 되면 좋겠다. 그는 팔을 더 빠르게 돌렸다. 하느님, 날 제발 날게 해 줘요⋯⋯. 그는 자신이 레지나의 하느님에게 기도를 올리고 있다고 여겼다. 눈을 감았다. 팔을 돌리며 기도를 하자 몸이 상쾌해지는 것 같았다.

갑자기 클랙슨 소리가 울렸다. 눈을 떴다. 경광등 불빛이 요란하게 눈을 파고들었다. 빠앙. 견인차가 죽일 듯한 기세로 달려왔다. 민우는 부리나케 철책에 달라붙어 몸을 피했다. 견인차는 갓길에 한쪽 바퀴를 걸고 달려오다가 민우를 피해 곧장 사라졌다. 민우는 매달려 있는 차를 바라보았다. 자기가 버린 벤츠였다. 그 사실이 확인되자 급격히 쓸쓸해졌다.

민우는 질주하는 차들을 바라보았다. 내가 어쩌다 고속도로에서 걷고 있는 건가. 내 인생은 왜 이러는가. 문득이었다. 내가 누구인지 아무도 모르겠지. 바지를 벗고 싶었다. 레지나 앞에서 끝내지 못했던 마지막 자위가 생각났다. 마무리하고 싶었다. 아버지가 생각났다. 아, 기어코 내가 아버지를 반복하고야 마는 건가. 더러운 정액⋯⋯. 민우는 아버지가 수건에 묻혀 놓은 그 액체를 세탁하기도 했다. 그는 아버지가 죽기를 소망했다. 민우는 하늘을 올려다보았다. 도로로 들어가 드러눕고 싶었다. 어떻게 될까. 차들이 밟고 지나갈까? 죄송하다고 말할 수 있는 아버지가 있었으면 좋겠다⋯⋯.

울음이 터졌다. 우는 자신이 수치스러워 참을 수 없었다. 입을 틀어막기 위해 민우는 돌멩이를 집어 들고 깨물었다. 이가 깨질 듯이 아팠다. 울음은 참아지지 않았다. 그는 그 돌을 도로로 던졌다. 높게, 높게, 포물선을 그려 울음을 던졌다. 상상 속에서 돌에 맞은 차들이 무수히 부딪치고 깨졌다. 절벽에서 몸을 날리는 기분이 들었다. 그러나 아무런 일도 벌어지지 않았다. 차들은 속도를 줄이지 않고 씽씽 달렸다.

허공을 바라보았다. 아녜스의 배 속에서 아이가 물었다. 아빠, 후련해?

민우는 그 자리에서 주저앉고 싶었다. 그는 철책 바깥으로 나가 돌멩이를 모았다. 절벽에서 몸을 던지듯 돌을 던졌다. 사고가 나지 않아서 그는 또 돌멩이를 모았다.

터어엉. 사고가 났다. 클랙슨 소리, 급브레이크 밟는 소리, 타이어 갈리는 소리. 그 소리들이 귓속으로 모여 흘러 들어와 한순간에 폭발했다. 수십 대의 차가 미끄러져 넘어졌다. 그는 도망가려고 코트를 찾아 보았다. 언제 벗어서 던졌던 것인지 코트는 도로 위에서 바람을 맞고 뒹굴고 있었다.

에필로그

세키는 일을 마친 다음 욕조에 더운물을 틀어 놓고 천천히 옷을 벗었다. 몸이 퀼트로 덮인 것처럼 보였다. 키가 자라고 몸이 커지면서 흉터는 계곡이 되었다. 보기는 흉했지만 손에 만져지는 느낌은 좋았다. 재봉선 같은 것이 미끈거리면서 닿는 촉감이 부드러운 살결을 만졌을 때 느껴지는 단조로움을 해결해 주었다. 숨을 들이마시면 배가 불뚝해졌다. 내쉬면 가슴에서 갈비뼈 자국이 드러났다. 다리가 앙상해 보이는 것은 근육만 성장했기 때문이었다. 그는 욕조로 들어갔다. 미색 타일이 피부의 얼룩을 반사했다. 세키는 손거울로 얼굴을 보았다. 눈가는 처진 방향과 각도가 왼쪽 오른쪽 제각각이었다. 어렸을 때는 노숙해 보여서 싫었다. 그는 이제 얼굴에 적당히 어울리는 나이가 된 것 같다고 생각했다. 입술은 매력적이었다. 붉어야 할 것이 얼굴에는 입술밖에 없었다. 그는 입술에 힘을 줘서 더 붉게 만들어 보았다. 지네가 스르르 입술 안으로 들어가는 것 같았다. 더운물을 더 세게 틀었다. 물이 더 뜨거워졌으면 좋겠다는 생각이 들었다. 가만히 눈을 감았다. 눈 내리는 노천 온천탕에 들어가고 싶었다. 그는 눈 오는 하늘을 상상했다. 잠시 후 욕실 문 열리는 소리가 들렸다. 그는 눈을 감았다. 모르는 척하고 싶었다. 조심스러운 발자국 소리. 잡고 싶었던 손이 수건에 물을 묻히고 길게 접어서 눈 위에 올렸다. 눈꺼풀을 들어올리기 힘들었다. 그가 웃었다. 그는 수건으로 안대를 한 채로 몸을 뒤척였다. 욕조 안으로 새 몸이 들어오는 게 느껴졌다. 그는 웃으며 손으로 샅을 가렸다. 새 몸에 의해 물 온도가 올라가는 것이 느껴졌다. 그는 수건 안대를 걷어내고 눈을 뜰까 말까 망설였다. 화장터 습골 인부가 된 민우, 수도원 수사가 된 민우가 어렴풋이 상상되었다. 언젠가 최후가 오면 그런 사람이 될 수밖에 없을 거라고 그는 생각한 적 있었다. 민우를 생각하자 세키는 행복했다. 그는 오지 않을 것이었다. 세키는 민우를 추방하고 싶은 힘으로 아녜스를 힘껏 껴안았다.

소설을 쓰는 동안 고스란히 독자로 머무르고 싶은 순간이 찾아와 작업이 문득문득 정지되곤 했다. 결여 속에서 버텨 온 질풍노도의 시기가 떠올랐고, 행복과 고통이 언제나 손의 등과 바닥처럼 두 표면으로 갈라지고 이어져 몸을 감쌌던 유혹의 시기가 떠올라 길이 위태로웠다. 신이 내 삶을 거기에 정지시켜 놓고 압정이라도 박아 고정시켜 버렸다면 나는 지금 얼마나 억울한 방황을 하고 있을 것인가. 지나가 주었으니 참 감사하다.

결국은 사랑밖에 없을 거란 생각이다. 갈수록 사소해지지만 그 사소함으로부터 시작되어 전체를 보상받는 삶의 신비를 표현할 다른 말은 찾기 힘들다. 부수적인 것처럼 보일지라도 사랑은, 우리가 이 세계에서 스스로를 위해 실현할 수 있는 유일한 이상이다.

우리는 각자 왜 그나 그녀가 아니라 너와 함께 살고 있는가. 맛 있는 식사를 나누면서 이야기해 볼 일이다. 나를 지키기 위해 너를 사랑하노라는 고백, 그건 황홀과 경건의 시작이다. 나는 나를 위해 너를 사랑하지 너만을 위해 어떤 무언가를 사랑하지는 않는다.

밤을 견디면 아침이 온다, 저절로. 진심이 통하면 네가 나를 지켜 주듯이.

맹학교의 은아와 인화, 김두겸 선생님, 초고를 읽어 준 여러분, 어머니와 아내에게 감사의 말을 전한다.

2011년 3월
박금산

나쁜 소설이 오다

강유정(문학평론가)

1 나쁜 소설의 알리바이

아름다운 스물네 살 여성의 유방이 팔뚝에 닿을 때, 성욕을 느끼다면 그것은 비윤리적인 것일까? 아마 대개의 남성들은 당연한 신체적 반응이라고 말할 것이다. 질문을 조금 더 구체화해 보면 어떨까? 가령, 스물네 살, 아름다운 시각 장애인의 유방이 팔뚝에 닿을 때, 성욕을 느낀다면 그것은 비윤리적인 것일까? 선뜻 대답하기가 쉽지 않다. 달라진 것은 시각 장애인이라는 수식어 하나뿐이다. '장애인'이라는 수식어 앞에서 성욕은 무모한 단어로 오염된다. 우리가 흔히 쓰는 '욕망' 대신에 범죄나 폭력이 더 어울릴 듯도 싶다. 장애를 의미하는 영어 '핸디캡'에는 다른 체급, 다른 카테고리에 대한 양보의 뜻도 포함되어 있다. 핸디캡이라는 말 속에 이미 정상과는 다르거나 부족한 대상이라는 양보가 숨어 있다. 하지만 양보로 문명화된 상징 가운데에는 사실 배려를 가장한 배제가 자리 잡고 있다. 장애인과 '우리'는 똑같은 기준으로 바라봐서는 안 된다는 차별의 논리 말이다.

고백하자면, 『아일랜드 식탁』을 읽었을 때의 첫 느낌은 격렬한 멀미였다. 이를테면 이 소설은 독자들이 지니고 있는 상식적 윤리의 층위를 건드린다. 상식적 윤리란 철학적인 깊이를 가진 증명의 대상이라기보다 타자와 함께 살아가기 위한 생활적 수준의 약속을 의미한다. 가령 미성년자들은 성적으로 보호해야 하고 길 잃은 아이가 있을 때에는 보호자를 찾아 줘야 한다는 식의 관습법 말이다. 생활적 윤리는 우리가 법이라고 부르는 최소 단위 금지의 토대이기도 하다. 우리는 미성년자들을 그러고 싶은지 여부에 상관없이 보호해야 하고 장애인들에 대해서 역시 그러고 싶지 않아도 차이를 인정해야만 한다. 이 관습법은 저절로 마음속에서 우러나온 습성이 아닌 외재적 강제를 통해 세련된 문명에서 비롯되었다. 말하자면 윤리는 우리가 '욕망'이라고 돌려 말하는, 날것의 욕구와 정반대의 논리로 조직화된다.

『아일랜드 식탁』에는 우리가 소설적 허구의 영역으로 잘 끌어들이지 않았던 두 타자가 등장한다. 하나는 장애인이고 다른 하나는 고아 청소년이다. 게다가 둘 다 여성이다. 『아일랜드 식탁』은 이 개념들로 조합할 수 있는 경우의 수 중 가장 나쁜 개연성을 제공한다. 이런 식이다. 남자들이 시각 장애인 여성을 윤간하려 들고 고아인 여고생은 강간당할 뻔한다. 위기를 벗어난 것 같지만 여고생은 담임과 성교를 하고 임신까지 한다. 성인이 미성년자와 성관계를 맺었다는 점에서 이미 위법이지만 이 사건은 담임 선생님이 제자를 유혹했다는 점에서 비윤리와 만난다. 나쁜 개연성은 시각 장애인 레지나에게는 조금 다른 식으로 적용된다. 스물네 살이니 적어도 위법은 아니다. 하지만 그녀는 눈이 보이지 않는 장애인이며 가끔씩 환시를 보는 정신분열증 환자이기도 하다. 말하자면 그녀는 신체적으로, 정신적으로 정상인의 범주에서 벗어나 있다. 비윤리적이다. 나쁘다. 당혹스럽다. 소설에 대한 첫인상이 그렇다.

여기에 다른 한 명의 인물이 등장한다. 그는 레지나에게 강렬한 성욕을 느끼지만 섹스를 하지 않는다. 그는 다만 눈이 보이지 않는 그녀를 곁에 두고 자위를 할 뿐이다. 하지만 그 역시 담임을 맡고 있지는 않지만 가르치는 학생과 성교를 한다. 그렇다면 두 사람 중 누가 더 윤리적일까? 과연 여기에 윤리라는 것이 있을까?

소설의 당혹감이란 바로 이런 것이다. 강민우, 김일면, 정칠기. 소설에 등장하는 모든 남성들은 윤리 바깥에 살고 있다. 그들은 우리가 해서는 안 된다고 말하는 비윤리적 행위들을 한다. 더욱 당혹스러운 것은 소설 속에서 벌어지는 이 일련의 행위들이 허구적이라기보다는 오히려 사실적이라는 점이다. 믿고 싶지 않지만 이 사건들은 개연성에 앞서 사실로 존재한다. 장애인의 인권을 보장하고 미성년을 보호해야 한다고 윤리는 가르쳐 주지만 신문은 그것의 유린을 증명한다. 행위의 당위성은 '욕망'에 있다. 욕망은 우리가 관습상 비윤리적이라고 비난하는 일련의 행위들에 유일한 알리바이가 되어 준다. 그렇다면 과연 욕망은 무엇일까? 그리고 윤리는 또한 무엇일까? 『아일랜드 식탁』의 당혹감은 곧 이 질문의 무게감으로 변주된다.

2 윤리와 욕망 사이

윤리는 타자에 대한 응답 가운데 마련된다. 자명한 것, 폭넓은 합의의 대상으로 여겨진 권리를 수호하고 존중하는 것, 그것이 바로 윤리인 셈이다. 알랭 바디우는 윤리를 언급하면서 우리는 무엇이 악인지를 규명함에 따라 선을 정반대의 지점에서 확인해 왔다고 말한다. 윤리라는 말과 함께 금지의 목록들이 기억나는 까닭도 여기에 있다. 그런 점에서 인권이란 악으로부터 지켜지고 악이 아닌 것들을 가질 권리들이다. 이 인권들 가운데는 생존의 권리, 학대당하지 않을 권리, 기본적 자유를 누릴 권리 등이 포함된다.

그런데 돌이켜보면 윤리나 인권이라는 개념은 부자들, 정상인들, 제국의 이기주의에 더 부합한다는 것을 알 수 있다. 가령, 스타벅스는 커피 생산, 판매 과정에서 노동자를 소외시키면서 환경주의를 설파한다. 이윤 추구의 행위를 선한 윤리로 포장하는 것이다. 이 선한 윤리와 더불어 사람들은 커피 한잔으로 지구의 건강에 일조한다는 식의 거짓 윤리도 함께 구매한다. 막상, 윤리나 인권이라는 개념들은 배제와 차별의 논리이거나 위선이 되곤 한다.

우리가 여성의 권리, 소수자들에 대한 존중을 말할 때 그들을 어떤 주체, 타자로 보는 경우는 드물다. 오히려 그들은 우리와 다르기 때문에 다른 방식으로 보호해야 할, 대상으로 취급되는 것이다. 만일 윤리를 거두고 그들을 타자로서 마주한다면 그것은 어떤 순간일까? 그것은 바로 그들을 욕망의 대상으로 바라보는 때이다. 말하자면, 시각장애인 레지나의 아름다운 몸에 욕망을 느끼고 스물네 살의 처녀처럼 대하는 것, 그것이 바로 욕망의 논리이다.

문제는 욕망의 단일성일 것이다. 만일 레지나에게 여성을 느끼고 욕망을 가졌다면 그에 대한 책임과 응답 역시 여성에 대한 것이어야 한다. 하지만 레지나와 성교를 나눈 수많은 남자들은 성욕을 느끼고 해소할 때에는 레지나를 여성으로 호명하고 책임과 응답의 순간에는 언어가 통하지 않는 장애인으로 구분한다. 그러니까 그들이 말하는 욕망은 욕망이 아니라 배설의 욕구에 불과했던 것이다. 욕망에는 타자가 있지만 욕구에는 타자가 없다. 레지나에게 일어난 일련의 사건들을 비윤리적이라 부르는 것은 이 때문이다. 그들은 레지나를 타자로서의 여성이 아니라 욕구를 배설할 배출구 취급한다. 이 아이러니는 미성년자 10대, 아녜스에게서도 발견된다.

장애인, 미성년자를 윤리적으로 대해야 한다는 강령은 그들에게 욕망을 가져서는 안 된다가 아니라 바로 욕망을 가져야 한다는 것이다. 박금산이 『아일랜드 식탁』에서 말하고 있는 욕망이 오해받는다면 바로 이 욕망에 대한 오인에서 비롯될 것이다. 박금산은 그들과 우리가 갖고 있는 욕망의 언어가 동일하다고 말한다. 박금산은 우리가 윤리나 인권으로 남용하는 배려가 사실 위선이라고 고발한다. 배려로 위장된 금지의 선은 보호처럼 보이지만 차별의 근거로 더 확고히 작용한다.

자본은 장애까지 상품화시키는 괴물이야. 자본은 인간이란 불평등한 존재라고 선언하는 신이야. 평등이란 존재할 수 없어. 장애인이라고 다 같은 장애인이 아니야. 장애인들의 우열은 우리의 우열보다 몇천 배 더 심해. 우린 너무 특별한 장애인을 얘기하고 있어.

—101쪽

그들은 신성한 제의에 희생양이 될 수도 그렇다고 당당한 시민이 될 수도 없는 호모 사케르이다. 그들의 욕망은 정상성의 외부에서 판단되고 다른 차원의 것으로 구분된다.『아일랜드 식탁』에서 장애인, 미성년자, 결손가정의 소녀는 단순한 호명의 대상이 아니라 욕망의 주체이다. 우리 문학사는 그들을 보호의 대상, 인권의 사각지대와 같은 단순한 이름으로 호명해 왔다. 호명을 통해 그들은 단순히 정치적인 보호의 대상이 되었지만 한편으로는 욕망의 복잡한 층위는 제거되었다고 할 수 있다. 그들에게 허용된 욕망은 인권이라는 거창하면서도 단일한 이름에 알맞게, 단순하고 정치적이었다.

가령 공지영의『도가니』는 "생각에 잠길 시간 따위는 없다. 바로 지금 행동해야 한다."라고 사태의 급박함을 호소한다. '지금 당신이 이 책을 읽는 동안 또 한 명의 장애우가 성폭행을 당하고 있습니다.'라는 식의 위기론이『도가니』전체를 채우고 있다. 하지만 이 위기를 읽는 동안 우리는 무엇을 얻어 갈까? 이 거짓 위기감을 통해 얻는 것은 무엇인가 해야 한다는 순정한 절박감이다. 하지만 이 절박감에는 동참의 자기 위안이 알리바이처럼 존재한다. 도덕적 분개라는 감정이 윤리의 부재를 위로한다. 위선이란 바로 이 손쉬운 대체를 일컫는다.

오히려 박금산은 이 뜨거운 감정적 분개의 노선을 버리고 윤리적 지탄이 될 만한 사건들을 향해 걸어간다. 예수 그리스도가 바리새인들에게 던진 한마디, "너희 중에 죄 없는 자가 먼저 돌로 치라."라는 욕망의 진앙을 향해서 말이다. 『아일랜드 식탁』 속에는 독자가 편하게 동일시할 만한 인물이 등장하지 않는다. 그래서 불편하다. 그들은 모두 나와 조금은 같고 많은 부분이 다르다. 거짓 위선이나 위기감, 윤리로 스스로를 포장하고 있지도 않다. 시각 장애인인 레지나도 미성년자인 아녜스도 절대적으로 선하지 않다.

박금산은 그들의 내면에 훨씬 더 복잡한 욕망이 있다고 말해 준다. 그 복잡함의 실체 가운데에는 악함도 있다. 당혹감은 여기서 배가된다. 그들은 때때로 더 나쁘고, 더 폭력적이며, 더 이기적이다. 배려라는 미명으로 분류했던 대상이 『아일랜드 식탁』에서 입체적 욕망의 주체로 뚜벅뚜벅 걸어온다. 『아일랜드 식탁』은 윤리의 바깥에 살던 강민우라는 인물이 윤리 자체에 대해 질문을 던지는 인물로 바뀌는 과정을 따라간다. 이는 욕구만을 따라 살아가는 김 선생과 대비되는 욕망의 세계 그 세계의 윤리를 보여 주는 과정이기도 하다. 1장과 2장 가운데 놓인 논리적 비약, 이야기의 크레바스는 다른 윤리적 차원으로의 이동을 상징화한다. 욕구에 시달리는 동물에서 욕망하는 주체 되기의 현기증, 그 현기증이 바로 그 깊은 크레바스 안에 잠겨 있는 것이다.

3 남근을 떼고 욕망의 주체 되기

욕구와 욕망의 세계는 김일면과 강민우의 간극 가운데에 놓여

있다. 강민우가 레지나와 아녜스를 타자로 보고 있다면 김일면은
그녀들을 단순히 대상으로 여긴다. 강민우는 레지나와 그 사이에
놓인 차이를 존중한다. 이는 강민우가 레지나가 쓰는 점자에 대해
갖는 거부감과 반성에서 드러난다.

말을 배운다는 건 정직하게 인내를 지불해야 하는 일임을 그는
실감했다. 제국 장사치들이 식민지어를 배웠을 때라거나, 선교사들
이 원주민어를 배웠을 때처럼, 지배의 야욕이 아주 뚜렷한 경우가
아니면 강자가 약자의 언어를 배워야 할 까닭은 어디에도 없었다.

—82쪽

강민우는 점자를 배우고 이해하게 됨으로써 그녀에게 성적 욕구
를 배설하지 못하게 된다. 이미 레지나는 그에게 존재하기 때문이
다. 하지만 자신의 욕구만을 추구하는 인간-동물에게 윤리란 존재
하지 않는다. 김일면처럼 말이다. 김일면은 비윤리적인 인물이 아니
라 무윤리적 인물이라 부르는 편이 옳을 것이다. 김일면의 무윤리
성은 강민우와의 관계를 통해 입증된다. 김일면은 학교 법인 이사
들과의 관계를 빌미로 강민우에게 돈을 받아내고 자신의 책임을 전
가한다. 하지만 김일면은 이 더러운 계약 관계조차 지키지 않는다.
임신한 자매를 버리듯 그는 강민우를 버린다. 그에게는 순간적 욕
구의 세계만 존재할 뿐 윤리는 없다.

강민우는 얼핏 보기에 가해자처럼 여겨지지만 한편으로 피해자
이기도 하다. 강민우의 어머니는 행방불명되었고 아버지는 정신분

열에 시달리다 세상을 떠난다. 교사가 되는 데 필요한 돈을 마련하기 위해 심지어 몸을 팔기도 한다. 그는 자신이 겪었던 트라우마 때문에 레지나에게 강렬히 끌리면서 바로 그 이유로 레지나에게 거부감을 느낀다. 강민우가 레지나에게 느끼는 거부감은 그녀가 장애인이라서가 아니라 그녀가 그토록 버리고 싶었던 아버지와 유사하기 때문이다.

레지나, 아녜스처럼 김일면에게 버림받았다는 것을 안 순간 강민우는 떠난다. 그가 마지막에 벌이는 일탈 행위는 질서와 법칙 그 자체에 대한 도전이자 전복의 시도라고 할 수 있다. 그는 단지 돌을 던지고 싶었을 뿐이다. 민주주의를 반성하기 위해서는 민주주의 자체를 거부해야 한다는 지젝의 말처럼 강민우는 세상을 고장 내기 위해 세상에 돌을 던진다. 이는 장애인, 미성년자, 결손가정과도 같은 위험한 문제들을 소설로 끌어들인 작가 박금산의 시도와 꼭 닮아 있다. 그는 장애인, 미성년의 윤리를 이야기할 때 욕망의 주체로 바라보아서는 안 된다는 태도야말로 핵심적 오류라고 말한다. 이 오류는 고속도로에 돌을 던지는 것과 같은 행위를 통해서야 자각될 수 있다.

소설에 등장하는 인물들은 손가락 크기만 한 성기 때문에 전전긍긍하는 인물들이다. 성욕으로 압축된 욕망에 시달리는 인물들은 우리가 인간성 아래 숨기고 싶어 했던 누추한 실체들을 하나씩 꺼내 놓는다. 독자로서 우리는 그 행간과 상징의 의미를 아는 순간 어른들의 협잡의 세계에 우리가 이미 동참해 있음을 확인하게 된다. 강민우와 김일면을 비난하지만 한편으로 우리는 그 선생들과 같은 세계를 살아간다. 문제적인 것은 남근을 떼고 진짜 욕망의 세계로 진입하는 것이다. 윤리는 이 욕망의 세계에서 재정립될 수 있다.

4 폭력적 세상에서의 이웃

박금산은 강민우와 김일면의 태도 차이에 진짜 윤리의 실체가 있다고 말한다. 나빠지고 싶고, 간혹 나쁘기도 하지만 강민우는 자신이 동침하는 여자의 언니와 섹스를 하지 않는다. 가령 이런 차이다. 그녀를 생각하며 자위를 할 수 있지만 섹스를 하지는 않는다. 그에게 윤리란 이런 것이다.

강민우에게 있어 간음이란 음탕한 생각이 아니라 행위 자체이다. 그의 윤리관 안에는 모든 남자의 마음에는 음탕함이 숨어 있다는 남자의 고백이 담겨 있다. 윤리적 남자와 그렇지 못한 남자 사이에는 마음의 차이가 아닌 행동의 차이가 있을 뿐이다. 그리고 그렇게 마음만 먹는 강민우와 욕구를 실행하는 김일면 가운데에 우리가 말하는 윤리적 삶의 간극이 존재한다. 오십 보 백 보라지만 오십 보와 백 보 사이에는 오십 보만큼의 차이가 있다. 말하자면 박금산은 윤리의 실체를 바로 이 오십 보에서 찾는다.

그 차이는 장애인, 미성년자를 단순히 대상이 아닌 이웃으로 보는 강민우의 태도에서 발견된다. 강민우에게 레지나는 충격을 주는 침입자이며 우리와는 완전히 다른 언어를 지닌 타자이다. 타자로 인식될 때 그들이 바로 이웃이다. 강민우가 레지나를 두려워하고,

레지나에게 거리를 두었던 까닭은 그녀를 장애인이라는 호명 아래 괄호 쳐 둔 것이 아니라 아녜스의 언니로, 이웃으로 여겼기 때문이다. 그래서 그녀는 그를 불편하게 한다. 우리가 타자를 주체이자 이웃으로 받아들일 때, 그제야 비로소 그들은 우리를 불편하게 한다. 김일면의 불안이 단지 응답과 책임의 회피였던 것과 다르다. 이 차이가 바로 오십 보의 차이다.

왕을 지켜야 하는 사명감과 왕이 되고 싶은 욕망 가운데서 갈등하는 맥베스는 그 욕망 자체로 고귀한 인간이 된다. 결국 욕망에 굴복하고 마는 비천한 맥베스를 동정하는 것은 우리 대개가 그 하릴없는 욕망의 노예로 살아가기 때문이다. 우리는 맥베스처럼 어디선가 들려올 예언을 기다리고 있을지 모른다. 어쩌면 강민우에게는 레지나의 등장이 마녀의 예언이었을지도 모른다. 눈이 보이지 않지만 아름답고 성숙한 여성, 자신에게 언제든지 몸을 허락할 듯한 태도. 우리는 언젠가 다가올 이 예언 때문에 나쁜 욕망에게 자리를 내준다. 아니, 그 욕망은 이미 마음속 깊이 자리 잡고 있다.

박금산은 우리가 그다지 확인하고 싶어 하지 않는 이 누추한 욕망을 일일이 드러내 보여 준다. 이 소설의 당혹스러움은 집안의 치부를 내뱉는 아이를 둔 엄마의 심정과 닮아 있다. 사실 우리는 모두 다 그 천박한 욕망의 실재를 알고 있다. 다만 모르는 척할 뿐. 어쩌면 우리가 살아가는 세상 속에서의 윤리가 죄다 위선과 가식일 수도 있다는 그 삐딱한 시선, 그 시선이 우리를 불편하게 한다. 하지만 윤리에 대한 질문은 비윤리를 통해 가장 극명해지지 않을까? 결국, 독자들은 이 나쁜 소설의 이웃이 될 것이다.

박금산

1972년 여수에서 태어났다. 고려대 국문과를 졸업하고 동 대학원에서 박사학위를 받았다. 2001년 《문예중앙》 신인상에 「공범」이 당선되어 등단했다. 소설집 『생일선물』, 『그녀는 나의 발가락을 보았을까』, 연작소설 『바디페인팅』이 있다. 현재 서울과학기술대 문창과 교수로 재직 중이다.

아일랜드 식탁

박금산 장편소설

1판 1쇄 찍음 | 2011년 3월 3일
1판 1쇄 펴냄 | 2011년 3월 11일

지은이 | 박금산
발행인 | 박근섭, 박상준
편집인 | 장은수
펴낸곳 | (주)민음사

출판 등록 | 1966. 5. 19. 제16-490호
서울시 강남구 신사동 506번지 강남출판문화센터 5층 (우)135-887
대표전화 515-2000 / 팩시밀리 515-2007
www.minumsa.com

ISBN 978-89-374-8353-0 (03810)